Mucho más que una fashion victim

TAMARA BALLIANA

Mucho más que una fashion victim

Traducción de Beatriz Villena Sánchez

AMAZON**CROSSING**

Título original: *Fashion Victime & Volte-Face*
Publicado originalmente por Montlake Romance, Luxemburgo, 2018

Edición en español publicada por:
Amazon Crossing, Amazon Media EU Sàrl
38, avenue John F. Kennedy, L-1855 Luxembourg
Enero 2021

Impreso por: Ver última página

Primera edición digital 2021

ISBN: 9782496705959

www.apub.com

Sobre la autora

Tras el éxito de su primera novela, *The Wedding Girl*, autopublicada, Tamara Balliana ha continuado escribiendo comedias románticas, ligeras y contemporáneas, que seducen a todas sus lectoras. Con *I love you, mon amour* (2018) compartió su pasión por el sur de Francia, donde vive con su marido y sus tres hijas. *Mucho más que una fashion victim* es el tercer título de la aclamada serie que ocurre en el café de Bay Village, que se inició con *Flechazo y malentendido* (2019) y continuó con *Diamante y mal Karma* (2020). Para más información sobre ella, puede consultarse: http://www.tamaraballiana.com y http://www.facebook.com/tamaraballiana.

Capítulo 1

Odio las bodas.

Lo digo de verdad. No entiendo qué le pueden ver dos personas en su sano juicio.

Ni siquiera voy a entrar en la idea de encadenarse a otra persona para el resto de tus días. Desfasada, utópica, aburrida, abocada al fracaso... No faltan los adjetivos.

No, no hablo de la institución matrimonial, sino de la ceremonia en sí. Del banquete. De ese exceso de frufrú, encajes, dulces y tradiciones, a cuál más ridícula. Una velada, una jornada, un fin de semana, una semana (por favor, tachad las opciones no pertinentes) organizado(a) con el objetivo de informar al resto del mundo de la intensidad de vuestro amor. ¿De verdad que tenemos que pasar por esto?

Es cierto que algunas personas me han dicho que es posible casarse sin todo el boato del vestido, las flores, etcétera.

Verdad.

¿Pero cuántas osan hacerlo?

¿Cuántos se han casado en el ayuntamiento durante la hora de la comida, se han dado un besito en el vestíbulo y han vuelto a sus quehaceres cotidianos?

No muchos.

Al principio, muchos anuncian: «¿Nosotros? Nosotros haremos algo íntimo, bastante simple, que sea un reflejo de nuestra personalidad». Y luego aparece la familia para dar su opinión y os mete presión para quedar bien con la prima/hermana/mejor amiga. Al final, acabas invariablemente con un banquete de doscientas personas en un lugar gigantesco, con un bufé que podría alimentar a todo un país, una suegra que lleva un sombrero ridículo y unos novios que se pelean por culpa del estrés.

No, de verdad, no veo a quién le podría gustar infligir semejante sufrimiento con conocimiento de causa. Y, sin embargo, la fila de gente que postula para esta tortura no deja de crecer. ¿Por qué? Porque los que ya lo han vivido les mienten. Les ocultan que fue un desastre. Son ellos lo que se inventaron la fórmula *el día más bonito de mi vida*. Ellos y los padres primerizos.

—¿Qué tal fue tu boda?

—¡Genial! *¡El día más bonito de mi vida!*

Lo que olvidan decir es: «Perdí cinco kilos por culpa del estrés de la organización, no dormí durante una semana porque había que escoger entre chocolate negro y chocolate intenso para una tarta que, después, no se comió nadie… y mis invitados ya estaban todos borrachos antes de terminar de comer».

¿Y de verdad lo llaman *el día más bonito de su vida*?

Ya os digo, es como esas madres que, después de veinticuatro horas de atroz sufrimiento, te resumen su parto con un «¡Ha sido *el día más bonito de mi vida!*».

Como podéis observar, aunque den a luz poco tiempo después de casarse, los dolores del alumbramiento se convierten en el nuevo *día más bonito*, superando a aquel día en el que le pusieron el anillo en el dedo… Da que pensar.

En resumen, una boda es una pesadilla tanto para los novios como para sus invitados.

Asistir a una ceremonia interminable en la que todos compiten por ver quién vierte las lágrimas más falsas. Intentar escapar durante todo el cóctel del tío graciosillo de la novia, un hombre que, de todas formas, acabará contando su chiste en el micrófono durante la comida. Rechazar los avances de tu compañero de mesa, que cree que va a tiro hecho porque os han sentado a los dos en la famosa *mesa de los solteros*. Fingir extasiarte ante unos novios que sujetan un cuchillo entre los dos para tratar de cortar la tarta sin perder ningún dedo.

Patético.

Por todo ello, en general, evito esta clase de eventos. Cuento con todo un arsenal de excusas perfectas para escaquearme: el trabajo, unas vacaciones ya reservadas en la otra esquina del mundo, una invitación a otra boda ese mismo día (se debe utilizar con precaución porque, en las redes sociales, la ausencia de fotos tuyas dándolo todo en la pista de baile puede comprometer tu tapadera).

Pero, esta vez, no he podido evitarlo. Para empezar porque es la boda de una de mis mejores amigas y, aunque soy una zorra insensible, sé que mi ausencia le habría dolido mucho. Además, como Amy es precisamente una de las personas que más quiero en este mundo y me conoce muy bien, ha sabido usar el argumento adecuado para convencerme: me ha pedido que diseñe su vestido de novia y los vestidos de las damas de honor. Para la estilista que hay en mí, sería inconcebible negarme; para la amiga, mucho más.

Así que he devuelto mi invitación con la casilla *asistiré* marcada y me he puesto manos a la obra. El resultado es, simplemente, sublime y, sí, estoy siendo modesta.

Para Amy, he diseñado un vestido de corte imperio para así dejar suficiente espacio bajo la cintura para el hombrecito que va a okupar su útero durante los próximos meses. El corpiño es de encaje color marfil con escote en *V*, resaltando las virtudes que la maternidad ha desarrollado en ella estas últimas semanas. Sería tonto no aprovecharlo, ¿verdad? En cuanto a la falda, está confeccionada en muselina ligera con la idea de no añadir peso a la silueta de mi amiga que, además de estar embarazada, mide poco más de metro y medio.

Para las damas de honor, Amy ha escogido el color y me ha dado carta blanca para el estilo. Tenía razón. El pequeño grupo, compuesto por Maddie, Maura, Julia, Libby y yo misma, no podía ser más heterogéneo. Por eso, he diseñado una serie de vestidos que, aunque podrían parecer iguales a simple vista, son diferentes. Quería que mis amigas se sintieran favorecidas ese día. Ya que vas a tener que soportar largas horas de sesiones de fotos con los novios —aparentando estar encantada de estar allí mientras te duele la mandíbula de tanto fingir la sonrisa—, al menos que sea llevando un vestido con el que te sientas guapa.

Casi que se podría decir que estoy contenta de estar aquí. Amy y Cole han decidido casarse en una playa de las Bahamas, evitándonos así la vieja iglesia húmeda y siniestra en la que seguramente tendría puestos sus ojos la muy católica abuela de la novia. Al menos, estos días al sol nos permiten olvidar las semanas de frío y nieve que acabamos de sufrir en Boston.

Los novios están ridículamente enamorados el uno del otro. Tengo cierta tendencia a odiar las demostraciones efusivas de cariño, pero hay que reconocer que casi han conseguido conmoverme. Por eso de no perder su reputación de tipo duro, Cole mira a Amy con fervor sin dejar de parecer guay. Estoy impresionada. En cuanto a Amy, es tan adorable que no nos queda otra que aceptar que devore con la mirada a su nuevo marido como si este fuera a bajarle la luna. Están haciendo que casi me apetezca tener un día lo mismo que ellos.

Casi.

Como habréis podido sospechar, el compromiso no es lo mío. Y no me da vergüenza reconocerlo. No obstante, evito hacer semejante declaración en una boda. Con el tiempo y la experiencia, he aprendido que queda mal criticar la razón misma que nos ha reunido allí. Y, además, en este tipo de acontecimientos, la gente está todavía más motivada para intentar hacerte cambiar de opinión. Porque, ¿cuál es la actividad favorita de los invitados una vez hartos de engullir canapés?

¡Jugar a ser Cupido!

Cualquier asistente vagamente al corriente de tu situación se impone la misión de intentar casarte con alguno de los machos disponibles de la reunión. Con que tenga un par de brazos y sepa juntar dos palabras en un idioma que comprendas, ya está, «el hombre de tu vida». Y mala suerte si es un guarro comiendo, mide un palmo menos que tú y no te mira a los ojos ni una sola vez durante toda la comida. Si estás soltera, hay que casarte a cualquier precio. Y ese fenómeno empeora una vez superados los treinta. Porque, pasada esa edad fatídica, ya te conviertes en una soltera amargada. Por no decir un caso desesperado o todo un desafío. A ojos de quienes te juzgan, tener treinta años y estar sola equivale a ser una solterona de noventa años. Así que, si alguno de ellos consigue salvarte de ese triste destino, podría enorgullecerse hasta el final de sus días de haberte presentado al hombre que te hizo cambiar de opinión sobre el compromiso. Y, además, no se privará de marcarse un discursito al respecto el día de tu boda.

Entonces, ¿por qué no ir acompañada para cerrarles el pico a todos aquellos con vocación de casamentera, estilo *Emma* de Jane Austen?

¿Acaso me tomáis por una novata?

¡Por supuesto que lo he pensado! Pero lo importante aquí era encontrar a la persona adecuada. Sí, porque si estuviéramos hablando de una ceremonia rápida en un hotel de Boston, seguida de una cena, y en unas horas todos a casa, daría igual el hombre con tal de que tuviera un poco de compostura o de conversación. Pero no, se trata de una boda de varios días en las Bahamas, a dos mil kilómetros de distancia, cuatro horas y media de avión, escala incluida, y una estancia de un mínimo de cuatro días. Por tanto, la elección de acompañante no se debe de hacer a la ligera. Sobre todo porque, si se pone pesado, no es posible deshacerte de él ahogándolo en el océano. En vista de la cantidad de polis por metro cuadrado que hay en esta boda (el padre de Amy es el jefe de la policía), su ausencia repentina despertaría algunas sospechas.

Voy a ser sincera: tenía el candidato perfecto en mente, al menos eso creía yo. Encantador, educado y con el que no tendría ningún problema en compartir habitación en caso de *overbooking* en el hotel. Se lo propuse... Y me dijo que no... Al principio pensé que estaba de broma. Pero no, el canalla lo decía en serio. Alegó no sé qué de una ética profesional que estaba obligado a respetar o una excusa estúpida de ese tipo. Si hablarais con Julia, os diría que ya me había avisado de que era una mala idea encapricharme de mi ginecólogo. Es cierto que es mi médico, pero nos vemos con cierta regularidad frente a una copa, ya que es el mejor amigo de Matt, el novio de Julia. Por tanto, soy la mejor amiga de la novia de su mejor amigo. ¿Me seguís? Pero, sobre todo, es mi doble masculino en cuestiones sentimentales. No cree en absoluto en todas esas sandeces de la vida en pareja y no tiene nada en contra de pasar un rato agradable en buena compañía. Y, aun así, me dijo que no.

A mí nadie me dice que no.

Un hombre jamás me ha dicho que no.

Pero él, el señor Noah Miller, ha osado decirme que no. A mí, Zoey Montgomery. No quiero parecer presuntuosa, pero, por regla general, suelo ser yo la que decide si sí o si no. Tanto en el trabajo como en la vida, nadie me impone nada. Y eso desde mi más tierna infancia. Al ser la hija de uno de los joyeros más conocidos y prósperos de todo Massachusetts, el dinero y el prestigio de mi padre me han asegurado una existencia en la que la gente hace lo imposible por complacerme. Soy totalmente consciente de mi estatus de privilegiada y sería tonta si no lo aprovechara. El destino ha hecho que nazca con una cuchara de plata en la boca (incluso diría que de oro o platino) y la Madre Naturaleza tampoco me ha olvidado. Desde mi metro setenta, sin *stilettos*, tengo unas medidas que harían palidecer a un buen número de mis congéneres femeninas. Mis curvas están donde deben, con un vientre tan plano como las praderas de Nebraska y una piel tan suave como el día en que nací. Si os gustan las morenas de ojos azules grisáceos, seguro que soy vuestro tipo.

Vale, bueno, ya os veo con ganas de poner el grito en el cielo por la injusticia y queriendo sacrificar una muñeca vudú con mi cara. Puede que la vida me haya dado las herramientas adecuadas para empezar, pero mi éxito me lo he ganado yo solita. Trabajo como una posesa para triunfar en el ámbito profesional. No he contado las horas ni para sacarme el título ni para hacerme un nombre en el mundo de la moda. Y en cuanto a mi aspecto, dejad que os diga que aquellas que proclaman tener un físico como el mío sin ningún esfuerzo os mienten descaradamente. Margaritas y cintura de avispa son incompatibles, a menos que se pase por una sesión de abdominales con regularidad. Y como no estoy dispuesta a alimentarme únicamente a base de ensaladas sin aliñar, estoy obligada a hacer deporte, y bastante.

Todos mis esfuerzos habían cosechado éxitos, hasta que me he cruzado con el doctor Noah Miller, el primer hombre que me ha dicho que no. Y, como si humillarme de la forma que lo ha hecho no le bastara, va y me suelta justo después que mi recuento de ovocitos es muy bajo y que más vale que me dé prisa si quiero tener hijos.

En resumen, además de rechazarme, me dice que estoy vieja, el muy desgraciado.

Tras esta tentativa de ir acompañada a la boda de Amy, que se saldó con un rotundo fracaso, preferí conservar la poca dignidad que me quedaba y acudir sola. Aunque tenga que esquivar los avances de algunos indeseables, con un poco de suerte, lo mismo encuentro entre los invitados alguien con quien acabar la velada de forma agradable... ¿No dicen que algunos hombres suelen fantasear con las damas de honor?

Hace más de una hora que empezó el cóctel y me muero del aburrimiento. Los novios se han ido a la sesión de fotos de rigor, Matt y Julia están acaramelados en una esquina, Maura y Maddie se están haciendo selfis en la playa y Libby corre detrás de sus retoños. Por mi parte, ya he tenido las conversaciones habituales con la familia de la novia, he saludado sin extenderme demasiado a algunos conocidos y ahora estoy bebiendo sola la que debe ser, por lo menos, mi cuarta copa de champán.

He entablado conversación con un tipo cachas con pinta de *quaterback* bastante mono. No parecía una lumbrera, pero no me importaba, tampoco me esperaba otra cosa. Hasta que vino su mujer a darle recuerdos y a llevárselo lejos de mí mientras me lanzaba unas cuantas miradas asesinas. De todas formas, acababa de percatarme, hacía unos segundos, de la existencia de su alianza y, si me he puesto algún límite, es que nada de hombres casados.

Vuelvo a la barra por más alcohol. Incluso el barman tiene la edad de mi padre, pero ni mucho menos ha envejecido igual de bien que él. Le doy las gracias mientras me entrega una nueva copa y entonces percibo una cara familiar: el teniente Thomas McGarrett. Me sorprende que Amy lo haya invitado. Después de todo, Tom jamás ha ocultado su interés por ella e, incluso, salieron un par de veces. No, de hecho, me sorprende bastante que Cole haya aceptado su presencia. El nuevo marido de mi amiga parece más bien posesivo... Y tiene razón de no fiarse. Primero, el teniente es muy atractivo. Su altura (diría que uno noventa), su pelo castaño y sus ojos marrones, así como su seductora sonrisa son las virtudes que le han valido el apodo de teniente sexi entre mi grupo de amigas. Segundo, el hombre es un donjuán. De hecho, está hablando con la seria abuela de Amy y ha conseguido arrancarle una sonrisa. Creedme, es toda una hazaña si conoces al personaje.

Cuanto más lo observo, más claro lo tengo: he encontrado a mi presa de la velada.

Incluso parece demasiado fácil.

Me acerco al lugar en el que se alinean las pequeñas cartulinas con los nombres de cada uno de los comensales, busco el mío y lo cambio por el de otra persona de su mesa a la que ni conozco. ¡Adiós Gwendoline, hola Tom McGarrett! Y ahora, ¡Zoey a la pista!

Una hora después del inicio de la comida, la situación es amarga. El teniente sexi no solo prefiere hablar con un viejo político sentado a su izquierda en vez de conmigo, sino que, además, cuando le dirijo la palabra, se limita a darme respuestas lacónicas aunque educadas, por supuesto, pero tengo la impresión de aburrirlo. Ni siquiera se ha dignado a observarme en detalle y, desde luego, es el único hombre de la fiesta que no me ha felicitado por mi vestido. ¡Y eso que es una de mis mejores creaciones! Huelga decir que las posibilidades de que consiga atraerlo a mi habitación esta noche son prácticamente nulas.

El padre de la novia se levanta para pronunciar su discurso. Descubro con gran placer que mi copa vacía vuelve a estar llena. Quizá, finalmente, mi vida no sea tan triste... ¡Al menos tengo champán!

Capítulo 2

ZOEY

Un pequeño bip basta para interrumpir mi sueño. Una pena porque era agradable: estaba en una playa de arena fina y...

Me quito el antifaz para dormir.

No, esperad... ¿Era un sueño? Miro a mi alrededor: paredes blancas, cortinas turquesas que flotan con la brisa de la mañana, el suave sonido de las olas de fondo. ¡Estoy en las Bahamas! La playa está al pie de mi bungaló... Pero a diferencia de mi sueño, estoy sola en la cama. De todas formas, echo un vistazo rápido a la almohada junto a la mía para asegurarme y no, no hay nadie.

Solo un trozo de tela violeta.

Lo cojo y me doy cuenta de que se trata de una... ¿corbata?

¿Pero qué hace ahí? Y, sobre todo, ¿de quién es?

No oigo ningún ruido en el cuarto de baño. Salgo corriendo de la cama y voy a comprobar si hay algún hombre oculto en la inmensa ducha italiana. No, no hay nadie. La terraza también está vacía. Así que me veo plantada en mitad de mi habitación, con la famosa corbata en la mano y otras preguntas en la cabeza. ¿Qué hice ayer al volver? Y, sobre todo, ¿por qué no me acuerdo de nada? Me siento en el borde de la cama y me devano los sesos. Me acuerdo bien de la velada, pero imposible recordar en qué momento me fui a dormir.

Un agujero negro.

¡Es la primera vez que me pasa! No soy el tipo de chica que olvida qué hace por la noche, no sé si me entendéis...

Al no conseguir resolver el misterio de la corbata, decido dejarlo estar, ya me acordaré más tarde. Acabo volviendo a lo que me ha despertado: el bip de mi teléfono móvil que me anunciaba la llegada de un nuevo mensaje.

Es de mi jefe, Maurizio, y no me da ninguna pista sobre la identidad del propietario del horroroso trozo de seda violeta (sí, he decidido que es feo).

Zoey, tienes que venir a supervisar la sesión de fotos, tengo que irme. M.

Debe de ser una broma. Lo vuelvo a leer como una decena de veces más. Uno, no tiene ninguna gracia y dos, Maurizio no tiene sentido del humor.

Tras decidir que será más fácil comprender el sentido de todo aquello hablando directamente con él, marco su número. No responde, pero unos segundos después, recibo otro mensaje.

Siento mucho acortar tus vacaciones, pero de verdad que necesito que me sustituyas en Boston. M.

Vuelvo a intentar hablar con él varias veces, pero sigue sin descolgar. Le dejo algunos mensajes asesinos en el buzón de voz que, al parecer, él escucha porque me envía un último SMS:

Te lo suplico, Zoey, ve a supervisar la sesión de fotos a Boston. M.

¿Cuántas veces Maurizio me habrá suplicado que haga algo por él? Ya ni las cuento. ¿Cuántas veces he cedido? También he dejado de contarlas. Como buena parte de los espíritus creativos, tiene un sentido de la comedia bastante desarrollado y el de la exageración, exacerbado. Pero, aunque soy consciente y, en ocasiones, llega a enfadarme, tengo tendencia a consentirle todos sus caprichos. Porque, primero, es mi jefe (sí, eso cuenta) y segundo, es genial. Es uno de los estilistas con más talento que conozco.

Así que, sin dudarlo un segundo, recojo todas mis cosas y las meto en la maleta. Lanzo una mirada en dirección a la playa de arena blanca que me guiña un ojo y suspiro. Es una pena, pero tendré que conformarme con unas cuantas sesiones de rayos UVA cuando vuelva...

—¿Pero cómo es eso? ¿No es posible?

La azafata parpadea, preguntándose probablemente si había comprendido lo que me acababa de decir. Sí, lo he entendido, pero simplemente no acepto su respuesta.

—Lo siento, señorita Montgomery, pero el vuelo está lleno. Solo nos quedan algunos asientos en clase turista.

—He comprado un billete para clase preferente —repito, insistiendo bien en esa última palabra.

—Sí, ha comprado un billete en clase preferente para un vuelo que sale dentro de dos días, pero el que desea coger hoy ya no tiene asientos disponibles en esa categoría.

Suspiro y me resigno a viajar con el común de los mortales. Más vale que Maurizio tenga una buena razón para hacerme volver porque, aunque se trate solo de un vuelo de unas horas, me entran sudores fríos solo con pensarlo. Por su bien, espero que me bese los pies la próxima vez que me vea. O que me regale un masaje relajante o una comida en un buen restaurante.

O incluso mejor: un masaje *y* una cena en un restaurante.

En el embarque, intento agitar mi tarjeta de fidelidad de la compañía aérea bajo la nariz de la azafata, pero no sirve de nada y tengo que ir a sentarme en la parte de atrás del avión. Por supuesto, me han asignado el asiento de en medio. El que hay junto a la ventanilla ya está ocupado por un joven que lleva unos auriculares puestos; no hace ningún movimiento al verme llegar, parece absorto en la contemplación de la pista. Decido sentarme en el asiento del pasillo; con un poco de suerte, la clase económica no estará llena y me podré quedar. Si no, haré creer a su propietario que le corresponde el del centro.

Unos minutos más tarde, una voz grave me pregunta:

—¿Podrías sentarte en tu sitio? Estás en el mío.

Levanto la mirada hacia el grosero que osa hablarme con tanta familiaridad sin conocerme de nada y, al instante, comprendo mi error.

No es un desconocido.

Es Tom McGarrett.

Estupefacta por encontrármelo allí, replico con todo el aplomo posible:

—Creo que el tuyo es el de en medio. Por favor, te lo suplico.

Por supuesto, no me levanto por miedo a que aproveche para quitármelo. Me limito a mover las piernas para dejarle pasar.

—Lo siento, Zoey, pero tengo el asiento del pasillo.

—No creo, no.

—Sí, he pagado un suplemento para tener ese asiento.

—Han debido de olvidar anotarlo.

McGarrett suspira y me muestra su billete.

—Está escrito aquí, tengo el asiento C. Y el C es el del pasillo, como puedes ver.

Me señala el cartelito que indica la ubicación de cada uno.

—Tengo una vejiga muy pequeña. Voy a tener que levantarme mucho durante el vuelo y voy a molestarte.

—Creo que sobreviviré si te levantas una o dos veces.

—Puede que sea más de una o dos veces.

—Este vuelo es solo hasta Miami. Me sorprendería que te diera tiempo a ir más, pero, si así fuera, me adaptaría.

—Me da miedo volar. Saber que me puedo levantar deprisa me tranquiliza.

—Si nos estrellamos, estés en medio o junto al pasillo, el resultado será el mismo.

—¡Madre mía, tú sí que sabes tranquilizar a una chica!

Tom se pellizca la nariz y cierra los ojos. Tras respirar profundamente, declara:

—Bueno, vale, déjame pasar.

Como ya os he dicho, nadie me dice que no.

—Entonces, ¿qué te ha parecido la boda?

No es que me importe demasiado conocer su opinión porque, como ya habréis comprendido, me importa un bledo saber si el banquete ha sido de su gusto. Además, estoy molesta con él por haberme ignorado toda la noche. Pero como le he robado su asiento, me digo que lo mínimo que podría hacer es darle algo de conversación.

McGarrett, que está consultando el folleto en el que se explican las características del avión, levanta la cabeza. Ni siquiera se esfuerza por ocultar su enfado. ¡Y todo por un sitio!

—Ha estado bien —masculla.

Sé que no debería insistir, pero, a pesar de todo, no puedo evitarlo:

—¿No te molesta que Amy se haya casado con Cole?

—¿Y por qué debería molestarme?

Esta vez, ni siquiera levanta la mirada de su desplegable. Las características de nuestro Boeing parecen apasionarlo.

—Bueno, si no me equivoco, vosotros dos salisteis una o dos veces, ¿no?

14

Tom parpadea y me observa como si hubiera dicho una enorme tontería.

—Sí, ¿y? ¿Acaso no has visto lo enamorados que están el uno del otro? Habría que ser idiota para no darse cuenta. Es cierto que Cole tiene suerte, pero es un buen tipo. Así que me alegro mucho por él y por Amy.

Vale, ni siquiera intento continuar la conversación. Al parecer, preferiría que le arrancaran un diente a seguir hablando conmigo. El señor debe de ponerse de mal humor si no duerme sus horas.

El avión se desliza por la pista y aprovecho para observar a Tom McGarrett a hurtadillas. Es cierto que el apodo de teniente sexi que le hemos puesto está totalmente justificado. La víspera, trajeado, estaba para morirse, pero su atuendo más informal de esta mañana le queda como un guante. Sus vaqueros, un poco desteñidos, se tensan sobre unos muslos que se adivinan musculados. Su polo de manga corta deja entrever unos bíceps curvados y, a juzgar por la barba incipiente que se dibuja en su mandíbula, no se ha afeitado hoy.

Además huele bien. Y eso, creedme, en un avión, sobre todo en clase turista, no tiene precio.

Tras unos cuantos minutos de vuelo, la azafata llega con su carrito de bebidas. Me pregunta qué quiero y, como estoy segura de que la tarifa de este nuevo billete de avión no incluye ninguna bebida interesante, me pido un café.

A continuación, se inclina hacia mi vecino. Mientras que a mí me dedica una sonrisa educada de circunstancias, a McGarrett le lanza una resplandeciente. ¡Por poco se le desencaja la mandíbula! Echo un vistazo hacia él y, cuando esperaba encontrármelo con la misma expresión de aburrimiento que antes, lo veo tan contento. Sonríe, enseñando todos los dientes y con sus hoyuelos bien visibles, nada que ver con la cara de enanito gruñón de hace un instante. Él le dice algo y ella se ríe ahogadamente. Me contengo para no elevar la mirada al cielo —se darían cuenta los dos—, pero es justo lo que pienso. Ella le da su zumo de tomate inclinándose más de lo necesario, enviando de camino a mi nariz una buena cantidad de su colonia de mal gusto. En cuanto a mi vecino, supongo que ha tenido una vista muy precisa de las virtudes que la señorita tiene debajo de su blusa.

Patético.

—¿Zumo de tomate?

Aprovecho que la azafata se ha alejado para intentar reactivar la conversación. Vale, criticar su elección de bebida quizá no sea la forma más adecuada, pero no se me ocurre nada mejor.

McGarrett arquea una ceja y me mira de reojo.

—¿Existe alguna ley que me haya perdido que diga que está prohibido beber zumo de tomate?

—No, pero no sé, es... raro.

En un Bloody Mary, vale, pero así... Mejor me lo callo, que no tengo ganas de que me tomen por alcohólica.

—Si lo ofrecen, será porque no soy el único que se lo pide. Y es estupendo después de una noche de excesos. Deberías probarlo —añade, con un tono que insinúa demasiado para mi gusto.

—¿Qué me quieres decir con eso? —pregunto, enfadada.

Entonces recuerdo mi agujero negro de la noche anterior. ¿Acaso sabe algo? Después de todo, estábamos en la misma mesa.

—Nada, absolutamente nada —responde con tono plano.

Escruto su mirada, pero no consigo discernir si está siendo sincero o no. Coge la revista de la compañía aérea y la abre sobre sus piernas, dejándome así bastante claro que la conversación ha acabado.

Hasta el aterrizaje en Miami, no intercambiamos ni una sola palabra. En varias ocasiones me sentí tentada a entablar conversación, pero me contuve.

No puedo mentiros, el hecho de que me ignore me exaspera. Y, sobre todo, porque no tengo ni idea de qué he podido hacer para merecérmelo. Me he pasado buena parte del vuelo dándole vueltas a la cabeza, intentando recordar todos nuestros encuentros para encontrar algún elemento que pudiera explicar por qué no le gusto. Sí, porque estoy segura: me detesta. Tom McGarrett es de esas personas a las que les gusta todo el mundo. De hecho, en mi opinión, para ser poli, te tiene que gustar mucho la gente. Combatir el crimen para proteger a los inocentes es una tarea que requiere amar, aunque sea un poco, a tu prójimo. Justo lo contrario que me pasa a mí. No me da vergüenza reconocer que la persona a la que más quiero es a mí misma.

Pero bueno, volvamos al teniente sexi pero al que no le gusto. Me he cruzado con él varias veces. Sonríe a los niños, flirtea con las mujeres incluso cuando tienen ochenta años y una dentadura en mal estado, es amable con los hombres excepto si hacen algo censurable a ojos de la ley. Pero a mí, por un motivo que no acabo de determinar, me ignora. O es desagradable conmigo.

—¿Coges el vuelo a Boston de la una menos cuarto?

¡No me lo puedo creer! Por fin se digna a dirigirme la palabra. Estamos desembarcando y acabo de bajar mi maleta del portaequipajes sobre nuestras cabezas.

—Sí.

Estoy tan sorprendida que ni siquiera me doy cuenta de que la gente delante de mí ya ha avanzado por el pasillo. McGarrett pasa junto a mí y recorre el tramo que lo separa de la parte delantera del avión. Una vez allí, saluda a las azafatas, que no se privan de dedicarle las mejores de sus sonrisas. Avanza tan deprisa que pone distancia entre nosotros a gran velocidad. Además, mi maleta no me lo pone nada fácil porque una de las ruedas se queda atascada al pasar una puerta.

Una vez que llego a la terminal, compruebo la puerta de embarque en una de las pantallas. McGarrett ha desaparecido de la circulación. Como me queda todavía una hora por delante antes de mi próximo vuelo, decido ir a la sala VIP de la compañía aérea. Aunque no tengo billete preferente, puedo entrar gracias a mi tarjeta de fidelidad. Me siento en uno de los cómodos sofás y repaso las últimas horas.

No puedo creerme que haya tenido que acortar mi estancia en las Bahamas por culpa del último capricho de Maurizio. Espero que valga la pena. Si me planto en Boston y descubro que él era totalmente capaz de supervisar la sesión de fotos, lo mato con mis propias manos. La sesión para la nueva temporada es crucial porque de ella depende la mayoría de nuestras ventas. Hay que gestionar un montón de cosas: las modelos, la ropa, los accesorios, el fotógrafo, todo tiene que ser perfecto. Soy consciente de que ausentarme en estos momentos no era lo mejor, pero tampoco es que yo hubiera escogido la fecha de la boda de Amy. Seguro que a Maurizio no le hizo mucha gracia que le dijera que no estaría, pero creía que se había hecho a la idea. Espero que no me haya hecho correr solo por estar enfadado porque yo no estaba allí.

No le he preguntado a McGarrett por qué volvía tan pronto. La mayoría de invitados había decidido quedarse algunos días para disfrutar del lugar. De entrada, ese también era mi plan. ¿Sería por eso por lo que estaba de tan mal humor? ¿Ha tenido que volver por una urgencia?

No, ya me ignoraba en el banquete. Y ha estado encantador con la azafata. Es solo a mí a quien no aguanta. Lo recuerdo en la comida, con su traje gris y su corbata... ¡violeta!

¿Su corbata violeta?

Esperad... ¡Sí! ¡Ahora lo recuerdo! ¡Llevaba una corbata idéntica a la que me encontré en mi habitación! ¡Oh, Dios mío! ¿Acaso era SU corbata? ¿Qué pasó ayer? Y, lo que es más, ¿por qué no me acuerdo de nada? ¿Acaso nos hemos...? ¡No! ¡No es posible! ¡Apenas me dirigió la palabra durante toda la noche!

Me devano los sesos para buscar una pista que me pueda llevar en la buena dirección, pero nada. Entonces me digo que la única forma que tengo de obtener una respuesta es interrogar al principal interesado. Y si tengo que hacer el ridículo, pues se hace. Necesito saberlo.

Agarro la maleta y pongo rumbo a la puerta de embarque. No he visto a Tom McGarrett en la sala VIP, así que tiene que estar en alguna parte de la terminal. Una vez en el lugar indicado, veo que los pasajeros ya han empezado a entrar en el avión. Tom no está a la vista. Puede que esté ya dentro... Vale, tengo que encontrarlo lo antes posible. El problema es que, como no tengo billete prioritario, me toca esperar unos cuantos minutos haciendo cola.

Una vez en el aparato, encuentro mi asiento y localizo al teniente tres filas más allá. Me acerco a él, sentado junto al pasillo. Ha debido entrar en cuanto han abierto las puertas para asegurarse de que no le volviera a robar su sitio. Está hablando con su vecina, una guapa rubia que lo devora con la mirada. ¡Mira tú! A ella no la castiga con el látigo de su indiferencia.

—¡Es su día de suerte! —le anuncio a la rubia—. Le cambio mi sitio junto al pasillo tres filas más allá por el suyo.

La joven me mira con sorpresa y termina respondiendo:

—Muy amable por su parte, pero estoy bien aquí, gracias.

No me sorprende. Está babeando ante los bíceps del teniente McCachas y no le atrae nada sentarse junto a la abuelita que ocupa el asiento contiguo al mío, pero todavía me quedan trucos en la manga, así que le suelto una patraña:

—Por favor, señorita, me da algo de miedo volar y estar junto a mi prometido me tranquiliza mucho.

Por supuesto, pongo especial énfasis en la palabra *prometido*, algo que no escapa a la rubia, que lanza una miradita de desaprobación a McGarrett mientras se levanta para cederme su asiento. Le doy las gracias con una sonrisa igual de falsa que el pelo de Donald Trump y me siento a la izquierda de mi recién proclamado prometido.

—¿Qué quieres, Zoey?

—¿Por qué tu corbata estaba en mi cama?

Como habréis podido constatar, no soy de las que se andan por las ramas.

Tiene un rictus en la cara que no me gusta lo más mínimo.

—¿No tienes la menor idea?

—Si lo supiera, no estaría aquí preguntándotelo.

Y, sin embargo, sigue sin darme una respuesta. Así que me lanzo:

—¿Acaso nos hemos acostado?

Me gusta llamar a las cosas por su nombre. Aunque haya oído a mi vecino de la izquierda atragantarse (después de todo, no debería estar escuchando nuestra conversación), no voy a andarme con rodeos para obtener una respuesta.

—No sé qué es peor. Que pienses que lo hemos hecho y que no te acuerdes, lo que sería muy ofensivo para mí. Que creas que, de haberse dado el caso, habría sido capaz de acostarme contigo sin que fueras totalmente consciente. O que seas de esas personas que se acuestan con el primero que se encuentran en la boda de una de sus mejores amigas para, luego, ni siquiera acordarse.

—No te pido que me juzgues, sino que respondas a mi pregunta.

¿Que si su última hipótesis me ha molestado? La respuesta es sí.

Hace una pequeña mueca, pero luego los rasgos de su rostro se relajan.

—Tranquilízate, no pasó nada. Solo te llevé a tu habitación.

—¿A qué te refieres?

Esta vez, sonríe. No estoy acostumbrada, ¿debería preocuparme?

—Te quedaste dormida en la mesa y te llevé a tu habitación.

—¿Que yo qué?

Veo cómo varias cabezas se giran. He hecho la pregunta demasiado alto, alterada por lo que acaba de declarar.

—Te quedaste dormida en la mesa.

—Me quedé dormida en la mesa —repito como un robot.

Agito la cabeza.

—No es posible. Jamás me quedaría dormida en una mesa.

—Y, sin embargo, anoche eso fue justo lo que ocurrió —replica, sin despegar los ojos de la revista que acaba de empezar a ojear.

Guardo silencio un instante para intentar comprender lo que pudo suceder. Es cierto que no me pasé la noche bebiendo agua del grifo, pero de ahí a acabar con la nariz en la servilleta para echar una siestecita...

—¿Me echaste algo en la copa?

McGarrett deja su lectura para fusilarme con la mirada. Estoy segura de que si buscara en un diccionario ilustrado la expresión *fulminar con la mirada*, habría una foto de la que me está lanzando en estos momentos.

—Zoey, ¿eres consciente de que soy teniente de la policía?

No me da tiempo a responder porque, en realidad, no es más que una pregunta retórica. Por supuesto que soy consciente.

—¿De verdad crees que sería capaz de hacer algo así?

No. Y me siento estúpida por haber soltado esa idea en voz alta.

Abro la boca, pero no emito ningún sonido.

Tom vuelve a su revista, no sin antes lanzarme otra de sus miradas asesinas. Si ya parecía no apreciarme demasiado, ahora que acabo de insinuar que es un violador que droga a sus víctimas... A veces debería quedarme calladita.

En cualquier caso, no va a ser ahora, porque todavía hay algo de esta historia de la corbata que me atormenta.

—Pero tu corbata, ¿qué hacía en mi cama?

Tom suspira y me responde sin ni siquiera mirarme.

—Te agarraste a ella cuando te llevaba y no conseguí que la soltaras cuando te dejé en la cama. Era más fácil dejártela allí. Ya le había deshecho el nudo —precisa.

Vale, entonces, ¿me había aferrado a su corbata como un bebé koala a su madre? Sigo sin entender cómo pude llegar a eso. Me da vergüenza mi actitud, pero se me pasa en cuanto comprendo que...

—¡Me llevaste a mi habitación! —exclamo.

—Ajá.

Lanzo una mirada al bíceps que sobresale bajo la manga de su polo negro. Puede que no sea la musculatura de Cole, pero no se defiende mal en su categoría. ¿Aquel chico me había llevado a mi habitación, en la otra punta del complejo hotelero en el que tuvo lugar el banquete?

—¿Y por qué lo hiciste?

Tom parpadea y luego se encoge de hombros.

—¿Habrías preferido que te dejara roncando sobre el mantel hasta que uno de los camareros fuera a despertarte?

—¡Yo no ronco! —me indigno.

—Sí que lo haces, créeme —se ríe sarcásticamente.

Me muero de vergüenza. Como si no fuera ya suficientemente humillante haberme quedado dormida en mitad de un banquete, ¿encima tengo que ponerme a roncar? Estoy segura de que se lo ha inventado. Si roncara, alguien me lo habría dicho. Aunque, para eso, haría falta que durmiera con alguien... Algo que no ocurre desde... ¿Cuándo fue mi última fiesta de pijamas?

Jamás me he quedado a dormir con los hombres con los que he tenido alguna aventura. Esa conversación incómoda del día siguiente cuando nadie sabe muy bien qué decir o qué hacer no es lo mío. Y, cuando viajo, ya sea por trabajo o con amigos, siempre me las arreglo para tener mi propia habitación.

Ahora me pregunto cuántas veces habré dado el espectáculo. ¡Espero al menos no haberme puesto a babear o algo así! ¿Se daría cuenta mucha gente de que me había quedado dormida? ¿Acaso determinadas personas se habrían burlado de mí? O, lo que es peor, ¿alguien habría hecho fotos? Ante esa idea, entro en pánico. Y Tom que, de repente, me parece mucho más simpático tras saber que cuidó de mí y me acompañó a mi habitación, añade:

—Matt y Julia habían desaparecido, así que alguien tenía que hacer el sacrificio de llevarte.

—¿Que alguien tenía que hacer el sacrificio?

Estoy sorprendida por la afirmación y por el tono con el que la ha pronunciado. Como si yo fuera algún tipo de obra de caridad. Un caso desesperado del que no hubiera tenido más remedio que ocuparse.

—¿Qué esperas exactamente? ¿Que te dé las gracias por haber sido tan caritativo como para no dejarme a mi triste suerte?

—No estaría mal para empezar.

Observo a mi vecino con ojos nuevos. Yo, que siempre lo había considerado un buen samaritano, agradable con todo el mundo y servicial, ahora veo que estaba completamente equivocada. En realidad, no es mejor que los demás.

—Pues bueno, vale, gracias, noble caballero, por no haberme abandonado a mi triste destino.

El sarcasmo transpira por cada poro de mi piel. Tom no se complica la vida y me responde con un simple asentimiento de cabeza. Pasa la página de su revista y comenta:

—La próxima vez deberías beber menos.

Me contengo para no justificarme. No merece que le conceda semejante honor. Mejor me callo lo que pienso.

¡Idiota!

Una sacudida me saca de mi sueño. El rugido de los motores me recuerda que todavía estoy en el avión con destino a Boston. A juzgar por la inclinación del aparato, estamos en fase de descenso. He debido de dormir, por lo menos, dos horas. Jamás lo habría creído posible en un asiento tan rígido. Por suerte, mi cabeza está apoyada cómodamente en un cojín a la derecha... ¡No, esperad!

Me incorporo de golpe en cuanto me doy cuenta de que el susodicho cojín es, en realidad, ¡el hombro de Tom McGarrett!

—¿Has dormido bien? —pregunta el teniente con un leve rictus en los labios.

Genial, ahora va a pensar que soy narcoléptica o algo. Estaba a punto de disculparme por haberlo utilizado de almohada humana, pero entonces cambio de opinión. No le daré ese gusto.

—¿Y cómo es que vuelves a Boston tan pronto? ¿No querías disfrutar de la playa con tus amigas?

¿Lo estoy soñando o está intentando darme conversación? Me aclaro la garganta y respondo:

—Me iba a quedar dos días más, pero mi jefe me ha llamado por una urgencia.

Al menos, espero por su bien que sea de verdad una urgencia.

—Hum.

Como no encadena otra pregunta, me siento en la obligación de devolverle el gesto.

—¿Y tú? ¿También una urgencia en el trabajo?

—Sí y no. Tenía que volver hoy de todas formas. Teniendo en cuenta la cantidad de polis invitados a la boda, todos no podíamos cogernos una semana de vacaciones. Y me espera un nuevo caso. Mis colegas me han llamado durante la escala en Miami.

—¿Un nuevo caso? ¿Un caso de qué?

—Un asesinato —responde sin más ceremonial.

—Ah, ¿sí? ¿Quién ha muerto? ¿Dónde? ¿Tienes sospechosos? ¿Qué tipo de asesinato?

De repente, me surge una avalancha de preguntas. Me gustaría saber más, pero vista la cara de agobio que me pone, siento que no me va a responder.

—No puedo hablarte de un caso en curso.

—Venga, al menos podrías darme algún detalle. No he sido yo, tengo una coartada a prueba de balas: estaba en las Bahamas.

Y tú mismo te aseguraste de que llegara sana y salva a mi cama, pero eso, antes muerta que recordárselo.

—Para empezar, el hecho de que lo acabemos de encontrar no significa que haya muerto durante tu estancia en las Bahamas. Y luego, aunque no seas la asesina, podrías ser su cómplice.

Sé que no lo dice en serio, así que me permito insistir.

—Al menos podrías darme algún dato básico, de esos que acabarán publicándose en la prensa.

—Te bastará entonces con leer los periódicos.

Lo dice con tal arrogancia que casi me dan ganas de abofetearlo. Es oficial: no le gusto nada a Tom McGarrett. No sé qué he hecho para merecérmelo. Por desgracia, no me da tiempo a preguntárselo porque una azafata se inclina a su lado y le pregunta algo. ¿Quizá irse juntos al Mile High Club? Estoy segura de que a ella no le diría que no. Al contrario que a mí. Eso me hace ser consciente de una cosa: Tom McGarrett es el segundo hombre, en solo unas semanas, que me ha dicho que no.

Capítulo 3

TOM

Paso bajo la cinta amarilla fijada al marco de la puerta para delimitar la escena del crimen. Espero a mi compañero, el oficial Sánchez, que está anotando algo en la libretita negra que siempre lleva encima. El equipo científico ya está allí y está haciendo su trabajo por toda la habitación de hotel. Con la cantidad de huellas dactilares que se puede encontrar en un lugar así, mentalmente les deseo buena suerte.

Me acerco a Sánchez, que mira en mi dirección y me saluda.

—¡McGarrett! Me alegro de verte. Bueno, ¿qué tal la boda?

—Pues como todas las bodas. ¿Qué tenemos?

No tengo ni tiempo ni ganas de charlar. Además, dudo mucho que a Sánchez le interese de verdad mi fin de semana.

—Mujer de unos treinta años. Encontrada muerta esta mañana por la mujer de la limpieza. Las conclusiones preliminares nos hacen pensar que se trata de una muerte por estrangulación. Los forenses ya se han llevado el cuerpo, así que lo sabremos seguro en unas horas.

—¿Tenemos su identidad?

—Valentina Adams. Según su carné de conducir, es de Nueva York.

—¿Sabemos en qué trabaja?

—Al parecer, era bloguera de moda. Hemos encontrado su teléfono y, según su agenda, debía acudir esta mañana a una sesión de fotos en el centro. También debería haber asistido ayer a una fiesta en este mismo hotel. Jamás se presentó, algo que no preocupó en exceso a los organizadores. Por lo visto, era habitual que no cumpliera con sus compromisos.

—Vale. ¿Alguien oyó o vio algo?

—Por el momento, no. He interrogado a la mujer de la limpieza, pero no ha dicho nada relevante. Entró con su tarjeta y encontró a la pobre chica tirada en la moqueta. Avisó a los encargados de seguridad del hotel y ellos nos llamaron de inmediato. Yo mismo la he interrogado. No creo que podamos sacar mucho más de ahí. La he enviado a su casa, la pobre estaba bastante alterada.

Asiento con la cabeza. Yo habría hecho lo mismo.

—¿Las cámaras de seguridad?

—Ya he pedido las cintas de vídeo. La dirección del hotel está cooperando. Ha comprendido que cuanto antes resolvamos el caso, antes se olvidará este asunto. El director no tiene demasiadas ganas de que su establecimiento ocupe los titulares durante semanas por un asesinato no resuelto.

—¿Falta algo de la habitación?

—Difícil de saber en estos momentos, pero han forzado la caja fuerte. Estamos a la espera de quien nos pueda ayudar con eso.

Como el hotel es de una cierta categoría, es posible que la víctima tuviera algunos objetos de valor.

Sánchez me hace algunas precisiones sobre lo que ha podido constatar hasta el momento. Sigo haciéndole preguntas. Es mi forma de proceder: coger los elementos uno a uno y discutir sobre ellos en voz alta con mis colegas. Eso me ayuda a reflexionar y a considerar las diferentes pistas posibles. Por el momento, no descarto ninguna. Los indicios que tenemos en nuestra posesión son bastante vagos.

No me gustan las conclusiones precipitadas. Mi experiencia me ha demostrado que, cuando una pista parece demasiado fácil, suele ser falsa. Por supuesto, siempre hay criminales tan tontos como para dejarnos indicios tan flagrantes que hasta un novato recién salido de la academia podría resolver el caso solito, pero, por desgracia para nosotros, no siempre es así. O, por suerte, en cierto sentido, porque si no mi trabajo sería muy aburrido.

Me encanta mi trabajo. Creo que, en el fondo, siempre he sabido que me haría poli algún día. Siendo niño, ya me imaginaba con el uniforme y una pistola en la cintura. Como muchos otros niños, podríais pensar, solo que a la edad en la que la mayoría de mis amigos empezaron a perseguir otros sueños, el mío no cambió. Me entusiasmaban las historias de mi vecino Bob Mancini, miembro de la policía de Boston, que no tardó en entender que mis ganas de unirme al cuerpo iban más allá de un simple capricho de la infancia. Como perdí a mi padre siendo muy joven, Bob fue mi figura masculina de referencia. El hecho de que escogiera la misma carrera que él nos unió todavía más. Por ese motivo, cuando, hace unos meses, me traicionó de la forma más vergonzosa posible, creí que mi mundo se hundiría. Había perdido las ganas de ejercer mi profesión. Estaba desilusionado y tuve una enorme crisis existencial. Afortunadamente, la he superado y ahora la llama se ha reavivado e, incluso, puede que arda con más fuerza. Ahora prefiero relativizar el asunto de Bob. Creo que es una experiencia de la que he salido reforzado: nunca más volveré a cometer el mismo error. Jamás volveré a tener confianza ciega en nadie de mi entorno, aparte, quizá, de mi madre, pero esa es otra historia.

Ir a la morgue se ha convertido en una tarea casi banal en mi profesión. Soy consciente de que semejante afirmación podría dar algo de miedo, pero no siempre ha sido así, os lo aseguro.

La primera vez que tuve que ir, tenía un nudo en el estómago y sudaba más que un corredor de maratón a pleno sol. Aguanté el tipo durante la visita, pero en cuanto salí a la acera, vomité el almuerzo entre dos coches. Tengo que decir que, para tratarse de un primer caso, no fue nada fácil.

En la actualidad, he aprendido a controlar mi estómago e imagino que mis frecuentes visitas a este lugar han convertido la tarea en algo rutinario. Sin embargo, sigo sintiendo un escalofrío desagradable cuando entro en ese entorno frío y aséptico. Algunos de mis colegas se limitan a esperar el informe del forense, pero yo prefiero ir personalmente y hablar con él directamente.

Recorro el pasillo hasta la última sala. A través de la pared de cristal, veo a la médica forense tomar notas. Levanta la cabeza un instante y, al percibir mi presencia, me hace señas para que entre.

—¡Tom McGarrett! ¡El día me estaba resultando horriblemente aburrido, pero acabas de hacer desaparecer esa sensación de un plumazo!

Le dedico esa sonrisa que siempre la derrite. La doctora Elizabeth Locke puede tener perfectamente la edad de mi madre, pero, como todas las mujeres, no es insensible a los cumplidos. También es cierto que siente debilidad por mí.

—Buenos días, Elizabeth, ¿se ha cambiado el peinado? Le queda muy bien.

La forense se sonroja un poco y sé que no me he equivocado. Balbucea un agradecimiento.

—Espero que vuestra nueva inquilina no le haya dado mucha guerra —le digo para empezar a hablar de la razón que me ha llevado allí y, de camino, recabar información.

—¡Oh, no! La pobre ya me ha dicho casi todo lo que tenía que decirme. Ya puedo darte mis conclusiones.

Bueno, al menos no me iré de aquí con las manos vacías. Con un poco de suerte, podré determinar hacia dónde orientar mis investigaciones gracias a los elementos recopilados.

La forense me hace señas para que la siga a su mesa, en mitad de la sala, sobre la que se adivina una forma humana cubierta por una sábana blanca. Destapa el rostro y la parte alta del busto de la joven. Como ya he visto las fotos de la escena del crimen, ya he podido familiarizarme con los rasgos de la víctima. No cuesta imaginar que debió de ser bastante guapa. Rubia, bastante alta para ser mujer y más bien delgada. Supongo que se ajusta al personaje, ya que Sánchez me dijo que era bloguera de moda. Lo que capta mi atención al instante son los trazos violáceos que decoran su cuello.

—Como puedes adivinar a simple vista, la víctima fue estrangulada. Esa es la causa de la muerte.

—¿Qué han utilizado para estrangularla?

—Creo que el asesino lo hizo con sus propias manos. He encontrado fibras en su cuello y las marcas tienen una forma muy particular. El asesino debía de llevar guantes, pero tengo que hacer otros análisis para estar segura.

La doctora Locke es una científica, así que le gusta que las pruebas confirmen cada uno de sus argumentos. No obstante, eso no impide que me dé su opinión cuando la tiene. Yo la escucho encantado porque las ideas que me avanza son interesantes y tiene un sexto sentido que ha demostrado ser fiable en más de una ocasión.

—¿Y tiene algún elemento que me permita orientar mis investigaciones hacia un perfil concreto?

—Hace falta fuerza para estrangular a alguien. Valentina era bastante alta y estaba en buen estado de forma. Seguro que se defendió. Apostaría que fue un hombre, pero también...

—... se trata de una mera suposición, lo sé.

No es que me descubra nada nuevo, pero ya es algo. Los asesinatos por estrangulación suelen ser crímenes pasionales. En estos casos, lo más habitual es que el asesino conozca a su víctima. Rara vez se ve este tipo de *modus operandi* en las agresiones aleatorias. Los guantes también hacen pensar en premeditación.

—¿Imagino que ha tomado muestras?

—Sí, sobre todo bajo las uñas porque, como te he dicho, seguro que se defendió y, quizá, arañara a su agresor. Te enviaré los resultados en cuanto los tenga. Y una última cosa: la víctima mantuvo relaciones sexuales antes de morir. De esto también...

—Ya me hará llegar los resultados —acabo su frase.

—Lo has entendido bien.

Tras mi visita a la morgue, me voy a la oficina. La tarde apenas está tocando a su fin y tengo la impresión de haber vivido diez días en uno. Y pensar que esa mañana me había levantado a unos metros de la playa, bajo un clima tropical.... Todo parece surrealista mientras cruzo un espacio abierto ruidoso y la lluvia golpea los ventanales de la comisaría.

A diferencia de mi molesta vecina en el avión, yo no he dormido. Y la noche anterior fue más bien corta. Me masajeo la nuca con un suspiro. Hoy tampoco me voy a poder acostar pronto. Será mejor que me tome otro café.

Me he sentido tentado a parar en Chez Josie para hacerme con una taza de preciado oro negro, en ningún caso comparable a la inmunda agua sucia que se puede encontrar en la sala de descanso, pero me he acordado de camino que el establecimiento estaba cerrado. Su propietaria no es otra que la novia de la semana y en estos momentos debe de estar de viaje de novios en algún rincón del Caribe.

Así que me dejo caer en mi silla un poco de mal humor, intentando abstraerme de la luz parpadeante de mi contestador. Demasiado pronto para que la doctora Locke tenga ya los resultados y la gente que pueda tener cosas importantes que decirme solo tendría que llamarme a mi teléfono móvil.

Mi colega Carlos Sánchez despega los ojos del ordenador en el que está tecleando frente a mí.

—¿Bueno qué? ¿La forense? ¿Qué te ha dicho?

Le hago un resumen rápido de lo que he averiguado en mi breve visita a la morgue y ahora me toca a mí preguntar:

—¿Y tú, por tu parte, has averiguado algo nuevo?

—No, ninguna novedad de la científica y el visionado de los vídeos de vigilancia no ha dado nada por el momento. El hotel solo tiene cámaras en el vestíbulo central, el ascensor y las escaleras. Ninguna en el pasillo que lleva a su habitación. Por tanto, tengo que intentar identificar a las personas que pasan por los otros lugares. Pero, teniendo en cuenta la cantidad de habitaciones del hotel, ¡hay casi tanta gente como en una estación central!

Es como buscar una aguja en un pajar.

—Yo he hablado con Nueva York. Tampoco he averiguado gran cosa por esa parte. La señorita Adams era una ciudadana sin historia —continúa.

—¿Sabemos algo más sobre esa cita que tenía en Boston hoy?

—Ahí quería llegar yo. La agenda no daba muchos detalles, solo una dirección. Así que he investigado un poco su blog. Figúrate que Valentina Adams no es el tipo de bloguera de moda que tú y yo habríamos imaginado.

Para ser sincero, no me había imaginado nada. Apenas sé lo que es una bloguera, mucho menos lo que se puede encontrar en este tipo de páginas, pues me interesa más bien poco, por no decir nada, la moda...

Como mi colega parece querer alargar un poco más el suspense, pero no estoy de humor para eso, lo presiono para que responda:

—Y, entonces, ¿de qué tipo de bloguera de moda estamos hablando?

—Es una bloguera de moda canina.

—¿Una qué?

No es que no lo haya oído, es solo que, en mi opinión, tiene que haber un error. ¿Qué relación hay entre la moda y los perros?

—Escribe artículos sobre moda canina.

—Moda canina —repito, sin comprender todavía qué puede significar eso.

—Sí, ¿has visto esos abriguitos que llevan algunos perros? Pues bueno, al parecer, existen diseñadores especializados en ellos. Incluso hay desfiles, accesorios a juego y, por supuesto, hay tendencias que cambian cada temporada, como para el *prêt-à-porter*. Valentina Adams escribía sobre ese tema y, a juzgar por la cantidad de personas que la siguen, era muy conocida en el medio. Por lo que he podido encontrar en la Red, era incluso alguien muy influyente. Diseñadores de todo el país la invitaban, junto con Scarlett. Incluso ha ido varias veces a Europa.

—¿Quién es Scarlett?

—Su perra. Una shih tzu de tres años. También es toda una estrella. En realidad, es Scarlett la que debía participar en la sesión de fotos de esta tarde. Debía posar para la colección del próximo invierno de Botella Dogs. Valentina debía acompañarla. He tenido a su secretaria al teléfono hasta justo antes de que llegaras, pero estaban a punto de cerrar. No le he hecho demasiadas preguntas por el momento. Me he dicho que deberíamos pasarnos por allí mañana, ¿qué piensas tú?

—No sería una mala idea para empezar. Y, la verdad, tampoco es que tengamos mucho más de lo que tirar.

En cuanto pronuncio esas palabras, me doy cuenta de que hay un elemento capital para el que no tengo respuesta.

—¿Carlos?

—¿Hum?

—Has dicho que debía ir a la sesión de fotos con Scarlett, ¿verdad?

—Sí, exactamente.

—Entonces, ¿dónde está la perra?

Capítulo 4

ZOEY

En cuanto pongo el pie en la terminal, una cosa se hace evidente: las vacaciones se han acabado. El cielo, cargado de nubes grises, me recuerda que no hay ninguna posibilidad de que el calentamiento global se haya acelerado lo suficiente durante mi ausencia como para hacer de Boston un destino con clima tropical. En cuanto enciendo mi móvil, no para de sonar como un loco. Y entre todos los mensajes que escucho mientras espero mi equipaje, no hay ni uno que no me hayan dejado por motivos profesionales. No, rectifico: todos son de Hallie, nuestra asistente. Los primeros eran bastante escuetos, para preguntarme cuándo tenía previsto llegar a la ciudad. A medida que iban pasando las horas, se van volviendo más apremiantes. El último era claramente desesperado.

Adiós a mi idea de pasar por casa para, al menos, dejar las maletas y cambiarme. Voy a tener que ir directamente a la oficina. Las palabras de Hallie son claras: hay una crisis.

La lista de padecimientos a los que pienso someter a Maurizio en cuanto le ponga las manos encima no hace más que alargarse. Acortar mis vacaciones al sol para arreglar el desastre que ha dejado es todo un detalle por su parte. Sé que las sesiones de fotos de la nueva colección son intensas. Hay miles de detalles que ajustar, sin hablar del hecho de que hay que coordinar a fotógrafo, modelos y sus pequeños caprichos y, sobre todo, velar por que cada prenda sea perfecta. Además, este año, la colección presenta piezas excepcionales y ha sido necesario gestionar la creación de estas trabajando con socios externos. Pero de esa parte ya me había ocupado yo. Y precisamente lo había dejado bien cerrado para que todo estuviera perfecto y que ningún problema pudiera perturbar el espíritu creativo y, sin embargo, torturado de Maurizio. Entonces, ¿por qué ha decidido, de repente, dejarnos plantados y desaparecer de la faz de la Tierra? Ni idea. Además, ese traidor no responde a mis mensajes. ¿Qué puede habérsele pasado por la cabeza para largarse de esta manera? El hecho de que yo no estuviera no es razón suficiente como para que se aterrorizara y ya me había encargado de que Hallie y el resto de miembros del equipo estuvieran pendientes de sus pequeños caprichos. Así que no, no comprendo nada de toda esta historia.

He saltado dentro de un taxi en dirección al centro, quejándome del tráfico, ya denso en plena tarde. Pero por fin he llegado a los locales de la muy conocida marca de ropa de alta gama para nuestros amiguitos los perros que lleva el nombre de mi jefe y antiguo amigo, Maurizio Botella.

En general, cuando le digo a la gente que trabajo en el sector de la moda, se imaginan que diseño ropa para los seres humanos. A decir verdad, si hace una década me hubieran dicho que las creaciones que me harían alcanzar el éxito serían las destinadas a nuestros amigos de cuatro patas, habría soltado una carcajada. No, la verdad es que no me habría reído, me habría limitado a arquear las cejas ante semejante sinsentido y a pensar que la persona que hubiera podido decirme algo así tenía una gran imaginación. Es cierto. ¡Ni siquiera tengo perro! De hecho, debo mi llegada al mundo de la moda canina al azar, pero también a mi orgullo y mi testarudez.

Siempre he sido una apasionada de la moda, de toda la vida. De pequeña, me encantaba ver a mi madre ponerse vestidos elegantes cuando salía con mi padre. A veces me dejaba probarme alguno. Esos momentos de complicidad, en los que jugábamos juntas a transformar cualquier trapo en un vestido de princesa, forman parte de los mejores recuerdos que tengo de ella. Tras su muerte, mi padre guardó durante mucho tiempo algunos de sus vestidos más bonitos y yo iba con frecuencia a jugar a su armario, imaginando que le preparaba su siguiente conjunto y que ella estaría orgullosa de ponérselo y de anunciar a todo aquel que lo admirara que yo había sido su creadora. Me pasaba horas rodeada de sus trajes, algunos de los cuales todavía olían a ella, alimentando de paso esa pasión que nunca me ha abandonado. Ya más mayor, me puse a diseñar algunas prendas y, luego, colecciones enteras. Cuando me tocó escoger mis estudios, no tuve muchas dudas. Mi elección sorprendió a más de uno. Muchos esperaban que me decidiera por seguir una ruta ya trazada y me uniera a mi padre en la joyería. Seguro que fue él quien menos se sorprendió. Nos llevamos bastante bien y siempre ha estado al corriente de lo que era para mí una auténtica pasión. Así que, aunque sé que una pequeña parte de él esperaba que tomara las riendas de la empresa familiar, siempre me ha animado en todos mis proyectos.

Cuando, una vez terminados mis estudios, llegó el momento de buscar trabajo, de inmediato me ofreció su ayuda. Con sus contactos, podría haberme conseguido fácilmente un puesto en una marca prestigiosa sin que yo hubiese tenido que levantar un solo dedo, pero yo no estaba dispuesta a aceptarlo. No quería conseguir un trabajo gracias a mi apellido. Una vez más, algunos no entendieron mi decisión. No me avergüenzo en absoluto de mi padre, más bien lo contrario, pero no me gusta verme reducida a ser la hija del señor Montgomery. Quería poder sentirme orgullosa de haber conseguido algo por mí misma y no porque mi familia me hubiera podido abrir puertas.

Como ya he dicho, no estoy acostumbrada a que me digan que no. Y, sin embargo, tuve que encajar más de una vez hirientes rechazos hasta que encontré a Maurizio. A decir verdad, fue él quien me buscó. Uno de mis antiguos profesores le había hablado de mí y le mostró algunos de mis diseños. Al principio, cuando me explicó su proyecto de ropa para perros, casi me eché a reír, pero la fogosidad con la que me hablaba del tema impidió que lo hiciera. Mis conocimientos de la moda canina se limitaban al impermeable grotesco que una de mis vecinas le ponía a su chihuahua los días de lluvia. Así que, ¿ayudarle a diseñar una colección entera? Me parecía ridículo. Maurizio me pidió que le concediera seis meses. Si tras ese plazo no estaba convencida, podría irme. Terminé aceptando, sobre todo porque no tenía nada más en el horizonte y, también, porque ya no sabía cómo decirle que no a ese hombre. Y de eso hace ya ocho años. La pequeña empresa se convirtió en una marca conocida y no solo en el sector de la moda para animales. Incluso la prestigiosa revista *Vogue* nos ha dedicado varios artículos o, en sus sesiones de fotos, ha relacionado nuestras creaciones con las de célebres casas de alta costura o de *prêt-à-porter*. Distribuimos nuestros productos por todo el país y parte del extranjero, lo que hace que tenga que viajar con regularidad de California a Europa, pasando por Japón. Volar es una de las muchas fobias de Maurizio, por lo que soy yo la que se ocupa de nuestros negocios fuera del Estado.

Por fin cruzo las puertas de la pulcra entrada de Botella Dogs. Cody, el recepcionista, esboza una sonrisa de oreja a oreja cuando me ve aparecer. No es que se alegre especialmente de verme, ese es su estado natural. Es una de esas personas que tienen una existencia binaria: están felices o están muertos. Y como todavía respira...

Le entrego mi maleta, dejándole bien claro que más le vale enviarla a mi casa lo antes posible, y pongo rumbo a mi despacho. Por suerte para mí, tengo un pequeño cuarto de baño contiguo que me permite refrescarme y cambiarme para no vestir nada tan arrugado. Por mucho que me dedique a la ropa para perros, yo misma tengo que ir impoluta en cualquier situación. No me ha dado tiempo ni a empolvarme la nariz cuando Hallie entra en mi despacho. Ni siquiera ha llamado a la puerta: el asunto debe de ser grave. Ella sabe que, en otras circunstancias, tal familiaridad le habría costado que la clavara viva a esa misma puerta.

—¡Gracias a Dios! ¡Señorita Montgomery, por fin ha llegado!

Hasta hoy, creo que ningún empleado le había agradecido a Dios mi presencia en el edificio. En general, aparte de Maurizio, todos huyen de mí como de la peste. Hay que decir que tengo reputación de ser implacable. No voy a mentiros: no me ando con miramientos y prefiero que me teman a que me consideren su amiga. Porque resulta mucho más fácil que respeten mis elecciones o mis órdenes cuando creen que no cederé a eventuales reclamaciones.

—Hazme un resumen, Hallie. ¿Qué pasa? —le ordeno con tono seco.

—Maurizio, bueno, mejor dicho, el señor Botella ¡se ha evaporado!

—No seas ridícula, la gente no se evapora. ¿Quieres decir que no sabes dónde está?

—Eso. Se fue ayer un poco más pronto que de costumbre, como suele hacer la víspera de una sesión de fotos. Tenía que ir al hotel de la señorita Adams. ¡Me dijo que nos veríamos esta mañana, pero no ha venido! Al principio, creí que llegaba un poco tarde, algo raro en él, pero que le puede pasar a todo el mundo. Pero cuanto más tiempo iba pasando, más raro me parecía. He intentado localizarlo y, al no obtener respuesta, he intentado llamarla a usted. Pero creo que ya estaba en el avión. De hecho, ¿cómo ha sabido que la necesitábamos?

—Todavía no tengo el don de la adivinación, Hallie. Maurizio me lo ha dicho.

—Entonces, ¿sabe por qué no está aquí? —se sorprende la ayudante de dirección—. ¡Jamás había faltado a una sesión de fotos!

—Ni idea. Imagino que habrás anulado la sesión, ¿no?

—Sí. De hecho, el fotógrafo no se lo ha tomado nada bien. Ha montado un escándalo diciendo que era la primera vez que lo trataban así. Se ha comportado como una auténtica diva y...

No sabe si continuar. Acaba de criticar abiertamente al fotógrafo y, supongo, se acaba de dar cuenta de que fui yo quien lo escogió. Tiene razón: Nick Jones es un idiota. Pero jamás lo reconoceré delante de ella. Me limito a lanzarle una mirada glacial.

—¿Cuánto tiempo vamos a necesitar para poder empezar la sesión por fin? —pregunto con un tono que deja claro que espero una respuesta satisfactoria.

Hallie abre la boca y la vuelve a cerrar.

—Bueno, puedo intentar llamar a todo el mundo para mañana y...

—Convócalos a todos a las nueve. Solo tienes que pedirle a Cody que te ayude.

—Pero se tiene que ir. Tiene otro trabajo en un restaurante y...

—Francamente, Hallie, me importa un bledo lo que Cody haga en su tiempo libre. Busca a alguien que te ayude o no lo busques, pero quiero a todo el mundo aquí mañana por la mañana.

Se retuerce en su silla y eso no significa nada bueno. Y yo me estoy quedando sin paciencia.

—Hallie...

—Esto, señorita Montgomery, tenemos otro problema...

—¿Qué otro problema, Hallie? No estoy de humor para jugar a las adivinanzas, así que ve directa al grano.

—Tampoco localizo a Scarlett ni a la señorita Adams.

Ayer tuve la sensación de que el día duraba como cuarenta y ocho horas y no tengo muy claro que hoy vaya a ser mejor. Me pasé la tarde organizando una nueva sesión de fotos mientras seguía acosando por teléfono a Maurizio y Valentina por si alguno de los dos se apiadaba de mí y se dignaba a responderme, pero no, estoy segura de que mi jefe me odia y quiere volverme loca. Y, llegados a este punto, está cerca de conseguirlo. En otras circunstancias, estaría preocupada por si le ha pasado algo, pero lo conozco demasiado bien. Ha optado por esconderse en algún sitio hasta que decida que su problema —que seguro que no es tal— se ha resuelto o, al menos, no es tan grave como creía. Si no fuera un genio, haría tiempo ya que habría dejado de soportar sus excentricidades.

Hoy me he levantado en cuanto ha amanecido; no, no he dormido demasiado. Esta mañana he llegado la primera a Botella Dogs. Quiero comprobarlo todo antes de que llegue el resto del equipo. Me paso más de una hora inspeccionando la ropa, tomando nota de las modificaciones o los ajustes que hay que hacer antes de que se la pongan las modelos. No he conseguido hablar con Valentina Adams, la dueña de Scarlett, nuestra modelo principal. Por suerte, siempre hay un plan B. Tenemos una doble de Scarlett que se le parece mucho. Tiene el mismo pelaje blanco y casi la misma mancha marrón dorada en el lomo. Teniendo en cuenta que es la parte que, casi siempre, queda oculta bajo la ropa, es muy fácil confundirlas. Por tanto, será Rosabella la que pose para nosotros en esta sesión. Su propietaria, Janyce Sanders, es la dueña de Víctor, nuestro modelo masculino, lo que facilita mucho las cosas.

Unas horas después, la oficina parece un hervidero. Entre las costureras, las encargadas de vestuario, las personas responsables de la decoración y de la luz, reina un ambiente muy revuelto. Hallie corre de un lado para otro y yo hago lo que mejor sé hacer: dar órdenes.

Doy una vuelta por el camerino de nuestros modelos peludos para ver cómo van los preparativos. Víctor, como de costumbre, hace gala de una flema a prueba de balas mientras la peluquera le aplica no sé qué loción que se supone que le aporta brillo al pelo o algo así, bajo la mirada atenta de su dueña. Pienso en la gabardina estilo Sherlock Holmes que hemos diseñado para él. Le va a quedar genial. Esta temporada nos hemos decantado por una colección un poco retro, inspirada en principios del siglo xx. Pero la gran novedad de este año está en los accesorios, más concretamente en los collares. Proponemos nuestras primeras piezas con auténticas piedras preciosas con el fin de adornar los conjuntos más elegantes o para los propietarios que quieran mimar a sus compañeros de cuatro patas. Estoy muy orgullosa de nuestras creaciones, sobre todo porque Maurizio me ha dejado diseñar la mayoría. Y, por supuesto, para realizar esas piezas únicas, he trabajado con los mejores joyeros de Boston: las joyerías Montgomery. Huelga decir que mi padre estaba encantado. Me dio carta blanca, contento al ver que, por fin, me interesaba por su negocio. Además, es una magnífica oportunidad para ambas empresas, ya que nos podemos beneficiar mutuamente del prestigio del otro.

Me dirijo al segundo sillón en el que se encuentra Rosabella. Lleva una especie de bigudíes en miniatura que la hacen parecer una abuelita con sus pelos blancos como la nieve. Cuando me acerco, la perra gira la cara hacia mí y me gruñe.

Había olvidado que esa era una de las razones por las que siempre prefiero a Scarlett a Rosabella para las sesiones de fotos. Esa perra me odia. No sé qué le he hecho, pero no me soporta. Puede que sea por la segunda razón por la que no recurro a ella: no me gusta nada su propietaria. Si no fuera la dueña de Víctor —que es un perro adorable y, sobre todo, un gran profesional—, ya haría tiempo que habría perdido su número de teléfono. Prefiero mil veces más trabajar con Valentina, la dueña de Scarlett, que no es perfecta pero desde luego más simpática que Janyce, algo que, por otra parte, no es muy difícil.

No hay forma de que alguien se acerque a sus dos bebés sin que ella supervise la operación, sobre todo en lo que respecta a la cuestión estética, porque ella misma es peluquera, así que lo supervisa todo al milímetro. Aunque no me caiga bien, al menos tengo que reconocerle ese mérito: se ocupa muy bien de sus perros.

—¡Zoey! ¡Qué placer volver a verla! ¿Cómo está?

No me dejo engañar por su tono, que podría parecer sincero para alguien que no la conociera. Esa mujer es un tiburón. Pero yo también lo soy. Por eso, le respondo con amabilidad, sin dejar que se note mi animosidad.

—Tiene muy buen aspecto hoy, ¿acaba de volver de vacaciones? —me pregunta con boquita de corazón.

Sabe perfectamente bien que he tenido que volver de forma prematura porque ya estaba aquí ayer y Hallie se lo habrá dicho. No estoy para nada más bronceada que antes de irme. Con los últimos preparativos de la boda, casi no he tenido tiempo de relajarme en la playa ni en la piscina.

Antes de que pudiera responderle, Hallie me interrumpe.

—Señorita Montgomery, hay unas personas en la recepción que querrían hablar con usted.

—Hallie, no tengo tiempo ahora para representantes ni curiosos. Solo tienes que pedirle a Vera que...

—Es importante —me corta.

Sus ojos parecen querer decirme algo y comprendo que no desea hablar delante de Janyce. Entonces, abandono a la rubia pérfida en el camerino y pongo rumbo a la entrada del edificio, con Hallie pisándome los talones. Una vez lejos de potenciales oídos indiscretos, me explica la razón de su interrupción: la policía está allí.

La primera pregunta que me surge es: ¿qué habrá hecho Maurizio? Un escalofrío de angustia me recorre el cuerpo. ¿Y si le ha pasado algo de verdad? Acelero el paso. Nuestras instalaciones jamás me habían parecido tan grandes como en ese momento y es la primera vez que eso me supone un problema. Cuando llego a la recepción, descubro a Cody, el recepcionista, que ha perdido su sonrisa por primera vez desde que lo conozco. Observa con preocupación a los dos hombres sentados en las cómodas butacas de cuero beis. Cuando me ven, se levantan a la vez. El primero, un treintañero latino bastante encantador, me dedica una amplia sonrisa. El segundo, un chico moreno y alto de ojos castaños, tiene una expresión seria que creo que solo me está reservada a mí cada vez que nos vemos. Se trata del teniente McGarrett.

Cody se endereza como un muelle en cuanto me acerco, no les da tiempo a presentarse y me anuncia algo que ya sé:

—Señorita Montgomery, la policía está aquí.

Le hago una pequeña señal con la cabeza para darle les gracias por su inútil presentación.

—Inspector Carlos Sánchez —declara para presentarse el acólito de McGarrett mientras me tiende la mano—. Y él es...

—Ya nos conocemos —le corta su colega.

La mirada de Sánchez va de uno a otro, sin ocultar su sorpresa, y luego sonríe. También me doy cuenta de que no pierde ni un segundo en hacerme un repaso de pies a cabeza. Estoy acostumbrada a esa reacción por parte de los hombres y no me molesta.

—Zoey, ¿podríamos hablar en un lugar más tranquilo?

No podemos decir que la recepción esté a reventar, pero comprendo por la mirada de reojo que le lanza a Cody que preferiría que no participara en la conversación. De todas formas, el recepcionista parece al borde del desmayo. Debe de formar parte de esa categoría de personas que se siente mal en cuanto hay un representante de la ley cerca, aunque el delito más grave que haya cometido sea aparcar un día sobre la acera. Al menos, por fin he encontrado algo que le hace dejar de parecer el tonto del pueblo.

Les hago señas a los dos inspectores para que me sigan a mi despacho. Nos instalamos en el sofá y Hallie les ofrece algo que beber. Los dos aceptan un café y sorprendo a McGarrett dándole las gracias a mi asistente con una sonrisa que la sonroja hasta la punta de las orejas. Una vez más, me pregunto qué puede empujarle a ser tan amable con toda la población del planeta excepto conmigo. Tampoco le doy más vueltas porque, aunque no estoy tan nerviosa como Cody por su presencia, también me pregunto qué hacen allí. Y el hecho de que Maurizio no haya dado señales de vida desde hace ya veinticuatro horas no ayuda a disipar ese malestar. En cuanto Hallie cruza el umbral de la puerta, el teniente Sánchez va directo al grano:

—Señorita Montgomery, creo que conoce a Valentina Adams, ¿no es así?

Mi padre siempre me ha enseñado que no hay que mentir y, sobre todo, que hay que respetar a las fuerzas del orden. Por ello, le respondo con la mayor sinceridad y la mayor cantidad de detalles posibles:

—Sí, es la dueña de una de nuestras modelos estrella que, de hecho, debería haber posado para nosotros ayer, pero no se presentaron.

En cuanto pronuncio esas palabras, comprendo que la ausencia de Valentina y Scarlett, así como la presencia de la policía, deben de estar relacionados. Tengo un mal presentimiento.

Los dos oficiales cruzan miradas y es Tom McGarrett quien toma el relevo:

—Zoey, ayer encontramos el cuerpo sin vida de la señorita Adams. Lo siento mucho.

Pasan unos cuantos segundos o minutos, no lo sé bien, durante los cuales intento asimilar la información. Valentina y yo no éramos amigas, pero siempre te afecta el anuncio de la muerte de algún conocido. A eso hay que sumarle que todo aquello me trae a la memoria las palabras casi idénticas que me dijeron cuando tenía ocho años. Valentina debía de tener familia y amigos a los que no conozco, pero puedo imaginarme su pena.

No me cuesta adivinar que, si la policía se encuentra en mi despacho en estos momentos, es porque su muerte es sospechosa. Pero antes de interrogarlos sobre las circunstancias de su fallecimiento, otro pensamiento me viene a la mente.

—Pero, si Valentina ha muerto, ¿dónde está Scarlett?

—Esperaba que nos pudiera ayudar con ese asunto —reconoce el teniente Sánchez.

Capítulo 5

TOM

A veces mi profesión me lleva a lugares bastante insólitos y me hace descubrir cosas que desconocía o a las que, al menos, no había prestado atención. La ropa para perros, por ejemplo.

Es cierto que ya me he cruzado con perritos ataviados con trajes ridículos o con chaquetas que les permiten enfrentarse al crudo invierno de Massachusetts, pero jamás me había dado cuenta de que existiera una moda canina. No sabía que había diseñadores, colecciones, accesorios y personas reales dedicadas a trabajar en este ámbito. Y mucho menos me había imaginado que Zoey Montgomery pudiera pertenecer al mismo.

No me ha sorprendido que nos recibiera ella, pues me he pasado buena parte de la noche haciendo mis investigaciones y había encontrado su nombre en la página web de Botella Dogs. El descubrimiento me dejó estupefacto. Jamás me habría imaginado que la muy arrogante Zoey Montgomery pudiera haber puesto sus conocimientos al servicio de nuestros amigos los animales. Ni siquiera estoy seguro de que tenga mascota. Y, sin embargo, la llevo observando de reojo desde que hemos llegado y parece totalmente en su salsa. Hay que reconocer que, aunque estemos hablando de perros, me da la impresión de que tengo más posibilidades de cruzarme con amables perritos que sirven más de accesorio de moda para su propietaria que con grandes animalitos afectuosos y babeantes. Las lentejuelas y el estrás siguen ahí y creo que eso me confirma que la imagen que me había hecho de ella no era del todo errónea.

Aunque haya intentado ocultarlo, me da la impresión de que le ha afectado conocer la muerte de Valentina Adams. De todas formas, aunque no forme parte de mi lista de posibles sospechosos, me he asegurado de observar bien todas sus reacciones. La forense nos ha confirmado que Valentina murió la noche anterior al descubrimiento de su cuerpo y Zoey estaba en ese momento en las Bahamas, a menos de dos metros de mí. Tiene una buena coartada. Pero eso no significa que no pudiera ser, por ejemplo, la persona que encargara el asesinato. Por el momento, no descarto ninguna pista y más teniendo en cuenta que no cuento con muchos más datos. Valentina Adams parecía conocer a mucha gente, lo que alarga la lista de personas que pudieran tener algo contra ella.

Zoey nos ha dado autorización para hablar con los empleados de Botella Dogs. Al parecer, su jefe no está allí. Me ha dado la impresión de que le ha molestado un poco que le pregunte si sería posible hablar con él. Ha murmurado algo sobre una ausencia por motivos personales, para recargar pilas o algo así, y luego ha cambiado de tema deprisa. He cruzado miradas con Sánchez. Estoy seguro de que a él eso también le ha parecido sospechoso. Un hombre con quien Valentina debía reunirse al día siguiente de su muerte y que está oportunamente ausente... O es sospechoso o le ha pasado algo. No sé qué es mejor.

Por el momento, nos centraremos en las personas que participan en la sesión de fotos. No me imaginaba que hiciera falta tanta gente alrededor de un fotógrafo para organizarlo todo. Creo que nos llevará un buen rato. Según parece, todos conocían a Valentina y a Scarlett, lo que supone tener que interrogar a varias decenas de personas.

Carlos está ya en ello cuando un perrito blanco y marrón, con unos rizos que no parecen para nada naturales, viene a frotarse contra mi pierna mientras ladra de alegría. Me agacho para acariciarlo cuando una mujer aparece corriendo sobre unos tacones vertiginosos, oscilando tanto que cualquiera diría que podría perder el equilibrio de un momento a otro.

—¡Rosabella! ¡Deja al señor tranquilo!

Me incorporo para mirar de frente a la rubia que debe de ser la dueña del animalito. Me sonríe, coge a la perra y se la mete bajo el brazo. Entonces, apoya su mano en mi antebrazo.

—Espero que no le haya importunado demasiado.

Le respondo sonriendo para reafirmar mis palabras.

—No, en absoluto.

—Soy Janyce Sanders —me anuncia, tendiéndome la mano—. Encantada de conocerlo.

—Teniente Tom McGarrett.

La veo poner mala cara cuando le anuncio mi función, pero intensifica su sonrisa y me pregunta:

—¿Teniente? ¿Y por qué está la policía aquí? ¿Viene a asegurar el edificio? La verdad es que mis pequeños son, de alguna forma, estrellas.

Suelta una risita batiendo las pestañas y besa a su perrito en la cabeza.

—No, en realidad, tengo algunas preguntas que hacerle. ¿Conoce a Valentina Adams?

En cuanto pronuncio el nombre de la víctima, Janyce Sanders se pone tensa y hace una mueca que me hace pensar al instante que no la aprecia demasiado. De hecho, su tono se vuelve mucho más frío.

—Por supuesto que la conozco. Su perra posa con regularidad para Botella Dogs. ¿Qué le ha pasado? —pregunta, molesta.

—Encontramos el cuerpo sin vida de la señorita Adams ayer por la mañana.

Es cierto que no he cuidado mucho las formas, pero en vista del trabajo que me espera, no tengo tiempo que perder. La mano que acariciaba a la perra se queda inmóvil y pone los ojos como platos.

—¿Quiere... quiere decir que ha muerto?

—Sí, ha sido asesinada. Por eso tengo algunas preguntas que hacerle.

Mi interlocutora se tapa la boca con la mano.

—¿Cuándo vio a Valentina por última vez?

Parpadea y luego responde:

—Anteayer para las pruebas. Pero solo nos cruzamos un instante, porque yo iba con prisa, tenía que irme a trabajar. Salía con Víctor cuando ella llegó. En realidad, no hablamos mucho.

—¿Quién es Víctor?

—Mi perro.

Me señala lo que debe ser un shih tzu, sentado en una esquina con una especie de chaleco negro. Cualquiera diría que es una estatua por lo poco que se mueve.

—Dice que no hablaron mucho, ¿pero de qué trató exactamente esa breve conversación?

—De nada en especial, las fórmulas de cortesía habituales.

Suspira.

—Valentina y yo no éramos precisamente amigas.

—¿A qué se refiere? ¿Había un conflicto entre ustedes?

—No. Pero digamos que no nos caíamos demasiado bien. Entre nosotros, su perra no tiene ningún talento. Estoy segura de que si la contratan en Botella Dogs es porque Valentina tiene ese blog ridículo tan popular y cuentan con él para que les hagan publicidad.

Incluso le prestaron ropa para una fiesta, cuando a mí, jamás me lo han propuesto.

Con un movimiento discreto de cabeza, señala a Zoey, que parece discutir con quien creo que es el fotógrafo. Supongo que habrá oído por ahí que ha sido ella la que tomó esa decisión.

—¿Ambas perras posan juntas?

—No, posa con Víctor. Rosabella está aquí hoy solo porque sustituye a Scarlett. Se podría decir que se parecen. Pero, francamente, mi pequeñina no tiene nada que ver con esa chucha maleducada —añade con tono despectivo.

Le hago unas cuantas preguntas más a la tal Janyce. Si no he comprendido mal, no le caía nada bien Valentina, pero supongo que se debe al hecho de que su perra tenía el papel principal, mientras que la suya se limitaba a ser su doble. ¿Eso sería motivo suficiente para matar? No estoy seguro, pero no voy a descartar la hipótesis.

—¿Sabe a quién no le gustaba nada Valentina? —me pregunta la rubia sobre tacones de infarto.

Le respondo que no y entonces ella se acerca para susurrarme al oído.

—Zoey Montgomery.

Echo un vistazo hacia ella y la sorprendo observándonos con el ceño fruncido.

—¿Qué le hace pensar eso?

Janyce se encoge de hombros.

—Basta con ver a las dos para comprenderlo. Valentina era más joven, más guapa, más popular...

Es cierto que la única vez que he visto a Valentina Adams no estaba en su mejor momento. Desafío a cualquiera a estarlo sobre una mesa de autopsias. Pero no creo que Zoey tuviera nada que envidiarle. Primero, no había tanta diferencia de edad, al menos eso supongo porque no conozco la edad exacta de la chica que me babeó el brazo el día anterior mientras dormía en el avión. Segundo,

Zoey es... digamos que no pasa desapercibida cuando entra en una habitación. En cuanto a la popularidad, quizá tenga razón. Pero tengo la impresión de que a Zoey le da completamente igual no caerle bien a determinadas personas. Por el momento, no veo ninguna razón por la que quisiera deshacerse de Valentina Adams, pero, como de costumbre, me mantendré atento.

Me dispongo a preguntarle qué hizo hace dos noches, cuando nos interrumpe el chico que nos recibió en la recepción hacía un rato.

—Su café, señora Sanders —anuncia.

La bandeja sobre la que se encuentra la taza junto con un vaso de agua vacila peligrosamente. Hay que decir que el recepcionista parece totalmente fascinado por la dueña de Rosabella. Entre eso y el hecho de que lleve la mano vendada, la probabilidad de que aquello termine mal parece aumentar por momentos. Agarro la bandeja y la sujeto para ponerla a disposición de la destinataria de la bebida. Zoey ya nos ha ofrecido uno, pero yo también necesitaría otro café. Reconozco que soy adicto a la cafeína.

Janyce Sanders me dedica una sonrisa antes de llevarse la taza a los labios sin dejar de mirarme. Parece totalmente ajena al hecho de que Cody la devora con los ojos o lo oculta deliberadamente. Ni siquiera le agradece el servicio prestado. El pobre chico se da media vuelta, decepcionado.

Termino de interrogarla y le doy las gracias por su ayuda. Le entrego mi tarjeta por si recuerda algo nuevo. Cuando la coge, me doy cuenta de que quizá debería haberle dado la de Sánchez. Algo me dice que va a marcar mi número, pero no necesariamente para nada relacionado con la investigación. No quiero parecer presuntuoso, pero no sería la primera vez que me pasa. Sé que tengo cierto éxito entre el género femenino, pero, cuando se trata de trabajo, prefiero ser profesional. Aunque, para ser sincero, rompí esa norma una vez, con Amy. Visto el resultado, me he prometido no volver a repetirlo. Por eso, tengo cuidado de no alimentar falsas expectativas. Por desgracia para mí, desde que una de ellas apareció en la comisaría buscándome sin nada de ropa bajo el impermeable, mis colegas se meten conmigo con cierta regularidad.

Encadeno los interrogatorios. Todo el mundo parece haberse cruzado con Valentina, aunque solo fuera una vez, pero no averiguo nada excepcional. Parecía caer bien y, aparentemente, solo mantenía relaciones profesionales con todos ellos.

La sesión de fotos está a punto de empezar y todavía no he tenido tiempo de interrogar al fotógrafo. Me acerco a Zoey, que está echándole la bronca a la joven encargada de la ropa, supongo, porque empuja un perchero en el que se encuentran alineados cientos de trajecitos. Cuando me ve, relaja su atención sobre su presa, momento que aprovecha esta para escabullirse a toda velocidad. Gira la cabeza hacia mí y grita:

—¿Y ahora qué pasa?

De sus ojos salen rayos y me pregunto si nuestra investigación es la causa de su enfado o si se debe a su trabajo.

—Creo que vas a tener que retrasar la sesión de fotos —anuncio.

—¿Perdón?

—Todavía no he terminado de interrogar a todo el mundo.

—Puedes seguir interrogando a los empleados que no estén trabajando directamente en la sesión...

—No —la interrumpo—. Tengo un asesino suelto por ahí y no puede esperar, Zoey.

Por supuesto, pongo especial énfasis en esta última frase. Me dan igual sus fotos de tres al cuarto, tengo un cadáver y desde luego unos cuantos trapitos ridículos para perritos mimados no van a hacer que desista en resolver este caso lo antes posible.

53

Zoey suspira, exasperada. Soy consciente de que está a dos pasos de enviarme a hacer gárgaras, pero también sabe que voy a seguir con o sin su aprobación. Si acepta, ganaremos tiempo los dos.

—¿Cuánto tiempo necesitas?

—No lo sé, todo depende de lo que consiga averiguar.

Siento que mi respuesta vaga la irrita.

—Empieza por Nick, el fotógrafo. Así podremos volver al trabajo rápido.

—No eres quién para decirme en qué orden tengo que llevar mis interrogatorios —le hago notar.

—¡Vale, pues haz lo que te dé la gana! ¡De todas formas, por lo visto, no tengo ni voz ni voto!

Si de algo me he dado cuenta ya es que Zoey Montgomery no soporta que las cosas no se hagan como ella las entiende. Por desgracia para ella, a mí me pasa lo mismo.

Tendré que dejarla tranquila un rato y esperar a que se le pase la frustración, pero como quiero dejarle claro que, en este caso, soy yo el que decide, le anuncio:

—Perfecto, pues voy a empezar por ti. ¿Hay algún sitio tranquilo en el que podamos hablar?

Abre los ojos de par en par.

—¿Qué más necesitas saber? Ya te lo he contado todo.

Se cruza de brazos en posición defensiva, lo que me confirma que, efectivamente, me oculta algo.

—Creo que no. Vamos a tu despacho.

Le hago señas para que pase delante de mí, tampoco hay que olvidar las buenas formas y, además, Zoey no es de las que se dejan hacer.

Una vez en la estancia de líneas depuradas, caigo en la cuenta de que quizá no debería de haberle pedido ir allí. Es su guarida, su territorio. De hecho, parece tener una confianza a prueba de balas entre esos muros. Se instala graciosamente en su cómodo sillón de cuero beis y me hace señas para que me siente frente a ella. En esa posición, reafirma su autoridad. No solo es una cara bonita con ojos de acero. Es una poderosa mujer de negocios. Su pelo largo cae formando ondas sobre sus hombros y su espalda. Su blusa blanca revela un escote recatado pero suficiente como para hacer girar la cabeza de cualquier hombre tan solo por lo que sugiere. Tiene sus finas y largas piernas cruzadas y resulta inevitable fijar la mirada en esa parte disimulada bajo su falda de tubo. Zoey Montgomery sabe que es una mujer atractiva y no me cabe la menor duda de que usa sus atributos para hacer caer a sus más temibles adversarios. La conozco desde hace poco, pero sé que si hay algo que no soporta es que algo se le resista. O, sobre todo, alguien. Por eso, hago todo lo posible por permanecer insensible a su numerito. No tengo que esforzarme demasiado porque esa chica, aunque mejor debiera decir mujer porque ya no hay nada de inocente en ella, tiene el don de exasperarme con gran facilidad. Jamás he soportado a las personas que creen que se lo merecen todo. En mi trabajo, me cruzo con gente así con bastante frecuencia. ¿Cuántos se han creído intocables por su estatus social, sus contactos o su encanto? Decenas, cientos. Pero, para mí, nada de eso importa. Asesino o víctima, ambos tienen derecho al mismo tratamiento, sean pobres o ricos, guapos o feos, conocidos o desconocidos. Así que las princesitas malcriadas no me impresionan, más bien todo lo contrario. Aunque mi madre me repitió de pequeño que todas las mujeres deben ser tratadas con deferencia, me cuesta mucho con especímenes como Zoey Montgomery. Por eso, prefiero ignorarlas, aun a riesgo de parecer desagradable. Pero ahora no me queda más remedio porque tengo que interrogarla por el bien de mi investigación.

—¿Me vas a hacer preguntas del tipo: «Señorita Montgomery, ¿dónde estuvo hace dos noches»?

Dudo un segundo en si debería responder con otro comentario sarcástico, pero opto por la simplicidad.

—Sé muy bien que no tengo que hacerte esa pregunta, así que mejor no perdamos el tiempo. Sin embargo, me gustaría saber cómo sabías que Valentina Adams murió precisamente por la noche.

Abre la boca, desestabilizada, pero se recompone de inmediato. No obstante, cuando responde, su voz ya no parece tan segura como antes:

—Solo era una suposición. Valentina estuvo aquí anteayer, pero no se presentó ayer por la mañana cuando se la esperaba... Así que pensé que...

—¿Y qué vino a hacer aquí anteayer?

—Scarlett y ella tenían cita para probarse la ropa y los accesorios. Algunas piezas están hechas a medida. Maurizio quería comprobar que todo estaba bien y en orden para el día siguiente, sobre todo en cuanto a las joyas, en las que los retoques son más difíciles.

—¿Las joyas?

—Sí, la colección de este año incluye piedras preciosas en algunas prendas y collares. Del trabajo de joyería se encarga un proveedor externo. Para no ocultarte nada, trabajamos con las joyerías Montgomery.

—Entiendo.

Una idea cruza mi mente:

—¿Acaso la señorita Adams estaba en posesión de algunas de esas piezas de valor?

—No, todo está aquí en una caja fuerte a la que solo tenemos acceso Maurizio Botella y yo.

—¿Podríamos echar un vistazo a esa caja fuerte?

—Si eso te hace feliz —responde, encogiéndose de hombros.

Se levanta y comprendo que debo seguirla a la oficina contigua. La decoración me hace comprender al instante que se trata del despacho de su jefe. La estancia es mucho más masculina y, en la pared, hay una serie de fotos suyas acompañado de personalidades. Me acerco a una de ellas y lo veo, sonriente, junto a la reina de Inglaterra, con dos corgis a sus pies, vestidos con capas de tweed. En la siguiente, una estrella de Hollywood con su chihuahua ataviado con un abrigo de piel rosa. Dos estilos completamente diferentes, pero que confirman que el diseñador conoce a mucha gente.

Zoey mueve un panel de la pared para acceder a una caja fuerte mucho más sofisticada de lo que esperaba encontrar en un lugar así. Gira una serie de botones y abre la pesada puerta metálica.

—Pues aquí está... —empieza.

La veo palidecer de repente como si acabara de ver a la muerta en persona. Alarmado por su comportamiento, me acerco.

—¿Qué pasa?

Se gira hacia mí con mirada desencajada. La confianza de la que solía hacer gala ha desaparecido por completo.

—Fa... falta el collar de diamantes —balbucea.

Tengo la impresión de que está a punto de desmayarse, así que apoyo mi mano en su antebrazo en un vano intento de reconfortarla.

—¡Anula la sesión de fotos! —le ordeno—. Voy a pedir refuerzos.

Asiente con la cabeza y pone rumbo a la puerta.

—Zoey —la interpelo.

Se gira. Parece haber envejecido diez años de golpe.

—Tienes que decirme dónde se encuentra Maurizio Botella.

Capítulo 6

ZOEY

Voy a terminar mis días en la cárcel, seguro. ¿Por qué? Porque mataría y evisceraría a Maurizio con mis propias manos. Ni siquiera contrataría a un asesino a sueldo, yo misma haría el trabajo sucio. Pero, para eso, necesito encontrar al traidor. Y, sobre todo, tengo unas cuantas preguntas para él antes de hacerlo desaparecer tras un atroz sufrimiento. La primera sería: «¿Qué has hecho con el collar de diamantes?». Como ya le he dicho a McGarrett, él y yo somos los únicos que conocemos la combinación de la caja fuerte. Teniendo en cuenta que yo no he tocado el collar, la solución al misterio es bastante simple. De hecho, me tranquiliza bastante ver que ha parecido creerme cuando le he dicho que no había sido yo. He dicho «parecido» porque me cuesta mucho interpretar su cara cuando se dirige a mí. Lo he observado durante todo el día y sigo sin entender por qué es tan agradable con todo el mundo, pero conmigo es más bien todo lo contrario. Creo que le molesto, ¿pero qué he hecho yo para merecer ese trato? Ni idea. Cualquiera diría que he atropellado a su perro o algo así.

Veamos, por ejemplo, a Janyce. Es una mujer horrible. De hecho, creo que han puesto su foto en el diccionario justo al lado de la definición. No deja de parlotear con esa voz de cotorra tan insoportable y ni qué decir de su forma de reír. Es desagradable con todo el mundo excepto con sus pequeños tesoros, Víctor y Rosabella. Esa mujer tiene un ojo más grande que otro y la boca torcida, un auténtico Picasso. En resumen, no tiene nada que pudiera hacerla parecer simpática o agradable a la vista. Y, sin embargo, el teniente McInvestigo le ha dedicado una de sus más bonitas sonrisas. Ni siquiera ha dado un paso atrás cuando se ha permitido manosearlo como a un vulgar *toy boy* e incluso ha corrido a servirle su café. Es cierto que así ha podido evitar el enésimo desastre debido a la torpeza de Cody, pero eso no quita que no haya parecido tener que esforzarse demasiado para ser agradable con ella. Mientras que yo solo tengo derecho a una cara larga, una mirada fulminante y un suspiro de desesperación.

Bueno, será mejor que deje de pensar en Tom McGarrett y me concentre en el hombre que ha convertido mi vida en un infierno estas últimas horas: Maurizio Botella. De hecho, estoy delante de su puerta. Como la policía me ha pedido que posponga la sesión de fotos, no tengo gran cosa que hacer, aparte de buscar a ese traidor. De todas formas, se han llevado toda la ropa y todas las joyas, así que se podría decir que me encuentro en paro técnico. Y no tengo cabeza para ponerme a trabajar en otra cosa. Hay que resolver este asesinato y la desaparición lo antes posible porque no quiero imaginarme la hecatombe si no podemos volver al trabajo en los próximos días. Por eso, cuanto antes encuentre a Maurizio, más rápido avanzará la investigación. Al menos eso espero. No me sorprendería que el pobre no supiera absolutamente nada de la muerte de Valentina, pero, por lo menos, podría responder a algunas preguntas sobre el collar.

Seguramente os estaréis preguntando por qué no considero ni por un segundo la posibilidad de que él sea el asesino. Sí, lo sé: Maurizio desapareció justo en el momento en que encontraron el cuerpo sin vida de una persona con la que había estado unas cuantas horas antes.

Sé que no es él. Simplemente lo sé.

¡No, en serio, soy yo la que le salva la vida cuando una araña osa pasearse por su despacho! ¡Y no estoy hablando de una viuda negra! Ese tipo de espécimen no se encuentra con facilidad en los edificios del centro de Boston. No, hablo de un animalito apenas más grande que la cabeza de un alfiler. Y mejor ni os cuento cuando, al visitar el almacén de un proveedor de tejidos, se dio de bruces con un ratoncito. Fue hace como un año y estoy segura de que todavía le debe de estar hablando de ello a su terapeuta. Así que, ¿cometer un asesinato? Dejadme que me ría.

Llamo a la puerta. Una vez, dos veces, tres veces. Insisto una vez más, dejando el dedo apoyado en el botón. A mí eso me irritaría tanto como para abrirle la puerta a un asesino en serie, solo para que pare ese sonido horrible.

Nada. Ni un ruido.

Saco del bolso el manojo de llaves y busco la de mi jefe y amigo. La utilizo cuando me pide que vaya a su casa a buscarle algo. No se fía de nadie que no sea yo, ni siquiera de Hallie. Tener acceso a su apartamento también resulta muy útil en sus episodios de crisis histérica durante los cuales, a veces, llega a atrincherarse para reflexionar o cuestionárselo todo. Qué queréis que os diga, las grandes mentes creativas a veces están muy torturadas... Lo que ha hecho que no me preocupara demasiado hasta hoy. En mi opinión, Maurizio estaba en una de sus fases depresivas. El hecho de que le haya pasado en el momento en el que la dueña de una de nuestras modelos desapareciera no es más que una coincidencia, pero la historia del collar lo pone todo en tela de juicio.

Meto la llave en la cerradura y la giro. A continuación, abro los cerrojos. Sí, mi jefe es un poco paranoico. Aunque vive en un edificio con mucha seguridad, con portero y vigilante en la entrada, su apartamento cuenta con un dispositivo tan seguro como el de Fort Knox.

—¡Maurizio! ¡Soy yo, Zoey!

Solo el silencio responde a mi llamada. Entro y tuerzo a la derecha, hacia el salón. En esa gran estancia, con muebles de diseño y magníficas vistas al río Charles, no hay ni el más mínimo rastro de presencia humana, así que continúo con mi exploración por la cocina, aunque dude mucho de que Maurizio pase mucho tiempo en ella, y luego por el despacho.

Al seguir sin tener indicios sobre dónde podría estar mi amigo, me dirijo al pasillo que conduce a los dormitorios. Echo un vistazo en las dos habitaciones de invitados, sin olvidar los cuartos de baño, pero nada. Entonces empujo la puerta del dormitorio del fondo, el de Maurizio.

La cama está hecha, lo que me hace pensar que no ha dormido allí esa noche. Estamos a viernes y su asistenta pasa los martes, jueves y sábados por la mañana. No es de los que se ocupan mucho de la casa, así que el cálculo es fácil.

Pero todo eso no soluciona mi problema. Esperaba encontrarlo en su apartamento, tirado en el sofá en chándal. Si no está allí, no sé dónde más buscarlo. La buena noticia es que jamás se le ocurriría reservar un billete de avión para irse a la otra punta del país porque no le gusta nada viajar. Pero la mala noticia es que, aunque lo conozco desde hace muchos años, no tengo ni la más mínima idea de dónde suele ir, aparte de al trabajo o al gimnasio. Todo su universo gira en torno a sus creaciones. Ni siquiera estoy segura de que tenga otros amigos aparte de mí.

Al no saber qué más podría hacer, me digo que, ya que estoy en su casa, podría echar un vistazo para intentar encontrar algún indicio de dónde podría ocultarse. O, mejor, el collar. No tengo la más mínima idea de qué podría haberle empujado a llevárselo, pero nunca se sabe.

Empiezo por el despacho, que es lo que me parece más lógico. Por suerte para mí, Maurizio tiene tendencia a deshacerse de lo superfluo. Por eso, el lugar no está inundado de papeles inútiles. Abro metódicamente los cajones uno por uno, pero aparte de encontrar un montón de clips alineados, que desde luego daría bastante munición a un psiquiatra, no descubro nada interesante. A continuación, paso a los muebles dispuestos por ese espacio. Maurizio jamás me había comentado que tuviera una caja fuerte en la casa, pero, ante la duda, miro debajo de todos los cuadros. Incluso empujo todos los lomos de los libros de la biblioteca. Vale, puede que lea demasiados libros de espías...

Luego paso a las habitaciones de invitados. Al instante me doy cuenta de que los armarios están casi vacíos. El salón y el comedor también son rápidos de inspeccionar. Aparte de los DVD o una serie de servicios de porcelana que harían palidecer a una vendedora de la sección «servicios de mesa» de Bloomingdale's, no hay nada interesante.

Al cabo de una hora, tengo que rendirme a la evidencia: solo cabe la posibilidad de encontrar algo en su dormitorio. No he empezado por esa habitación porque me da la impresión de que buscar en ese lugar, más que en ninguna otra parte, sería una intrusión en su intimidad. ¿Acaso me gustaría que Maurizio hurgara en mi cajón de la lencería? Probablemente no. Pero ¿querría que hiciera todo lo posible para encontrarme si hubiera desaparecido de forma misteriosa? Sí, sin lugar a dudas. Eso me da la seguridad necesaria para apartar la vergüenza y abrir los cajones de la cómoda.

Ya con el primero me dan ganas de dejarlo. ¿De verdad quiero saber de qué color prefiere mi jefe comprarse los calzoncillos? La verdad, no. A pesar de todo, meto la mano en el cajón, porque si hay algún sitio en el que la gente suele ocultar cosas es en el cajón de la ropa interior, ¿no? ¿Acaso habría metido el collar allí? Mi mano encuentra precisamente una caja en el fondo. La tomo con el corazón desbocado, pero, cuando la veo, sé que no es el estuche habitual de la joya desaparecida. Bueno, podría haber cambiado la caja. Decido abrirla para ver qué oculta... ¡Y la verdad es que no me decepciona! Me encuentro frente a unas esposas y algunos accesorios que los más políticamente correctos calificarían de «traviesos». Cierro la caja con un golpe seco y de repente tengo ganas de lavarme los ojos con lejía. ¿Que si la gente tiene tendencia a esconder objetos en el cajón de la ropa interior? Sí, no me cabe la menor duda. Lo que sí había olvidado es que las cosas que ocultan no suelen ser papeles en los que se menciona la existencia de un piso franco o una nota que diga dónde han dejado un collar de mucho valor. No, ¡la gente esconde sus juguetes sexuales!

Creo que, después de esto, jamás podré mirar a Maurizio a los ojos.

Abro los cajones de los armarios y, por desgracia para mí, no hay nada interesante, a no ser que se considere como tal descubrir que tiene suficiente ropa como para no tener que hacer la colada en dos meses. Al ver las corbatas, empiezo a preguntarme si no será de esos que compra cosas que jamás se pone. Como esta chalina inmunda verde manzana. ¿En serio? A la persona que la diseñó no deberían dejarle volver a crear nada más. De hecho, he decidido sacarla del armario. Mientras siga viva, me niego a que Maurizio se ponga semejante muestra de mal gusto. ¡Imaginaos que se hace una foto con eso y nuestras ventas se reducen a la mitad! Me dispongo a tirarla a la basura de la cocina cuando escucho un leve chirrido. Me quedo inmóvil y abro los oídos.

—¿Hay alguien ahí?

Una voz masculina seguida de un ruido de pasos. ¿Será el portero? Debe de tener la llave, solo puede ser él. Pero se oye una segunda voz:

—No hay nada que podamos hacer aquí. Volveremos más tarde.

—No he hecho nada ilegal, la puerta estaba abierta.

Mi corazón se acelera, pero no por buenas razones. Me maldigo interiormente. ¿Acaso no he cerrado la puerta bien? ¡Pero qué idiota! ¿Y si fuera el asesino de Valentina?

Oigo al segundo hombre ahogar una palabrota y replicar:

—No me gusta nada, prefiero esperar abajo.

No llego a escuchar lo que le responde el primer hombre porque pongo rumbo al dormitorio.

—¿Señor Botella?

El desconocido llama a mi jefe. Mierda, que conozca su nombre significa que no está ahí por casualidad. Siento que un escalofrío me recorre la columna vertebral. ¿Cómo va a reaccionar si me encuentra a mí en vez de a Maurizio? No, no quiero saberlo. De repente, la solución más segura que se me ocurre es ocultarme.

Miro a derecha e izquierda. Estoy en la habitación del fondo del pasillo, no puedo correr el riesgo de salir. Por tanto, mi única salida es encontrar un lugar en el que esconderme aquí. Lo primero que se me ocurre es debajo de la cama, pero el espacio disponible parece demasiado estrecho como para poder deslizarme. Escucho los pasos acercándose, así que más me vale encontrar una solución deprisa.

Abro la puerta del ropero y me cuelo bajo la fila de trajes. Afortunadamente, Maurizio no amontona las cosas en el armario. Con todo, encuentro una maleta que levanto para ocultar lo más posible mi presencia. A continuación, cierro la puerta lo mejor que puedo. Evidentemente, como no ha sido concebida para cerrarla desde dentro, no consigo cerrarla del todo, así que queda un resquicio por el que puedo observar lo que pasa en la habitación.

El hombre llama unas cuantas veces más a mi jefe, pero, como me pasó a mí, nadie le responde. A pesar de que la gruesa moqueta ahoga sus pasos, le oigo entrar en el dormitorio y soy consciente de que está muy cerca. Los latidos de mi corazón son erráticos. Estoy segura de que, si agudizara el oído, podría percibirlos. Una sombra pasa por delante del armario e intento contener la respiración. Solo cuando se aleja en dirección a la cómoda puedo reconocer por fin la silueta del hombre. Es alto, aunque me temo que, desde mi posición a ras de suelo, cualquiera que se vistiera en la sección de adultos me parecería inmenso. Es moreno y lleva un traje gris... ¡Jesús, María y José! ¡Sé perfectamente a quién pertenece ese culo firme y bien moldeado en sus pantalones de tela! ¡Es Tom McGarrett! ¿Pero qué hace él aquí? Me siento aliviada, porque es poco probable que haya venido a matarme o a eliminar a Maurizio, pero también estresada, porque ¿cómo voy a justificar que esté escondida en el armario de mi jefe en su ausencia? Y más después de haber jurado no saber dónde estaba (algo que es cierto) y solo haber omitido decirle al teniente McDesagradable que pensaba ir a su casa. Y, lo más importante, que tenía las llaves.

Así que decido quedarme en mi escondite. Veo a Tom detenerse frente a la cómoda y abrir el primer cajón. Si hace como yo y abre la caja que hay en él, se va a llevar una gran sorpresa, pero, al parecer, el teniente no es tan curioso como yo o ya sabe que nunca hay nada interesante entre la ropa interior, porque vuelve a cerrarlo sin tocar nada.

Sigue de espaldas a mí y veo que sus hombros se relajan un poco. Lo oigo suspirar, lo que me confirma que podría captar cualquier mínimo ruido que pudiera hacer. Justo en el momento en el que me digo que debería ser lo más discreta posible, ¡suena mi teléfono!

Presa del pánico, meto la mano en el bolsillo, golpeando de paso la maleta, lo que me arranca un gritito. El aparato no se limita a vibrar. La letra de *Daddy Cool* de Boney M. resuena en la habitación, amplificada por el silencio que reinaba. Apenas me da tiempo a pulsar el botón que permite rechazar la llamada antes de que se abra la puerta del ropero. Frente a mí se encuentra Tom McGarrett, con mirada severa y la cara larga, pero sobre todo con una enorme pistola apuntándome directamente a la cabeza. Suelto un grito digno de la rubia bajo la ducha de *Psicosis* de Hitchcock. Se me cae el teléfono de la mano y Tom no deja de parpadear.

—¡Zoey! ¡Cálmate! —me ordena al cabo de unos segundos.

Sus palabras tienen el efecto de hacerme callar, pero me quedo paralizada al fondo del armario. Mi teléfono vuelve a sonar con su canción ridícula. Estoy demasiado impactada como para hacer algo. Soy consciente de que Tom se guarda el arma a la espalda y me tiende la mano para ayudarme a levantarme. La cojo, pero se ve obligado a agacharse un poco más para ayudarme porque me tiemblan las piernas. De hecho, en cuanto salgo del ropero, me lleva a la cama y me sienta allí. Va a buscar mi teléfono y lo deja junto a mí. A continuación, da un paso atrás y apoya las manos en las caderas.

—¿Se puede saber qué hacías escondida en el armario?

No sé qué responderle exactamente y mi teléfono suena una vez más. No necesito verificar la identidad de la persona que me llama. Esa es la cancioncita ridícula que le he asignado a mi padre.

—Tengo que responder, es mi padre. Va a preocuparse si no respondo.

McGarrett suspira y me señala el aparato con el mentón, dándome así permiso para descolgar. No obstante, no se mueve ni un centímetro y está decidido, supongo, a continuar su interrogatorio ahora mismo.

—¿Diga?

Mi voz no suena tan segura como me hubiera gustado.

—Zoey, querida. Soy yo —me responde la voz grave de mi padre—. ¿Todo va bien?

Me aclaro la garganta, a ver si consigo recomponerme.

—Sí, todo va bien. Lo siento, pero estaba ocupada y por eso no he podido responder. ¿Por qué me llamas?

—Por nada en concreto. Solo quería saber si estarías disponible para comer conmigo mañana al mediodía. Hace una semana que no te veo y querría hablar contigo sobre un asunto...

No termina la frase, pero sé exactamente a qué se refiere. Mi padre y yo estamos muy unidos. Sobre todo desde la muerte de mi madre. Por muy ocupado que esté con su trabajo, siempre encuentra tiempo para mí. Es uno de los mejores padres del mundo.

—Sí, por supuesto, allí estaré.

¿Estás segura de que todo va bien? Me he enterado de que esa bloguera que trabajaba contigo ha muerto. Llamé a tu despacho antes. Al parecer, estabas ocupada con la policía, pero Hallie me confirmó que todo iba bien. Por eso, no he querido molestarte antes. Sabes que, si quieres, puedes quedarte a dormir en casa esta noche. Puedo pedirle a Irène que prepare tu habitación.

—No pasa nada, papá, estoy bien. Te veo mañana al mediodía.

Intercambio unas cuantas palabras más con mi padre bajo la atenta mirada de Tom. Lo tranquilizo por última vez y cuelgo.

—¿Entonces? —pregunta el teniente.

—¿Entonces qué?

—¿Qué haces aquí?

La conversación con mi padre me ha ayudado a superar el miedo de hace un instante, así que le respondo con aplomo:

—Yo podría hacerte la misma pregunta. ¿No se supone que deberías tener una orden de registro o algo así para entrar en las casas de particulares y rebuscar entre sus cosas?

Se cruza de brazos y veo un músculo temblando en su mandíbula.

—La puerta no estaba cerrada y eso me pareció sospechoso, así que decidí tomar la iniciativa por si Maurizio Botella estaba en peligro. Técnicamente no he infringido ninguna ley. He aplicado el procedimiento.

—¿Rebuscar en el cajón de la ropa interior forma parte del procedimiento?

Ni se molesta en responder.

—¿Cómo has entrado?

—Tengo la llave —replico al instante.

—¿Sabes lo que sí es reprensible, Zoey?

Deja pasar un segundo y continúa:

—Ocultar información a la policía. Si sabes dónde se encuentra Maurizio Botella, será mejor que me lo digas.

No me gusta el tono con el que da a entender que soy una mentirosa.

—¿De verdad crees que si supiera dónde está me habría escondido en su armario?

Tom se encoge de hombros.

—No tengo ni idea de dónde está. Si he venido aquí es porque estoy preocupada. Maurizio es mi jefe, pero también es mi amigo. Puede que le haya pasado algo grave. ¡Quién sabe si se está desangrando por ahí mientras charlamos tranquilamente!

—O puede que haya matado a Valentina y que se haya escondido en algún sitio, lo que te convertiría en su cómplice si tuvieras la desgracia de ocultarme algo.

—Te lo he contado todo —me indigno.

Aprieto los puños, exasperada por sus insinuaciones.

—Vale, te creo —admite al cabo de unos segundos—. Y como estás llena de buena voluntad, me vas a ayudar ahora mismo.

Arqueo una ceja, preguntándole con la mirada qué quiere decir con eso.

—Necesito que escuches los mensajes de su contestador del despacho.

—¿Por qué necesitas que sea yo la que lo haga?

—Porque, como has tenido la gentileza de recordarme, yo no tengo orden y tú tienes las llaves.

—¿Así que quieres que te ahorre tiempo?

—Está claro que lo pillas rápido cuando quieres —responde sin ni siquiera ocultar el sarcasmo en su voz.

Aprieto los dientes para no soltarle alguna bordería, pero, bueno, si eso nos ayuda a encontrar a Maurizio...

Me levanto y pongo rumbo al despacho, seguida de Tom. No le había prestado demasiada atención al aparato que hay sobre la mesa. La luz roja parpadea y la pantalla digital indica trece mensajes. Pulso el botón «reproducir» y escucho.

Los dos primeros mensajes son de Hallie. Nada sorprendente teniendo en cuenta que me había dicho que había intentado llamarlo a su casa. En el tercero, me sobresalto al oír mi propia voz. Justo en ese instante me doy cuenta de lo que viene después. Llamé a Maurizio al móvil y al fijo... unas cuantas veces. No sé cuántos mensajes le he dejado, pero no me sorprendería ser la autora de todo el contenido de la cinta. El problema es que, digamos, tengo cierta tendencia a la exageración cuando estoy disgustada.

En los primeros, me quejo porque no haya dado señales de vida y por haber tenido que acortar mis vacaciones, pero, al cabo de unos cuantos, llegamos a este tipo de mensaje:

Maurizio, como no descuelgues ahora mismo el puto teléfono para decirme dónde estás, te juro por mi mejor par de Louboutin que te voy a encontrar y te voy a torturar por haberme hecho esta putada.

Echo un vistazo a McGarrett, que no parece verle la gracia por ninguna parte.

Maurizio, llámame si no quieres que me plante allí y te estrangule con atroz sufrimiento.

—*¿Sabías que Valentina Adams murió estrangulada?*
Casi me ahogo cuando me doy cuenta de lo que está queriendo dar a entender.
—Yo no...
—Relájate, Zoey. Sé que no has sido tú la que la ha estrangulado. En ese momento, estabas roncando plácidamente con la mejilla apoyada en tu servilleta a modo de almohada.
Enfatiza su frase con una sonrisita burlona.

¡Maurizio, por el amor de Dios! ¡Ya puedes arrastrar tu culo hasta la oficina o tendré que ir a pateártelo yo misma con mis tacones de aguja! Te aviso, soy capaz de presentarte mi dimisión en menos de una hora si no te dignas a devolverme la llamada.

Bip

¡Maurizio, estoy harta de tus caprichos de diva! El fotógrafo está fuera de control, Janyce tiene una risa peor que antes, Hallie está al borde de la depresión nerviosa, Cody no sirve para nada, como de costumbre. La policía te busca. Han encontrado muerta a Valentina Adams y Scarlett ha desaparecido. Esto es un infierno. Llámame, por favor.

Mientras que en los demás mensajes solo estaba enfadada, en este parezco al límite de mis fuerzas. McGarrett levanta la cabeza y pregunta:
—¿Siempre es así entre vosotros?
—¿A qué te refieres?

—Reconóceme que tenéis una relación un poco especial. No conozco muchos empleados que amenacen a su jefe con patearles el culo con tacones de aguja.

Me encojo de hombros.

—Maurizio tiene cierta tendencia a la exageración y el espectáculo. Creo que se me ha acabado pegando.

Escuchamos los últimos mensajes y, como cabía esperar, yo soy la autora de todos. Cuando suena el último bip, guardamos silencio un instante.

—¿Crees que podremos recuperar la ropa y los collares pronto? —le pregunto, más por romper el silencio que para obtener una respuesta exacta a la pregunta.

Estamos en puertas del fin de semana. Aunque me dijera que me lo devolvía todo ahora mismo, no podría hacer gran cosa antes del lunes.

—Ni idea. Todo dependerá del curso de los acontecimientos.

Asiento con la cabeza.

—Zoey, me tienes que prometer que si tienes noticias de Maurizio me lo harás saber lo antes posible.

En comparación con las horas anteriores, esta vez, su tono de voz desprende una dulzura que me sorprende. Elevo los ojos en busca de los suyos y ya no veo rastro de esa exasperación de la que suele hacer gala cuando se dirige a mí.

—Te llamo en cuanto sepa algo.

Las comisuras de sus labios se elevan en lo que se podría considerar casi una sonrisa.

—¿Y tú me llamarás si averiguas algo por tu lado?

—Prometido, pero con una condición.

—¿Cuál?

—Que cerrarás la puerta detrás de ti cuando vayas a alguna parte. Has tenido suerte de que haya sido yo.

Elevo la mirada al cielo.

—Creía haberla cerrado. No suelo dejar las puertas abiertas.

—Ajá.

Su mirada se vuelve más severa y supongo que la mía también. No soporto que me digan lo que tengo que hacer. En general, incluso tengo tendencia a hacer justo lo contrario.

—Creo que sería mejor que te fueras a dormir a casa de tu padre, como él te ha propuesto.

Abro la boca, indignada porque haya escuchado nuestra conversación. Y, al mismo tiempo, tampoco es que me haya alejado lo suficiente como para que no pudiera escucharnos.

Se da la vuelta y se marcha.

Ya puede correr para que haga lo que me ha dicho. Ya soy mayor como para necesitar que me cuiden. Además, el lugar en el que vivo es bastante seguro. No voy a ir a refugiarme a la casa de mi padre como una niña asustada porque el teniente McSermoneador me lo haya sugerido.

Recupero mis cosas, cierro la puerta del apartamento de Maurizio y me vuelvo a casa con la esperanza de que mañana sea un mejor día.

Capítulo 7

ZOEY

Sábado, un poco antes del mediodía, la limusina de mi padre para frente a la entrada de mi edificio. Entro en la lujosa berlina mientras James, el chófer, me sujeta la puerta. La cierra y rodea el vehículo para ocupar su lugar tras el volante. Lo sorprendo mirando por el retrovisor central.

—¿Todo bien, señorita?

Si me lo hubiera preguntado otra persona, le habría respondido de malas maneras que se metiera en sus asuntos, pero James y su mujer Irène llevan trabajando para mis padres desde mi infancia. Son casi parte de la familia.

—Todo va bien. Gracias, James.

Frunce el ceño, lo que me indica que no me cree, pero es demasiado educado como para insistir.

Intento centrar mi atención en el trayecto hasta Beacon Hill, pero rápidamente mi mente divaga hacia lo que me ha tenido despierta una buena parte de la noche. ¿Dónde está Maurizio? ¿Dónde está el collar de diamantes? ¿Dónde está Scarlett? ¿Quién ha matado a Valentina?

Demasiadas preguntas y pocas respuestas por el momento. Hay otra cosa que también me angustia. ¿Cómo voy a contarle a mi padre que el collar ha desaparecido? Vale una pequeña fortuna y soy consciente de que su creación ha sido posible solo porque han sido los equipos de Montgomery Jewels los que lo han llevado a cabo. Si hubiera llamado a cualquier otro joyero, habría habido pocas posibilidades de dar con alguien que nos hubiera seguido en esta aventura. Aunque Botella Dogs es una marca conocida en el mundo de ropa para perros, no es más que una empresa modesta comparada con los grandes nombres de la moda. Así que, ¿cómo voy a confesarle a la persona que me ha confiado una pequeña fortuna que, por desgracia, la he perdido? O que, por lo menos, mi jefe ha desaparecido con él. Una hipótesis me ronda la cabeza: ¿habrá desaparecido Maurizio voluntariamente con el collar? Después de todo, su valor no es precisamente bajo. Si quisiera revenderlo, podría vivir el resto de sus días en el trópico con el dinero que sacara por él... ¡No, no sería capaz de hacer eso! Bueno, en estos momentos, ya no estoy segura de nada.

El coche se para frente a la elegante casa que me ha visto crecer. James me abre la puerta y me tiende la mano para ayudarme a salir.

—Su padre está contento de verla. Está muy emocionado por que venga a almorzar con él. No ha parado desde que se ha levantado.

Miro al hombre con sorpresa y un poco de tristeza. No creía que la demencia senil pudiera empezar tan pronto. Seguro que mi padre está contento de verme, como siempre, pero ya comimos juntos hace menos de diez días. Dudo que se muera de impaciencia mientras me espera. Tengo que hablar con James. Me preocupa verlo desvariar. La vida es realmente cruel.

Subo las escaleras que llevan a la casa de mi infancia y entro sin llamar a la puerta. Me quito el abrigo y lo cuelgo en la entrada. Oigo los fuertes pasos de Irène acercándose a mí. Mascuya algo, seguramente relacionado con el hecho de que no la he dejado ocuparse de mis cosas. A continuación, me agarra la cara y me da dos sonoros besos en las mejillas.

—Su padre está en el salón —me anuncia mientras me revisa de pies a cabeza como lo haría una mamá gallina quizá demasiado protectora.

Cruzo la puerta del salón y, en cuanto lo veo, mi padre salta literalmente del sofá en el que estaba sentado. Me doy cuenta de que esboza una amplia sonrisa pero que está algo inquieto. Me abraza con fuerza antes de besarme y me hace las preguntas de rutina. Sin embargo, hay algo que no encaja y recuerdo las palabras que James me ha dicho cuando salía del coche. ¿Por qué mi padre parece tan nervioso?

—Papá, ¿estás bien?

Me mira un instante y se apresura a responder:

—Por supuesto, cariño. Siéntate, debes de estar muerta de hambre.

No veo cómo podría tener hambre teniendo en cuenta que me he pasado toda la mañana en mi casa zampando galletas para reconfortarme, pero él no puede saber que he sucumbido a una crisis aguda de bulimia.

En cuanto mi trasero toca la silla que se me había asignado, Irène llega de la cocina con una bandeja humeante que coloca en el centro de la mesa.

—Entonces, ¿qué tal todo por el trabajo en estos momentos?

—Bueno... —empiezo.

Me doy cuenta de que estoy a punto de responderle con una frase hecha, como cuando te preguntan: «¿Estás bien?». Es raro que alguien te responda con otra cosa que no sea: «Bien, ¿y tú?». En cierta manera, forma parte del protocolo social y ni siquiera lo pensamos. Pero se trata de mi padre. No espera una respuesta hecha, sino la verdad.

Suspiro y continúo:

—En realidad, podría ir mejor.

—¿Es que esa historia del asesinato te está dando problemas?

Le cuento todo a mi padre: Maurizio que me ha dado esquinazo, la policía que aparece por culpa del asesinato de Valentina, la sesión de fotos anulada... Mi padre escucha con atención, hace algunas preguntas y empatiza sinceramente con mis desgracias. Se lo cuento todo... salvo la desaparición del collar.

—¿Y sabes si la policía tiene alguna pista?

—No sé nada. No es que el inspector a cargo de la investigación me cuente todo lo que sabe. Además, estoy segura de que no le caigo bien.

—¿Qué te hace pensar eso?

Su voz refleja indignación. Si hay algo que mi padre detesta en este mundo es que le digan algo malo sobre mí o que no le guste a alguien. No sé si ha desarrollado ese rasgo de su personalidad porque ha tenido que protegerme durante dos años tras la muerte de mi madre, pero es peor que una mamá leona.

—Nada grave, papá. Nos conocimos a través de amigos comunes y no hay demasiada química, eso es todo.

Frunce el ceño, pero no dice nada. Irène llega con otra bandeja, poniendo fin así a la conversación sobre el trabajo. La deja en la mesa sin ninguna delicadeza, algo impropio de ella. Aunque los años pasen y la edad no perdone y sea algo tosca, su servicio siempre ha sido irreprochable. Eso significa algo: está enfadada. Arqueo una ceja y miro a mi padre como forma de preguntarle en silencio sobre el extraño comportamiento de nuestra gobernanta. Me doy cuenta de que su atención está centrada en ella y que parecen mantener una conversación silenciosa. Irène lo fulmina con la mirada y él parece sentirse culpable.

Hay pocas personas que puedan jactarse de hacer temblar a William Montgomery, pero Irène es una de ellas. Supongo que esa es una de las razones que le han asegurado semejante longevidad a nuestro servicio. Jamás olvida cuál es su función, sobre todo en público, pero, en privado, mi padre nunca ha dudado en pedirle su opinión, sobre todo en lo relacionado con mi educación cuando era niña, así que jamás oculta su parecer si no está de acuerdo con él.

—¿Papá? ¿Irène? ¿Qué pasa?

Irène espera un segundo a que mi padre responda, pero como baja la mirada al plato, decide intervenir:

—Su padre tiene algo que contarle.

Se da la vuelta y sale de la habitación cerrando la puerta.

Entonces recuerdo su llamada telefónica del día anterior. Sí que me dijo que quería hablarme de algo. Y yo, todavía aturdida por haber visto un arma a unos centímetros de mi nariz, no le pregunté nada.

Miles de escenarios me vienen a la cabeza. ¿Acaso va a contarme que tiene una enfermedad incurable? ¿Que Montgomery Jewels está al borde de la bancarrota? De repente, tengo frío a pesar de la temperatura asfixiante que hace en la habitación. Me pesa el estómago y dejo caer mi tenedor en la mesa. Incluso creo que retengo la respiración.

Mi padre, por su parte, todavía tiene la misma sonrisa nerviosa en la cara. ¡No me digas que me va a anunciar su muerte inminente con una sonrisa en los labios!

—¿Papá? —grazno, de repente con la boca más seca que el desierto del Sahara.

—Cariño, sabes que siempre has sido mi prioridad y que siempre serás la persona más importante de mi vida, ¿verdad?

Hace una pausa y comprendo que espera que responda. Asiento con la cabeza para que continúe.

—Bueno, lo que tengo que decirte no es fácil...

—¡Por favor, papá! ¡Ve directo al grano!

Se sobresalta y luego sonríe. Una enorme sonrisa se dibuja en su rostro, de oreja a oreja. Genial, mi padre parece un imbécil feliz justo en el momento en el que se dispone a anunciarme algo que sé que me va a cambiar la vida.

Inspira profundamente y suelta la bomba que retenía desde el inicio de la comida.

—¡Voy a casarme!

—Vas a casarte —repito con tono plano como para verificar que la frase es correcta.

Asiente con la cabeza enérgicamente para confirmar su afirmación.

—¡Vas a casarte! —exclamo esta vez en voz alta como si me estuvieran estrangulando.

El que hasta hacía un minuto consideraba el hombre más cuerdo de mi entorno rompe a reír. Una risa sincera y feliz.

—¡Irène!

Grito el nombre de nuestra gobernanta, que entra corriendo. O, al menos, todo lo deprisa que puede, teniendo en cuenta que no es demasiado grácil.

—¿Qué pasa, señorita?

—¿Qué le ha dado a papá? ¡Creo que delira!

Mi comentario hace que mi padre se ría todavía más e Irène parece incómoda.

—Irène, ¿ha ido al médico últimamente?

Se gira hacia mi padre agitando la cabeza, suspira y vuelve por donde ha venido, dejándome sola con mi risueño padre.

—Cariño, no necesito ir al médico, hacía años que no estaba tan en forma. Incluso tengo la sensación de estar viviendo una segunda juventud. Jamás había creído todas esas historias de que el amor te da alas, pero créeme, ¡es cierto! ¡Soy otro hombre!

—Pero papá...

—Oh, ya sé lo que me vas a decir —me corta—. No crees en el matrimonio y dices que todo eso está pasado de moda. Pero déjame que te dé un consejo, Zoey: cuando encuentres a la persona adecuada, no te parecerá una idea tan horrible. Creía que después de tu madre, sería incapaz de volver a amar y mírame ahora, otra vez enamorado superada la sesentena y ¡a punto de casarme!

—Papá —intento, pero no hay nada que hacer porque no me deja meter baza.

—Es increíble cómo te puede sorprender la vida. A mi edad, creía que ya nada podía hacerlo y que...

—¡Papá!

Esta vez grito con bastante fuerza para que pare su monólogo sobre la utopía del amor. Parpadea y me mira, sorprendido, casi como si hubiera olvidado que yo estaba allí.

—¡Pero, papá, no puedes casarte!

—¿Y eso por qué?

—Pero... pero... ¿Eres consciente de que me dices que te vas a casar con alguien a quien ni siquiera conozco? ¡Ni siquiera sabía que salías con alguien! Para empezar, ¿quién es esa mujer? ¿Y desde cuándo la conoces?

Hace una pequeña mueca y tiene la amabilidad de parecer incómodo.

—Sé que no te he hablado mucho de Anita...

Anita, genial. El nombre de una verdadera cazafortunas.

—Nos conocimos por Internet...

Todavía mejor. El problema con la generación de nuestros padres es que jamás han tenido seminarios en la escuela o en el trabajo sobre el peligro de conocer gente en la Red.

—Y me confesó que cayó rendida al instante con tan solo leer mi perfil.

¡En serio! Seguro que le resultó muy difícil, me lo puedo imaginar:

Director general de una cadena de joyerías (si te gustan los diaman-
tes, soy tu hombre), vivo en Beacon Hill (mis vecinos tienen sueldos de
seis cifras y aparecen en el Who's who) en una bonita casa con gober-
nanta y chófer (eso significa que no tendrás que lavar los platos). Viudo
desde hace muchos años (no hay riesgo de que aparezca mi ex), practico
golf y vela y acudo a numerosos eventos sociales (por lo que tendrás
muchas ocasiones para ponerte vestidos de noche y joyas de precio pro-
hibitivo). Tengo una hija (económicamente independiente, así que no
habrá que soportarla demasiado), pero no te preocupes, ¡no le hablaré de
tu existencia hasta, por lo menos, que nos comprometamos!

¡Y si, al menos, mi padre fuera repulsivo! ¡Pero no es el caso!
Tiene el cuerpo de un joven de veinte años... Bueno, vale, más o
menos, pero digamos que se mantiene bien. ¡Incluso tiene casi todo
el pelo! Una bonita cabellera canosa que podría rivalizar con la de
George Clooney.

—Al principio decidimos tomarnos las cosas como vinieran, sin
prisas. Pero luego comprendí que no servía de nada esperar. Cuando
sabes que es la persona correcta, hay que pisar el acelerador.

¡Ah, sí, menudo acelerón! He pasado directamente de *Quiero*
más patatas a *Voy a casarme*.

Miles de preguntas me rondan la cabeza, pero decido hacer una
para empezar:

—¿Hace cuánto tiempo que estáis juntos?

—Seis meses.

—¡Seis meses!

Casi me ahogo.

—¿Quieres decir que hace seis meses que sales con alguien y no
se te ha ocurrido ni una sola vez que podrías hablarme de ella? Tipo:
«Eh, Zoey, ¿adivina qué? He conocido a alguien». No, os habéis
visto decenas de veces y ¿no has pensado que quizá me habría gustado saberlo?

Mi padre baja la mirada y manosea el borde del mantel.

—Lo que pasa es que no sabía cómo decírtelo... No quería que pensaras que iba a olvidar a tu madre o...

—¡Pero papá! ¡Que ya no tengo ocho años! ¡No me voy a enfadar contigo porque quieras rehacer tu vida! Hace mucho tiempo que estás solo y eso era más bien lo que preocupaba. ¡Ya no soy una niña que tiene miedo de tener que aguantar a una madrastra malvada! ¡Lo único que quiero es que seas feliz!

—Y, sin embargo, no tengo la impresión de que te lo estés tomando demasiado bien...

—¡Papá, no es la noticia lo que me molesta!

Bueno, vale, sí, un poco, incluso mucho, porque una tal Anita conocida en Internet no me da buena espina, pero no voy a decírselo ahora.

—¡Lo que me molesta es que hayas necesitado todo este tiempo para contármelo y que hayas esperado a estar entre la espada y la pared para hacerlo!

—Lo siento —responde, avergonzado.

Ahora me gustaría levantarme y darle un abrazo, pero me contengo. Tengo que hacerle entender que ha sido una estupidez.

—Estoy seguro de que te gustará Anita. A Irène y a James les cae muy bien.

—¡Irène y James ya la conocen!

A la frustración de que mi padre me haya ocultado que había alguien en su vida se añade ahora un inmenso sentimiento de traición. Desde la muerte de mi madre, siempre había creído que formábamos un equipo. Los dos frente al resto del mundo. Es la persona más importante de mi vida y creía que era mutuo. Supongo que me he equivocado.

Me levanto de la silla porque no soporto más la mirada culpable de mi padre. Ando hasta la ventana con los puños cerrados.

Reprimo las lágrimas que siento brotar. No es el momento de romperse. Solo necesito recomponerme un poco. Respirar profundamente y demostrar que soy adulta. Después de todo, lo acabo de decir: no soy una niña. Soy una mujer joven con una buena carrera profesional y amigos. Mi padre tiene derecho a rehacer su vida y si ha decidido no contármelo, está en su derecho. No es que yo se lo cuente todo, precisamente. De hecho, todavía no le he hablado del collar...

—Lo siento mucho, Zoey, no quería hacerte daño.

No había oído a mi padre acercarse. Apoya sus manos sobre mis hombros y me da la vuelta para poder verme la cara. Evito su mirada y él suspira. Desliza las palmas de las manos por mi espalda y tira de mí hacia él. Instintivamente, apoyo la mejilla en su pecho, como lo hacía de pequeña.

—Sé que tendría que habértelo dicho antes. Créeme, lo he intentado varias veces, pero no sabía cómo abordar el tema. Y bueno, tengo que reconocerlo, la idea de tener un pequeño secreto lo hacía más excitante.

—Por favor, papá, no pronuncies la palabra «excitante» cuando hables de ti y tu nueva novia —murmuro.

Suelta una risita discreta.

—Te pareces tanto a tu madre. Cuando te enfadas de esa manera conmigo, tengo la impresión de que vuelve a estar con nosotros. Ella también tenía una mirada que podía fulminar a cualquiera en el acto.

Guardamos silencio unos segundos.

—La echo de menos —confieso, todavía rodeada por los brazos de mi padre.

—Yo también la echo de menos. No pasa ni un solo día sin que me acuerde de ella. Siempre será mi primer amor. Escucha, Zoey: Anita jamás sustituirá a tu madre, pero me gustaría que le dieras una oportunidad. Que la conozcas y que le des tiempo para conocerla. Es buena persona.

Eso es algo que solo yo puedo decidir y, creedme, no pienso andarme con miramientos con ella hasta que me haga una idea exacta de quién es realmente. En cuanto mi padre me suelta un poco, una idea cruza mi mente:

—Papá, ¿cuántos años tiene Anita?

¡Es cierto! Al instante he pensado que debía tener más o menos mi edad, pero, con suerte, tendrá algunos años más que yo. O, lo que es peor, podría ser más joven. Aunque ahora la moda sea más bien las *cougars* y los *toy boys*, ¡no por ello han desaparecido las amantes de los *Sugar Daddies*!

—Tiene cincuenta y ocho años. También es viuda desde hace muchos años.

Suelto un suspiro de alivio que no escapa a mi padre. Una pequeña sonrisa se dibuja en sus labios.

—¿De verdad crees que soy de los que saldría con una mujer de la edad de mi hija?

—Después de hoy, a mí ya no me sorprendería nada —replico, encogiéndome de hombros.

—¿Estarías disponible mañana al mediodía?

Es domingo. En teoría, descanso. Eso no impide que, a veces, me dé una vuelta por el trabajo, pero teniendo en cuenta que la policía ha precintado más o menos todo, supongo que estoy libre.

Le respondo afirmativamente.

—Bien. Si no te importa ver a tu viejo padre dos días seguidos, me gustaría que comiéramos con Anita.

Percibo incertidumbre en su mirada, como si pudiera rechazarle ese favor. Aunque me va a llevar algún tiempo olvidar que me ha ocultado deliberadamente su relación con la famosa Anita, decido darle ese gusto.

—Vale, vendré.

—Genial. Voy a llamarla ahora mismo para confirmárselo. Después de todo el tiempo que llevo hablándole de ti, está deseando conocerte.

Me da un beso en la frente y sale del comedor. Estoy un poco aturdida por lo que acaba de pasar. De repente, siento mucho no haberme quedado más tiempo en las Bahamas.

Capítulo 8

Zoey

—¿Te imaginas? ¡Llevan juntos seis meses! ¡Seis meses, Julia! ¡Y no me ha dicho nada!

Oigo la risa de mi mejor amiga al otro lado del teléfono.

—Pues yo no le veo la gracia —le comento.

—Perdón. Es solo que me estoy imaginando la cara que debes de haber puesto cuando te lo dijo. Tú, que odias las sorpresas y mucho más las bodas, con las dos cosas combinadas, habrá sido digno de ver.

—Yo no odio las sorpresas —protesto—. Me gustan las sorpresas del tipo: descubrir que el bolso que quieres regalarte está rebajado o que tus zapatos favoritos están disponibles en otro color esta temporada.

—¡Oh, sí, esas son grandes sorpresas, sí!

No hace nada por ocultar el sarcasmo en su voz.

—En cualquier caso, jamás me habría imaginado que tu padre pudiera visitar las páginas de citas.

—¿Me lo dices o me lo cuentas?

—Pero es algo bueno, Zoey. Él también tiene derecho a su final feliz.

—Desde que vives tu cuento de hadas de los tiempos modernos, estás insoportable. Como sigas así, voy a dejar de ser amiga tuya. De hecho, creo que voy a colgar.

—Y hablando de cuentos de hadas, ahora que tienes a la malvada madrastra, ¿crees que podrías encontrar a un príncipe azul para completar el cuadro?

—Julia...

Se vuelve a reír.

—Solo quería meterme un poco contigo. Bueno, como te puedes imaginar, espero un informe detallado en cuanto vuelva. Quiero saberlo todo sobre tu comida de hoy.

—Para eso, primero tengo que ir. Por ahora, todavía me estoy preguntando si voy a ser capaz de llegar.

Estoy de pie junto a mi cama, frente a varios vestidos que he seleccionado y desplegado. Aunque llevo mirándolos desde el principio de mi conversación telefónica con Julia, no consigo decidirme.

—Espera, ¿en serio? ¿La señorita Zoey Montgomery no sabe qué ponerse por primera vez desde que la conozco?

—¡Puf, no es tan fácil! ¿Debería intentar parecer buena chica, dulce y equilibrada? O, por el contrario, ¿debería dejarle claro que no pienso dejarme pisotear? Solo tenemos una oportunidad para dar una primera impresión.

—¡Jamás pensé escuchar esas palabras salir de tu boca! Creía que eras más bien de las que hacen siempre lo que quieren sin preocuparse por lo que piensan los demás.

—No estamos hablando de cualquiera, hablamos de la futura esposa de mi padre.

—¿Y?

—¿Qué harías tú?

—¡Alucino! ¿Me estás pidiendo mi opinión?

No está del todo equivocada. Entre Julia y yo, en cuestiones de vestimenta, hay un abismo. Ella suele comprar en tiendas de segunda mano y yo solo visto ropa de diseño.

—Vale, olvídalo, ya me las arreglaré.

—Y estoy segura de que estarás perfecta, como siempre. Es imposible que no te adore. ¿Y sabes cómo lo sé?

—No.

—Porque yo soy genial, tú eres mi mejor amiga y solo me rodeo de gente fantástica.

Su falta total de modestia consigue hacerme reír. En el fondo, sé que si la he llamado es porque necesitaba engordar un poco mi ego. No lo reconoceré jamás, pero estoy hipernerviosa por tener que conocer a la famosa Anita. Me he pasado toda la noche considerando diferentes escenarios catastróficos en los que ella no me soporta y le pide a mi padre que elija entre ella o yo. En uno, él la elegía a ella y lo veía alejarse de mí hasta el punto de convertirnos en casi unos extraños. En otro, él me elegía a mí y nuestra relación se iba degradando porque él había tenido que renunciar al amor. Como soy una gran optimista, no he pensado en ningún escenario en el que todo saliera bien.

Julia acaba colgando. Me ha llamado desde el hotel de las Bahamas antes de salir para Boston y he podido oír a Matt quejándose porque ya llegaban tarde. El pobre, al contrario que mi amiga, es extremadamente puntual. En su lugar, sería incapaz de vivir así todos los días, pero él está lo bastante loco (o enamorado, dirían algunos) como para infligirse ese castigo conscientemente.

Una vez en casa de mi padre, subo los pocos peldaños de la entrada. No he querido que me envíe a James, he venido en mi propio coche. Al menos, si algo va mal, podré irme cuando quiera. Ante la puerta, dudo. ¿Debería llamar? ¿O entro directamente como de costumbre? Después de todo, todavía no viven juntos. Como, por el momento, la casa es solo de mi padre, decido actuar como siempre.

Empujo la puerta y cuelgo el abrigo en la entrada. Como es habitual, Irène aparece gruñendo. Le doy un beso, aunque aún no haya olvidado que ella y su marido son unos traidores. Lo sabían y no me dijeron nada.

—Señorita Zoey, déjeme que le diga algo.

Típico de Irène. Cualquier otro preguntaría si puede darme un consejo. Ella se limita a anunciar que va a hacerlo.

Apoya sus manos en la parte alta de mis brazos, como si quisiera evitar que me fugue durante su discurso.

—Sea indulgente con su padre. No le ha dicho nada para evitar herir sus sentimientos. Ya le dije que usted era mayor y que no se enfadaría con él por querer rehacer su vida. ¿Acaso me escuchó? ¡Por supuesto que no! Incluso la señora Anita se lo dijo. Y cuanto más esperaba, más difícil se le hacía. Cree que todavía es esa niña pequeña de ocho años con trenzas. No se dio cuenta de que ya es adulta y que es más fuerte que su mamá. Dele una oportunidad a la señora Anita, es buena persona, se ve en sus ojos.

Irène siempre me ha dicho que se podía juzgar a alguien por sus ojos. Nunca he tenido muy claro cómo lo hace, pero tengo que reconocer que no se equivoca nunca cuando da su opinión sobre alguien. Me contó que cuando nací yo, la primera vez que puse mis ojos en ella, percibió mucha determinación. Durante mi infancia, no dejó de repetirme que tendría una gran carrera. No estoy segura de que sea eso lo que he hecho, pero no me las arreglo mal, creo.

Entro en el salón y, en cuanto cruzo la puerta, veo a mi padre levantarse. La mujer que está a su lado hace lo mismo y me dirige una sonrisa tímida. Es de mediana estatura y delgada. Lleva el pelo, moreno, cortado en un bob y tiene unos bonitos ojos color avellana resaltados por largas pestañas. Tengo que reconocer que es una mujer bastante guapa y que si mi padre no me hubiera dicho su edad, le habría echado diez años menos. Da un paso en mi dirección y me tiende la mano.

—Hola, Zoey, soy Anita. Me alegro mucho de conocerla por fin.

Balbuceo algo que se parece a un «Yo también». Mi mirada no deja de ir de Anita a mi padre, que tiene la mano apoyada en el hombro de su prometida. Espero a que una sensación rara haga acto de presencia, pero, por el momento, no es el caso. Pensaba que ver a mi padre con otra mujer que no fuera mi madre me resultaría extraño, que me parecería fuera de lugar, pero no, hacen buena pareja y no estoy segura de que eso me guste.

Pasan unos segundos durante los cuales reina un pesado silencio. Es Anita la que termina rompiéndolo:

—Voy a la cocina para ver si Irène necesita ayuda.

Desaparece tras dedicarnos una sonrisita nerviosa. Mi padre la sigue con la mirada y solo cuando sale del salón se concentra en mí.

—Me alegro de que estés aquí —anuncia—. Estoy seguro de que os vais a entender bien.

—Parece simpática.

¿Cómo podría estar segura cuando solo hemos intercambiado un par de palabras? Pero mi padre no parece molesto y me responde con una sonrisa de satisfacción. Es feliz.

Anita vuelve al salón con una bandeja de canapés para el aperitivo, seguida de cerca por Irène, que lleva una botella de champán, con expresión huraña.

—¡Ya le he dicho, señor, que no tiene por qué hacer esto, pero no ha querido ni escucharme!

Me doy cuenta de que Irène está ofendida porque Anita ha querido echarle una mano.

—Aprecio mucho su trabajo, Irène, pero no estoy acostumbrada a que me sirvan. Volvía al salón de todas formas. Así que por qué hacerlo con las manos vacías. Eso le evita ir y volver para nada.

Deja la bandeja en la mesa e Irène mete la botella en una cubitera. Mi padre le hace señas para indicarle que él se encarga de servirlo. Vuelve a la cocina, no sin antes haber elevado la mirada al cielo de una forma muy teatral.

Veo a mi padre abrir la botella y mi atención se focaliza en las copas dispuestas justo al lado. Hay cuatro.

—¿Esperamos a alguien?

—A mi hijo —responde Anita—. Lo siento, pero ha llamado para decir que lo habían retenido en el trabajo. Debe de estar al llegar.

Tiene un hijo. Ni por un instante me había imaginado que pudiera tener hijos. A decir verdad, tampoco es tan sorprendente teniendo en cuenta que mi padre me había dicho que era viuda. Supongo que no es un niño ni un adolescente porque ha hablado de trabajo.

—Solo tengo uno —precisa, respondiendo así a la pregunta que me disponía a hacerle.

Asiento con la cabeza y me devano los sesos para encontrar un tema de conversación. Miles de preguntas me vienen a la mente, pero ninguna de ellas me parece adecuada para la situación. No tengo el manual de *consejos para una primera entrevista con tu madrastra*. ¿Debería preguntarle por su trabajo? ¿Cómo conoció a mi padre? ¿Si espera que la mantenga una vez casados?

La observo mientras le pasa las copas a mi padre para que las llene. Por fin, mi mirada se desliza hasta sus pies y es entonces cuando suelto la frase más inteligente que jamás he pronunciado en público:

—¡Me encantan tus zapatos!

Anita me mira y parpadea. Comprendo que se pregunta si soy sincera, así que le dedico una pequeña sonrisa que parece satisfacerla porque me la devuelve.

—Gracias. William me ha dicho que trabajas en el sector de la moda, ¿no es así?

—Sí, la moda canina, más concretamente.

—¿La moda canina?

Vaya, se diría que no soy la única a la que William Montgomery no le cuenta todo. A mí no me importa explicarle a la gente que no trabajo para los humanos, sino para los perros, pero ciertas personas tienen tendencia a pensar que, como no me ocupo de los bípedos, mi trabajo es algo menos prestigioso o importante. No habría clasificado a mi padre en esa categoría, pero al parecer me he equivocado.

Sin embargo, no tardo en olvidar mi decepción porque Anita me pregunta por mi actividad y parece sinceramente interesada por lo que le cuento. O es muy buena actriz. De reojo, veo a mi padre observarnos con expresión de satisfacción.

Entonces, el timbre de la puerta nos interrumpe, inmediatamente seguido del ruido que hace Irène cuando acude a abrir. Mi padre y Anita se levantan para recibir al recién llegado. Oigo una voz grave —definitivamente no es un adolescente— decir algo a Irène. Cuando por fin entra en la habitación, me quedo sin respiración.

—Perdón por el retraso, he tenido una urgencia en el trabajo.

Se inclina hacia su madre para besarla en la mejilla e intercambia un apretón de manos viril con mi padre. Estoy tan patidifusa que ni siquiera me doy cuenta de que parecen conocerse. Nada de presentaciones entre ellos.

El recién llegado se gira hacia mí, para nada sorprendido de verme allí.

—Hola, Zoey.

Guardo silencio mientras todos me observan.

—¿Te ha comido la lengua el gato? —se burla.

—¿Qué...? ¿Qué haces tú aquí? —balbuceo, demasiado conmocionada como para recordar la más básica educación que exigiría que respondiera, al menos, con un «Hola».

—Bueno, según parece, tu padre va a casarse con mi madre.

Me giro hacia los dos aludidos que nos observan todo sonrisas. ¡Dios mío! ¡Ya imitan las expresiones del otro! De repente, pienso algo.

—Pero, entonces, ¿tú lo sabías?

Se pellizca los labios y lanza una mirada algo acusadora a los dos tortolitos.

—Sí, lo sabía.

—¡Y no me dijiste nada! ¡No es que no nos hayamos visto últimamente! ¡Estuviste en mi despacho hace menos de dos días! ¡Nos pasamos medio día juntos en el mismo avión! ¡Incluso me llevaste a mi habitación la otra noche!

—Se quedó dormida en la mesa —precisa a las dos personas que afirman llamarse padres y que parecen aguantarse la risa.

Patético.

—Y, durante todo ese tiempo, ¿no encontraste el momento de decirme: «¡Eh, Zoey! ¿Sabes qué? ¡Nuestros padres están saliendo!»?

Lanza una mirada de enfado a Anita y a mi padre.

—Me lo prohibieron.

Señalo con dedo acusador a mi padre.

—¡Y tú! ¡No contento con mentirme desde hace meses, no has tenido la decencia de pensar que, quizá, habría estado bien decirme que Anita era, de hecho, la madre de Tom McGarrett! ¡Además, papá, ayer mismo te estuve contando todo sobre la investigación del asesinato de Valentina! ¡Oh, pero ahora que lo pienso! ¡Es por eso por lo que ya lo sabías todo cuando me llamaste la otra tarde!

Las piezas del puzle empiezan a encajar poco a poco. Esta vez, a quien señalo con el dedo es a Tom.

—¡Y tú! Cuando mi padre me llamó la otra tarde, estabas conmigo en el dormitorio. Fuiste tú el que me dijo que respondiera. De hecho, sabías muy bien por qué me estaba llamando.

—Tenía mis sospechas —confiesa.

Estoy atónita con lo que acabo de descubrir. De hecho, me doy cuenta de que todo el mundo me ha mentido. A este paso, voy a descubrir también que mis amigas lo sabían y que nadie se dignó a contarme la verdad.

—No ha sido culpa de Tom, yo le pedí que no te dijera nada. Ahora me doy cuenta de que os he colocado a los dos en una posición delicada y os pido perdón.

Suspira.

—Zoey, yo... yo sé que no he sabido gestionar todo esto. ¿Podrás perdonarme?

Mi padre me pone sus típicos ojos de cocker y sé que voy a ceder. También me odio por eso. Debería estar enfadadísima con él e irme corriendo dando un portazo hasta que implorara mi perdón. Hago un pequeño gesto con la cabeza para hacerle comprender que acepto sus disculpas, pero cuando se aproxima para darme un abrazo, me cruzo de brazos y lo intimido con la mirada para que no se acerque. Tampoco es cuestión de abusar.

—¿Y si nos sentamos a comer? —intenta Anita, seguramente para desviar la atención.

Durante los primeros minutos del almuerzo, el ambiente podría calificarse de jovial. La tensión es palpable entre mi padre y yo. Y también con Tom. No se diferencia mucho de estos últimos días. Y ahora resulta que se va a convertir en mi... ¿qué? ¿Hermano? ¿Hermanastro? ¿Cómo se llama el hijo de la mujer de tu padre? Ni idea. A él no parece importarle porque charla con ellos, completamente relajado.

Escucho vagamente que la conversación gira en torno a la famosa boda. No le he hecho demasiadas preguntas sobre ese tema a mi padre. La conmoción de saber que había alguien en su vida desde hacía seis meses sin que me lo hubiera contado ha ocultado los detalles técnicos de su unión. Entonces, cuando Tom le pregunta cuándo tienen previsto organizar el famoso acontecimiento, agudizo el oído mientras finjo estar absorta en mi plato.

—Es justo de eso de lo que queríamos hablaros hoy —comienza mi padre.

Algo en esa frase atrae mi atención. Aparto la mirada de mi plato de guisantes que, hay que reconocerlo, no son tan apasionantes, para observarlos.

Anita y mi padre intercambian una mirada cómplice mientras se cogen de la mano por encima de la mesa. Es mi futura madrastra la que pone fin a ese suspense insoportable anunciando con expresión de felicidad:

—La ceremonia tendrá lugar en tres semanas.

—¿Perdón?

Habría jurado que había sido yo la que había hecho esa pregunta, pero no, se trata de Tom. Y lo mínimo que se podría decir es que no parece feliz por la noticia.

—La boda tendrá lugar en tres semanas —confirma mi padre, por si no hubiéramos escuchado bien.

—¿Pero por qué tanta prisa? ¡Ni siquiera vivís juntos todavía!

Me doy cuenta de que Tom tiene la mandíbula tensa y los puños apretados. No, a él tampoco le gusta nada la idea. Y, además, no está del todo equivocado. Al no haber vivido siquiera juntos, no han puesto a prueba su convivencia de pareja frente a los problemas cotidianos. ¿Acaso sabe Anita que mi padre ronca o que se pone camisetas con publicidad para dormir? ¿Acaso sabe que pierde las llaves todo el tiempo y que moja las tostadas en el café por las mañanas? Por lo poco que sabemos, ella podría ser muy desordenada y tener muy mal aliento al despertarse. En mi opinión, ese tipo de cosas pueden matar una relación muy deprisa, aunque es cierto que no tengo demasiada experiencia personal en esa materia.

—Anita no quiere que vivamos juntos hasta que nos casemos y yo lo respeto. Eso también explica por qué no queremos esperar meses para poder hacerlo.

Ella oculta algo, está claro. En su lugar, si tuviera que casarme, estoy segura de que pediría un periodo de prueba antes de comprometerme. Bueno, en el supuesto un poco loco de que quisiera casarme con alguien, claro.

—Mamá, ¿no crees que es un poco pronto?

Anita le sonríe.

—Cariño, cuando encuentres a la persona adecuada, créeme, tampoco querrás esperar. Si hubiera querido quedarme con el primero que pasara, no me habría pasado tanto tiempo sola. Pero en cuanto conocí a William, supe que era el correcto. Tampoco olvides que ya no somos tan jóvenes, así que no podemos permitirnos el lujo como vosotros de decir que los meses o los años no cuentan.

—No eres vieja, mamá.

—Tiene razón —añade mi padre—. Espero poder disfrutar de ti varios decenios.

—Sois muy amables los dos, pero no soy tan joven.

—¿Y tú, Zoey? No has dicho nada. ¿Qué piensas?

Es McGarrett quien me hace la pregunta y su mirada me suplica que lo secunde. Al otro lado, mi padre y Anita parecen implorarme que los apoye.

—Yo... Yo creo que tres semanas es poco para organizar una boda.

Vale, sé que no es para nada la respuesta que esperaban Tom ni nuestros padres, pero es que estoy sobrepasada por los acontecimientos. Averiguar en menos de veinticuatro horas que mi padre tiene alguien en su vida, que va a casarse con ella, que es la madre de McGarrett y que la ceremonia tendrá lugar en tres semanas son motivos suficientes para estar un poco perdida. Así que tener una opinión formada de la cuestión... Sí, es cierto que soy de las que siempre tienen una opinión sobre todo y que rara vez dudan, pero, en esto, estoy realmente perdida.

—¡Oh! No será una gran boda —precisa Anita—. Teníamos pensado invitar tan solo a la familia y a los amigos más cercanos. Y, con los contactos de tu padre, no creo que nos cueste encontrar un lugar para el banquete.

—Y ya tenemos un buen proveedor para las alianzas —añade él, sonriendo.

Pero su broma no surge efecto porque ni Tom ni yo estamos realmente de humor para bromear. Él, seguramente por los motivos que acaba de indicar y yo... un poco por lo mismo, aunque sea demasiado cobarde para admitirlo en voz alta.

—Zoey, tengo un favor que pedirte —anuncia Anita, mirando de reojo a mi padre, que le guiña un ojo.

No me hizo falta mucho para sumar dos más dos. Estamos hablando de la organización de la boda, yo soy estilista de formación... Me va a pedir que le diseñe el vestido.

—Bueno, quería saber si me harías el honor...

—¿De diseñar tu vestido? Sí, sin problemas. Bueno, está claro que los plazos son un poco ajustados, pero tengo una modista estupenda que me debe un favor y puedo conseguir encaje de Calais por un precio razonable...

—De hecho, ya tengo vestido —me interrumpe.

—Ah.

Me siento como si fuera Usain Bolt y me hubieran parado en seco en pleno impulso. La observo, perpleja; si no quería pedirme ayuda para su vestido, ¿qué quiere pedirme exactamente?

—Lo que quería preguntarte es si aceptarías formar parte de mis damas de honor.

¿Yo? ¿Dama de honor? ¿Cuando solo nos conocemos desde hace dos horas? ¿Se tienen damas de honor en un segundo matrimonio?

Tardo demasiado en responder, lo que hace que se borre su sonrisa y que balbucee:

—No estás obligada... Yo... Yo lo comprendería si tú...

—¡Me encantaría! —me apresuro a responder.

No hay ni una pizca de sinceridad en lo que acabo de decir, pero parecía tan decepcionada durante los segundos que ha creído que iba a negarme que no podía decir que no. Sin hablar del hecho de que tengo la impresión de que si la decepciono, también decepcionaría a mi padre. Aunque todavía esté enfadada con él por haberme ocultado su relación (y no creo que se me pase en mucho tiempo), no quiero herir sus sentimientos.

—¡Genial! Me tienes que dar tus medidas para el vestido. ¡Ah! Y también tu número de teléfono para que podamos hablar de la organización.

Me habría gustado protestar y decir que prefería buscarme un vestido yo misma, pero el comentario de la organización llama al instante mi atención.

—¿La organización?

—Sí, como bien has dicho, habrá miles de pequeños detalles que solucionar y solo tenemos tres semanas para prepararlo todo. Voy a necesitar que las damas de honor me echéis una mano.

—¿No crees que deberíamos contratar a una organizadora de bodas? —sugiere William.

—¡Sí, eso sería una buena idea! —me apresuro a confirmar.

Y no es que mi padre no pueda permitírselo.

—¿Tú querrías confiar la organización de nuestra boda a una perfecta desconocida? —se indigna Anita.

Señalar que solo nos conocemos desde hace unas horas me quema la lengua, pero sé que subrayarlo no haría más que amplificar el sentimiento de incomodidad.

—¿Quiénes son tus otras damas de honor, mamá?

—Linda y Betsy.

—Hum.

¿Lo he soñado o me acaba de lanzar una mirada del tipo «buena suerte»?

—Zoey tiene mucho trabajo, ¿sabes?

Arqueo una ceja en su dirección. ¿Desde cuándo sale en mi defensa?

—Y esperemos que mi investigación en curso demuestre que no está implicada en la muerte de Valentina Adams o en la desaparición del collar de diamantes.

Abro la boca por la indignación. ¡Cómo osa insinuar que podría formar parte de los culpables! ¡Pero si él mismo ha reconocido que estaba ausente y que tenía la mejor coartada que se puede tener en el momento de un asesinato! Por no mencionar que él también estaba presente cuando descubrí que el collar había desaparecido. Estoy segura de que pudo ver en mi cara que estaba totalmente sorprendida por no encontrarlo en la caja fuerte. ¡Pero insinuar que podría estar relacionada de lejos o de cerca con ese asunto está claramente fuera de lugar!

Me levanto de la mesa bruscamente, dispuesta a saltarle al cuello, cuando mi padre me interrumpe.

—¿Qué es eso de que el collar ha desaparecido, Zoey?

¡Ay, mierda!

Fulmino a Tom con la mirada. No contento con insinuar que podría ser cómplice de un asesinato, acaba de traicionarme ante mi padre.

—¿Recuerdas el collar de diamantes que Montgomery Jewels ha hecho para nuestra nueva colección?

Intento parecer tranquila y relajada, como si lo que voy a anunciar no fuera para nada importante.

—Sí, el que montó Marcus.

—Pues resulta que ya no está en la caja fuerte de Botella Dogs. Pero no te preocupes, estoy segura de que una vez que Maurizio vuelva, nos dirá dónde está.

Mi padre clava su cuchara en su trozo de tarta con toda la calma del mundo y solo responde tras tragar.

—Vale. Mantenme informado. Esta tarta está muy rica. Tengo que decírselo a Irène.

—¿Eh, papá?

—¿Sí?

—¿Eso es todo lo que tienes que decir? ¿*«Vale, mantenme informado»*?

—Sí. ¿Qué quieres que te responda?

—¿No estás enfadado?

—¿Por qué debería estarlo? Por supuesto que es una pena, pero tampoco es que fuera un verdadero collar de diamantes. Imagino que Maurizio se lo habrá llevado y lo devolverá cuando aparezca.

—¿Qué quieres decir con eso de que no es un verdadero collar de diamantes?

—¿Es falso?

Tom y yo hemos hablado al mismo tiempo.

—Sí, es una copia. Tampoco íbamos a crear un collar auténtico solo para una sesión de fotos. Es imposible distinguir, en la página de una revista, si los diamantes son, en realidad, circonitas. Después, por supuesto, si llegan pedidos, trabajaremos con piedras auténticas, pero, hasta entonces, no veía el interés.

—¿Y cuándo pensabas decírmelo?

Una vez más, me siento traicionada por aquel hombre en el que siempre había confiado ciegamente. Me da igual que los diamantes no sean auténticos. Su explicación tiene sentido, pero me apena que, una vez más, no me lo haya dicho.

—Señor Montgomery…

—William, por favor, Tom. En unas semanas seremos familia.

—William —vuelve a empezar—, aparte de usted, ¿quién más sabía que el collar era de diamantes sintéticos?

—Eh, bueno, Marcus, mi empleado de la joyería del centro que ha hecho el collar, y supongo que él se lo habrá dicho a Maurizio, pero de eso no estoy seguro, la verdad.

Tom asiente con la cabeza y parece tomar nota mentalmente de esa información. Tengo la impresión de que su cerebro está ya en otra parte, que piensa en las consecuencias de este nuevo elemento para su investigación.

Por mi parte, la falta de confianza de mi padre me deja un regusto amargo. Y la de Maurizio también porque, en esta historia, él tampoco se ha dignado a ponerme al corriente. Después de todo, he sido yo la que ha gestionado la colaboración con Montgomery Jewels de principio a fin, o eso creía yo, ¡y es a mí a quien deberían habérselo dicho!

Después de eso, Anita intenta dirigir la conversación hacia temas más livianos. Tengo que reconocer que, aunque no estoy del todo convencida de que esa boda sea una buena idea, mi padre podría haber tenido peor ojo para escoger prometida. Con eso no quiero decir que no haya mejores opciones. Ya solo su molesto retoño le hace perder puntos en la escala de mi estima.

Capítulo 9

TOM

—Tom, ¿te importaría acompañar a Zoey a su coche?

A la interesada parece alegrarle tanto la idea como tener cálculos renales, pero al menos no protesta en voz alta. Y yo soy de los que siempre obedecen a su madre (no siempre ha sido así), de manera que asiento con una sonrisa. De esta forma, al menos podremos hablar a solas.

Los primeros metros pasan sin que sepa muy bien cómo abordarla. Marchamos el uno junto al otro en silencio. No tardo en comprender que si no inicio yo la conversación, Zoey se limitará a ignorarme.

—¿Qué piensas de todo esto?

—¿A qué te refieres?

—Nuestros padres, la boda...

Se detiene y se encoge de hombros. Tengo la impresión de que no va a responder cuando por fin dice:

—Aún estoy intentando digerir el hecho de que mi padre haya podido ocultarme que tenía una relación seria desde hace seis meses. En cuanto al resto, creo que me va a hacer falta un poco de tiempo para asimilar todo lo que implica esto.

—Siento mucho no haberte dicho nada. Te confieso que no me ha resultado nada fácil, sobre todo estos últimos días.

Emite un ruidito a medio camino entre un resoplido y una carcajada.

—Por favor, ahórrame las excusas. Al menos ahora sé, aunque sea en parte, por qué siempre tengo la impresión de irritarte. Supongo que la perspectiva de tener que cruzarnos en las fiestas familiares era el motivo.

Abre su coche y se sienta al volante. Antes de cerrar la puerta, me suelta:

—¡Adiós, hermanito!

Enciende el motor y acelera, dejándome como un idiota mirando cómo se aleja, solo en la acera. *«Adiós, hermanito...».* Hasta entonces no había sido realmente consciente de que íbamos a estar emparentados de alguna forma. ¿Pero acaso voy a ser capaz de verla como una especie de hermana? No creo, no. La idea hace que me recorra un escalofrío por la espalda. Y no por las razones que cabría suponer.

Mi teléfono suena y el número en la pantalla me anuncia que se trata de la comisaría.

—McGarrett.

—Hola, soy Carlos. Ya sé que tenías un asunto familiar, siento molestarte, pero he pensado que te gustaría estar al corriente. Por fin hemos conseguido encontrar algo en las cintas de las cámaras de seguridad. Resulta que una de las caras no era del todo desconocida. ¿Te acuerdas de la propietaria de los dos perritos que vimos en Botella Dogs?

—¿Te refieres a Janyce Sanders?

—¡Sí! Pues aparece cogiendo el ascensor unas horas antes del asesinato y poco tiempo después en sentido inverso.

—Buen trabajo. Estaré allí en un cuarto de hora.

La mujer sentada en la sala de interrogatorios está más blanca que la pared. No es difícil, me diréis, porque la última vez que dicha pared vio una mano de pintura, George Bush debía de ser presidente. Hablo de George Bush padre, claro.

He dejado que Carlos dirija el interrogatorio. Después de todo, ha sido él quien se ha tragado un montón de horas de grabación en domingo para, finalmente, reconocer a nuestra sospechosa. Se lo merece. Mientras tanto, yo me llenaba el estómago en la zona alta de la ciudad.

Con Zoey.

¿Cuál era la posibilidad de que mi madre se enamorara de su padre? Aunque vivimos en una de las ciudades más pobladas de Estados Unidos, a veces creo que el mundo es un pañuelo. Hace unos meses, cuando mi madre me dijo que había conocido a alguien, me sorprendí. No porque creyera que eso no podía suceder —mi madre es fantástica y una mujer muy guapa—, sino porque, desde la muerte de mi padre, cuando yo no era más que un niño, no parecía interesada en encontrar pareja. Las raras veces que hablamos del tema, se limitaba a esquivarlo lo antes posible recordándome que mi padre había sido el amor de su vida. Así que, cuando me anunció que se había inscrito en una página de citas hacía unos meses y que había conocido a William, se me quedó cara de idiota. Al instante olvidé que mi madre había dado el paso para rehacer su vida y dejé a un lado mi disfraz de hijo para ponerme el de poli.

Había conocido alguien en Internet.

En menos de diez segundos tras su confesión, ya tenía en la cabeza una docena de ejemplos de casos en los que había trabajado y que habían empezado con un encuentro en Internet. Huelga decir que la discusión que vino después no fue nada bonita. Mi madre no apreció lo más mínimo mi sermón y no dudó en recordarme que era una mujer adulta que se las había arreglado bastante bien hasta entonces. Sobre todo, teniendo en cuenta que había tenido que criar sola a un niño que le había dado más de un problema. Me fui dando un portazo para luego volver al día siguiente para disculparme. De camino, también conseguí que me prometiera que me presentaría lo antes posible al hombre que había conseguido hacerle cambiar de opinión sobre la soltería.

Conocer a William Montgomery fue una de las experiencias más raras de mi vida adulta. Por lo general, no suelo ponerme nervioso, lo que es muy útil en mi trabajo, pero me sorprendió mucho mi reacción ante ese encuentro. En realidad, ¿cómo debe comportarse uno con el novio de su madre? No tardé en darme cuenta de que hacerme el duro y enseñar la placa no me iba a servir de nada. Semejantes demostraciones de fuerza no impresionan a ningún hombre. Sin hablar del hecho que tiene unas cualidades muy impresionantes. Dirige una de las empresas más prósperas del Estado y, además, en un sector muy sensible. Una simple llamada telefónica suya bastaría para que el jefe del jefe de mi jefe me diera una patada en el culo. De todas formas, decidí ir, diciéndome que no me iba a dejar impresionar por su currículo. Mi madre me había suplicado que mantuviera la mente abierta y, como soy buen chico, intenté obedecerla.

En realidad, el encuentro no se desarrolló como me esperaba. Cuando William Montgomery me dio la mano, el apretón fue firme y determinado, pero su mirada reflejaba cierta inquietud. Estaba igual de nervioso que yo. Tenía miedo de que no me gustara. Y eso me tranquilizó un poco. Si aquel hombre estaba ansioso ante la idea de que no me gustara, es que apreciaba a mi madre, aunque solo fuera un poco.

Entonces me di cuenta de algo que no había visto hasta ese momento: la mujer que me había traído al mundo había cambiado en tan solo unos meses. Demasiado absorto en mi trabajo y cegado por la traición de Mancini, había pasado por alto todas las señales. Se arreglaba más, parecía más alegre, era más feliz en general. Mi madre estaba enamorada. Y el hombre que estaba a su lado no parecía insensible a ese hecho.

Pero como soy una persona desconfiada por naturaleza —sí, eso tiene mucho que ver con mi trabajo—, me mantengo vigilante. Por eso, no creo que esta boda, tras solo unos cuantos meses de relación, sea una buena idea. Sé que, lógicamente, debería ser la familia de William la que tuviera más reservas, pues no se puede decir que mi madre y él jueguen en la misma categoría en el plano económico. Ella no es pobre, pero él es muy rico. Eso es algo que me preocupa por varias razones. Para empezar, los comentarios de los demás. Sé que determinadas personas no podrán evitar comentar el hecho de que Anita McGarrett, una simple higienista dental, ha conseguido cazar a uno de los mejores partidos de la ciudad. Personalmente, me da igual lo que puedan decir por ahí, pero sé que son el tipo de comentarios que pueden hacerle daño.

Después, aunque no dudo que le tenga cariño a William, ¿cabe la posibilidad de que dicho cariño se deba a haber pasado sola una buena parte de su vida? De repente, encuentra a alguien que no solo está interesado en ella, sino que también la colma de regalos. No es que crea que mi madre sea una interesada. Como acabo de explicar, es justo lo contrario. Pero, cuando toda esa atención y toda esa chispa den paso a la rutina diaria, ¿qué pasará? ¿Acaso uno o el otro no acabará dándose cuenta de que, una vez desaparecida la emoción de la novedad, solo quedan sentimientos demasiado débiles como para poder considerarlos amor?

El otro punto que me dejó perplejo fue una persona: Zoey. La conocí antes que a su padre. Incluso recuerdo perfectamente la primera vez que la vi, como muchos hombres, supongo.

La primera vez que me la crucé fue en la cafetería de Amy, a la que acababan de robar. Estaba allí para tomarle declaración cuando apareció todo su grupo de amigas. Estaba Julia, la artista jipi un poco loca, Maddie la enciclopedia con patas, Libby la madre de familia hiperactiva, Maura la tímida y Zoey.

La primera palabra que me vino a la mente fue: peligrosa. Y nuestros siguientes encuentros me confirmaron esa primera impresión: peligrosamente guapa, peligrosamente inteligente, peligrosamente decidida, peligrosamente irritante. En resumen, mejor huir de ella como de la peste. Si había algo de lo que estaba seguro es que a esa chica no le faltaba confianza en sí misma. Bueno, hasta hoy. Me esperaba ver a una Zoey fuerte y, sobre todo, con reservas en cuanto a mi madre. Para mi sorpresa, aunque también parecía albergar ciertas reticencias por aquella boda exprés, ha sido más bien amable con ella. Pero lo que más me ha sorprendido es que, por primera vez desde que la conozco, había abandonado su actitud de superioridad y altanería. Es más, incluso diría que ha dejado entrever cierta debilidad. Es cierto que fue fugaz, pero pude ver en sus ojos la decepción, el sentimiento de traición, el abatimiento que la decisión de su padre le ha provocado. Siempre había catalogado a Zoey como una niña de papá, pero lo que no sabía es que simplemente era una niña que adoraba a su padre. Y verse apartada, tanto en el tema de esta nueva relación amorosa como en la historia del collar, le ha dolido. Creo que si William hubiera sido consciente del daño que le haría a su hija, habría procedido de otra forma. Pero el mal ya está hecho.

Aunque la idea de tener que frecuentarla con cierta regularidad y verla gravitar en torno a mi madre no me guste demasiado, tengo que reconocer una cosa: bajo su caparazón, quizá haya una mujer con un mínimo de sensibilidad.

—¡No me lo puedo creer! ¡Su coartada es válida!

Carlos cuelga el teléfono y se lleva las manos a su cabeza rapada. Las deja ahí un instante, decepcionado, y luego eleva la mirada al cielo.

—¿De verdad trabaja en el hotel? —pregunto, aunque su reacción ya ha confirmado la respuesta a mi pregunta.

—Sí, Janyce es peluquera y el organizador de la fiesta a la que estaba invitada Valentina la contrató para peinar a las modelos. Acaban de confirmármelo.

—¿Y sabemos si fue a la habitación de Valentina?

—Ella dice que no. Y me han garantizado que no se ausentó más de cinco minutos de la habitación que habían convertido en camerino para la ocasión. No es tiempo suficiente como para bajar dos pisos, matar a Valentina y volver. Y, algo evidente también, no es mucho más corpulenta que la víctima. No veo cómo, en tan poco tiempo, podría estrangularla y luego volver al trabajo como si nada.

—Entonces, ¿volvemos a la casilla de salida?

—Eso me temo, sí.

Capítulo 10

Zoey

Cruzo la puerta del instituto de belleza y me sorprende encontrarme a Julia ojeando una revista en la sala de espera. Al verme entrar, me lanza una mirada de enfado.

—Me has citado a una hora falsa.

Mi mejor amiga siempre llega tarde. Así que sí, he quedado con ella media hora antes de la hora real para estar segura de que no llegaría tarde o, al menos, no demasiado. Pero, sorprendentemente, ya está allí cuando todavía faltan cinco minutos para que nos toque.

—¿Cuánto tiempo hace que estás aquí?

—Diez minutos.

—¡Solo llegabas un cuarto de hora tarde! ¡Sabía que Matt era una buena influencia para ti, pero no hasta este punto!

—Sabía que me habías mentido —masculla, cruzándose de brazos.

—Venga, deja de refunfuñar y cuéntame esas vacaciones al sol. Estás menos morena de lo que esperaba.

—No hemos salido demasiado de la habitación —responde con una sonrisa que lo dice todo.

Gruño de frustración mientras me digo que, personalmente, hace mucho tiempo que no me dedico a nada semejante.
Últimamente, los hombres a mi alrededor no parecen interesados en
lo que tengo que ofrecerles. O soy yo la que no los entiende.

—¿Y tú? ¿Qué tal tu encuentro con tu futura madrastra?

—Jamás adivinarás quién es su hijo...

—Ah, ¿pero es que tiene un hijo? ¿De qué edad? ¿Es guapo?
Suspiro.

—Es Tom McGarrett.

—¡El *teniente sexi*! ¡No es posible! ¡Navidades anticipadas! Es
horrible, ahora que forma parte de la familia, vas a tener que invi-
tarlo a todos tus cumpleaños. ¡Las chicas se alegrarán mucho! Y tú,
tú tienes muchísima suerte...

—Es el hijo de mi futura madrastra, Julia. Como bien has
dicho, me lo voy a encontrar en todos los eventos familiares. Así
que nada de un rollo de una noche. Además, para eso, primero haría
falta que yo le interesara y claramente no es el caso.

—¿Y quién está hablando de un rollo de una noche? Y luego,
créeme, sí que está interesado. Le interesas a todos los hombres,
Zoey.

—Sabes perfectamente que no se me dan bien las relaciones
serias y, además, estoy casi segura de que no le caigo bien.

—Oh, sí, yo también decía lo mismo de las relaciones serias y
mírame ahora.

—Tú eres la excepción que confirma la regla.

No tenemos tiempo de discutir más sobre el tema porque la
esteticista viene a buscarnos para nuestra pedicura.

Una vez instaladas en cómodos sillones y con los pies metidos
en un hidromasaje de hierbas, le cuento a Julia todas mis peripecias
de estos últimos días. Hay que reconocer que entre la desaparición
de Maurizio, la del collar y el anuncio de la boda de mi padre, ¡hay
mucho que contar!

—¡Oh, madre mía! ¡Solo hace cuatro días que no te veo y tengo la impresión de que han pasado cuatro meses! ¡No te has aburrido!

—Yo no me aburro nunca.

—No lo dudo. Y, entonces, ¿qué pasa con tu sesión de fotos? ¿Qué piensas hacer?

—Pues resulta que me han confiscado toda la ropa y todos los accesorios hasta nueva orden. No sé muy bien qué piensan hacer con ellos. Dudo mucho que el asesino haya estrangulado a Valentina con un collar de perro para luego devolverlo a nuestras oficinas... ¡Qué sé yo! Además, mi modelo estrella ha desaparecido. Voy a tener que trabajar con Rosabella y esa perra me odia.

—¿Scarlett ha desaparecido?

Hablo mucho con Julia de mi trabajo y por eso conoce el nombre de mis modelos, incluso ha venido a verme a algunas sesiones de fotos.

—Sí. De hecho, estoy un poco preocupada por ella. Es raro que no estuviera en la habitación de su dueña en el momento del asesinato. No creo que Valentina tenga amigos o familia aquí en Boston con quien haya podido dejarla. Pero si hubiera estado con ella, la policía o, al menos, alguien del hotel, la habría encontrado.

—¿Pero la policía la está buscando?

—No lo sé, ni siquiera sé si la consideran desaparecida.

Julia y yo cruzamos miradas y no necesitamos decir nada para saber que estamos pensando lo mismo. Tenemos que encontrar a Scarlett.

—¿Crees que debería adoptar un perro?

Observo un cocker que me mira fijamente con sus grandes ojos negros. En ese momento, comprendo de inmediato de dónde viene la expresión. Casi que me dan ganas de forzar la puerta de la jaula en la que está encerrado para cogerlo en brazos.

—Pues creo que te pegaría tener perro, sí. Y, además, teniendo en cuenta tu profesión, ¿no debería ser obligatorio? ¿Cómo lo hiciste en la entrevista de trabajo? ¿Mentiste diciendo que tenías una residencia canina en la terraza?

—A Maurizio le daba igual que tuviera perro o no y, para tu información, tenía un pastor alemán cuando era pequeña.

Lo adoraba y lloré durante semanas cuando se murió, lo que me convenció para no tener otro. Perder a alguien a quien amas es demasiado doloroso.

Seguimos andando por los pasillos del refugio. A veces, en una sola jaula había varios perros que saltaban de alegría al vernos pasar. También cosechamos algunos gruñidos o ladridos más feroces. Me pregunto cuál será la historia de cada uno. ¿Qué les habrá pasado para acabar allí? En mi trabajo me cruzo perritos a los que se les consiente y se les quiere como si fueran niños y me duele el corazón ver a esos otros animalitos encerrados y sin dueños que los mimen.

Para cuando llegamos al final del pasillo, empiezo a pensar que esta vez tampoco vamos a tener suerte. Es el tercer refugio que visitamos. No tenemos ninguna certeza de que Scarlett esté en un lugar así. El asesino puede habérsela llevado o algo peor... Prefiero no pensarlo.

Al principio, creo que la última jaula está vacía, pero, tras mirarla por segunda vez, me doy cuenta de que hay un perro tumbado al fondo, acurrucado en las sombras. Me acerco y, cuando me ve, se levanta y corre en mi dirección. Ahora que la veo mejor, distingo su largo pelaje blanco y gris y su mancha oscura en el lomo, parecida a la de Scarlett. Mi corazón palpita, pero intento no precipitarme. El perro podría parecerse a Scarlett, pero cabe la posibilidad de que no sea ella. Ni siquiera estoy segura de que sea una hembra. El shih tzu acelera y ladra, alegre. Apoya las patas en los barrotes de la jaula como si ella (ahora ya sé que es una hembra) quisiera escalarla. Ladra y suelta gritos entusiastas mientras agita la cola frenéticamente. Me pongo de rodillas para acercarme a ella y el animalito responde con todavía más exaltación.

—¡Es ella, Julia! ¡Es ella!

Como si me entendiera, Scarlett ladra para confirmar mi afirmación.

—¡Oh, cariño! ¡Me has reconocido! Sí, soy yo, la tita Zoey.

—¡En nombre de un espejo roto! Zoey, si me hubieran dicho que te vería perder la cabeza frente a una pequeña bola de pelo, ¡habría jurado que era imposible! —comenta mi mejor amiga.

Paso de sus comentarios y acaricio a la perra a través de los barrotes. Ella se deja y luego se gira para lamerme la mano.

—Julia, no puedo dejarla aquí. Tengo que sacarla.

—¿Sacarla? Vale, ¿pero qué piensas hacer con ella después? No vas a soltarla en la calle para que la devuelvan aquí en cuanto la encuentren.

—¡Por supuesto que no! Me la voy a llevar a casa.

Julia está detrás de mí mientras yo sigo de rodillas frente a Scarlett. Por eso no veo su cara, pero estoy segura de que hace una mueca.

—¿Realmente crees que tu apartamento está adaptado para tener perro?

—¿Se te ocurre otra solución?

—No, sabes muy bien que yo ya tengo a mi gato Warhol y, la verdad, no tengo claro que la idea le gustara a Matt.

—Bueno, pues entonces Scarlett se viene a casa conmigo.

Sé que tendré que acondicionarle un sitio, que tendré que mover algunos trastos en equilibrio precario, pero no es algo que me parezca insuperable.

—Imagino entonces que tendré que ir a buscar a un responsable, ¿no?

—Sí, hazlo mientras yo me quedo con mi chiquitina.

Llevarme a Scarlett ha resultado ser más complicado de lo que esperaba.

—No, no es posible —repite la empleada de la perrera por lo menos por décima vez—. A menos que consiga demostrar que efectivamente es la propietaria de ese perro, no puedo dejar que se lo lleve.

Lo he intentado todo: contarle la muerte trágica de Valentina para ablandarla, mostrarle mi tarjeta de visita para tranquilizarla y hacerle entender que sé cuidar de un perro. Nada, imposible. Incluso he intentado explotar la vena sensible diciéndole que cabía la posibilidad de que Scarlett hubiera visto cosas atroces y que ver una cara amiga sería menos traumático que dejarla entre desconocidos. Pues no, no quiere saber nada.

Intento ocultar mi enfado, pero me resulta muy difícil. Como ya he dicho, no me gusta que me digan que no. Entonces me pregunto a quién podría llamar de mi entorno para que desatasque la situación. Después de todo, trabajo con varias empresas del sector canino. Tiene que haber alguien que me deba un favor y que pudiera ayudarme.

—Venga, vamos, Zoey. Ya ves que no es posible.

—¡Ni hablar! ¡Me niego a dejarla aquí sola!

La chica me había contado que la habían encontrado a la deriva por las calles de Boston, sin collar, Dios sabe cuánto tiempo llevaría sin beber o comer correctamente. Valentina siempre la había mimado y ahora estaba en una perrera, teniendo que comer pienso de mala calidad, que no es para nada a lo que ella está acostumbrada.

La empleada suspira y, al no saber cómo deshacerse de nosotras, propone:

—Miren, pueden quedarse un rato con ella y volver a verla mañana, pero eso es todo lo que puedo hacer.

—Es mejor que nada —subraya Julia, que empieza a estar un poco harta de estar allí.

Su propuesta no me satisface lo más mínimo, pero creo que, por desgracia, es la única viable. Estoy a punto de resignarme cuando una posible solución me viene a la mente. Sin pensarlo dos veces, rebusco en mi bolso hasta encontrar mi teléfono.

—¡Oh! Se te ha ocurrido algo, ¿verdad? —comenta mi amiga.

—¿Acaso lo dudas?

Busco en mi lista de contactos el número de la persona que quizá podría ayudarme. Con el primer tono, descuelga.

—McGarrett.

—Hola, Tom, soy yo, bueno, es decir, Zoey...

—Sí, lo sé, tu nombre aparece en mi pantalla.

Tiene mi número memorizado y no ha dejado que salte el buzón de voz al verlo aparecer. Estoy sorprendida.

—Ya sé dónde está Scarlett.

Le hago un pequeño resumen para explicarle cómo la he encontrado. Me escucha atentamente y luego me pide que le pase a la empleada del refugio.

Intercambian algunas palabras y cuelga, aparentemente avergonzada. Me devuelve mi teléfono y me dice:

—El teniente McGarrett llegará en unos minutos. Ha dicho que no tienen por qué esperarlo.

Si no quiere que me quede, solo tenía que decírmelo. Y, de todas formas, no pienso irme sin saber qué va a pasar con la pobre Scarlett.

Tom McGarrett y su colega no tardan en llegar. En cuanto la empleada del refugio lo ve, sonríe con todos los dientes —otra que sucumbe a sus encantos— y eso que estoy prácticamente segura de que le ha echado la bronca al teléfono por no haberle avisado de que habían encontrado un shih tzu. Si no lo he entendido mal, se había enviado un informe a todas las perreras de la ciudad por si alguna de ellas hubiera encontrado a la perrita.

—Zoey, Julia.

El teniente nos saluda con un movimiento de cabeza antes de centrar su atención en la mujer sentada detrás del mostrador. Su colega Sánchez es un poco más locuaz y se presenta a Julia, a la que todavía no había tenido oportunidad de conocer.

McGarrett charla un rato con la empleada, ahora mucho más colaboradora que conmigo. Basta con que aparezcan sus hoyuelos para que ella se ponga roja como un tomate. Abandona su puesto y le hace señas para que la siga. Para mi gran sorpresa, Tom me interpela:

—Ven con nosotros, Zoey.

No es una pregunta. De todas formas, tampoco habría esperado a que me invitara. Soy la que ha encontrado a Scarlett y también quiero hablar con él.

Una vez frente a la jaula, la perra vuelve a correr hacia mí. Me agacho para ponerme a su altura.

—¿Estás segura de que es ella?

—Totalmente. ¿Ves esa mancha oscura en el lomo? La reconocería entre mil. Si quieres, puedo enseñarte fotos de sesiones anteriores.

—Vale. Teniendo en cuenta que no tiene collar, supongo que eso es mejor que nada. De hecho, sobre este tema, ¿sabes por qué deambulaba por ahí sin nada que la identificara?

—No, pero puede que Valentina le quitara el collar, porque se supone que iba a quedarse en la habitación. Sé que tenía varios.

En general, los combina con la ropa o, a veces, con el lugar al que deben ir.

Asiente con la cabeza, confirmando así que mi teoría es digna de interés y luego se gira hacia la empleada que no deja de observarlo.

—Mi colega y yo nos la quedamos. Por favor, prepare lo necesario para que podamos llevárnosla ahora mismo.

La chica desaparece en dirección a su despacho, pero no se ha alejado ni tres pasos cuando me indigno.

—No, pero a ver, ¿dónde piensas llevártela?

—A la perrera de la policía.

—¡Pero no puedes hacerlo! ¡Es muy pequeña y delicada! Acaba de perder a su dueña, debe de estar conmocionada y tú, ¿tú quieres encerrarla en un lugar aún peor que este?

—Zoey, ese perro puede ser testigo de un asesinato no resuelto. No puedo ignorarlo y dejarla aquí. Tengo que llevármela.

—¿Para qué? ¡No irás a interrogarla!

Se cruza de brazos a la altura del pecho y responde:

—¿Y qué propones? ¿Llevártela, quizá?

—¡Por supuesto!

Esta vez, abre los ojos como platos.

—¿Lo dices en serio?

—¡Claro que sí! No voy a dejar al animalito aquí, sabiendo que yo la conozco y que, además, nos caemos bien. ¡No soy un monstruo sin corazón!

Bueno, vale, depende de para qué...

De hecho, no parece del todo convencido.

—Sé cuidar de un perro, Tom. Si no me crees, puedes llamar a mi padre. Al parecer, a ti no te miente —añado, un poco frustrada.

—No puedo dejar que te lleves a Scarlett. La policía científica tiene que tomar muestras.

—¿Muestras? —pregunto, con voz inquieta.

116

—Nada grave. Solo comprobar que no tiene fibras ni nada que pudiera ayudarnos a identificar al asesino.

—Vale, ¿y después puedo llevármela?

—Tengo que dejarla en la perrera de la policía...

—¿No crees que estará mejor conmigo?

—Seguro, pero...

Al menos lo ha reconocido. Por eso, no le dejo seguir hablando del tema. Sé que cuando se quiere algo, no hay que dudar en forzar la mano a alguien.

—Bien. La llevamos a ver a tus científicos para que comprueben si tiene algo que nos pueda interesar para la investigación. Y luego, se viene a casa conmigo.

—Zoey, eso no funciona así. Hay procedimientos y...

—Estoy segura de que encontrarás alguna solución satisfactoria para ambos. Ve pensando alguna mientras vamos saliendo. Te sigo a la comisaría.

Cuatro horas más tarde, salgo de la comisaría con mi pequeña Scarlett trotando felizmente al otro lado de una correa rosa nuevecita. No me he separado de ella durante toda la duración de su «interrogatorio». Afortunadamente, mis amigas se las han arreglado para ir corriendo por toda la ciudad y conseguir todo lo necesario para acoger a la bolita de pelo como a una princesa. Julia fue a mi despacho para buscar la correa y el collar (de ninguna manera va a llevar nada que no sea de Botella Dogs), Maddie y Maura han desvalijado la tienda de mascotas antes de unirse a Libby en mi casa para organizar todo. Incluso Hallie me ha propuesto acondicionar un lugar para la señorita en mi despacho para que pueda llevármela al trabajo.

Solo faltaba que Tom consiguiera convencer a su jefe para que me dejara irme con la perra. Y, al contrario de lo que hubiera podido pensar, defendió mi causa. Al principio, el capitán emitió algunas reservas al respecto, apoyándose principalmente en el hecho de que iba en contra del procedimiento, pero Tom ha conseguido que cambie de opinión.

Antes de salir del edificio de ladrillos rojos con mi nueva acompañante, me ha hecho prometer que no terminará arrepintiéndose. Le he asegurado que no será el caso y me ha dejado irme sin más, pero siguiéndome con la mirada hasta que he salido.

Capítulo 11

ZOEY

Maurizio sigue sin aparecer.

Es la primera vez en casi un decenio a su lado que guarda silencio durante tanto tiempo. Como ya he dicho, suele desaparecer varios días para descansar su mente creativa para luego volver con nuevas ideas. Pero durante esos episodios, jamás había cortado el contacto conmigo. Me empieza a preocupar de verdad. No, de hecho, no empieza, estoy preocupada desde el principio. Porque si hay algo que no se puede decir de Maurizio es que no sea un profesional. Y desaparecer cuando deberíamos estar en plena sesión de fotos para la nueva colección es justo lo opuesto a su forma de trabajar, lo que me hace pensar que puede haberle pasado algo. Pero ¿cómo estar segura? Ya he ido a su casa y, como ya sabéis, no encontré nada que me diera una pista de dónde podría estar.

También sé que la policía lo está buscando. Ya he comprendido que mi excusa de que debía andar escondido en algún sitio para recargar pilas no ha funcionado demasiado bien con Tom. Me pregunto si he hecho bien diciéndole eso. ¿Acaso, en vez de alejar la atención de él, he provocado que lo busquen activamente? Creo que me daba miedo lo que pudieran encontrar.

Maurizio siempre me ha dado libre acceso a su despacho. Aparte de él, soy la única que conoce la combinación de la caja fuerte, pero no la he usado muchas veces. Por lo general, prefiero respetar su espacio de trabajo y no inmiscuirme en sus asuntos. Pero hoy, el fin justifica los medios. Por ese motivo, estoy delante de su despacho, dispuesta a entrar en su guarida para ver qué secretos podría revelarme.

La policía ya hizo varios registros cuando descubrimos que el collar había desaparecido, pero yo tengo una ventaja de la que ellos carecen: conozco a Maurizio, sus costumbres, sus manías y, por tanto, podría haber indicios insignificantes a sus ojos que podrían decirme algo a mí.

Empiezo por su mesa de trabajo de cristal transparente, con solo algunos papeles dispersos por encima, así que el inventario se hace rápido. La bandeja de plástico colocada en el lado izquierdo en la que Hallie suele dejarle documentos para firmar tampoco me dice nada.

A continuación, paso al mueble lacado en gris de la derecha. Abro los cajones. El primero contiene lo que cabía esperar: de bolígrafos a grapadora, pasando por clips y pósits, el arsenal completo.

En el segundo, encuentro algunos artículos más de papelería, como carpetas nuevas y libretas en sus embalajes originales. El tercero es más personal. En él reina el desorden: chicles (aunque estoy segura de que nunca lo he visto masticando uno); un folleto de una clínica de trasplantes capilares (es cierto que podría necesitarlo); una invitación a una gala benéfica de fecha ya pasada y... ¿preservativos?

Cierro el cajón al instante, intentando no imaginar por qué podría necesitar tener los preservativos tan cerca, en su despacho, cuando podría guardarlos en su cuarto de baño privado. Pero el mal ya está hecho. Creo que no volveré a ver esa mesa de cristal de la misma forma.

Dejo el lugar para ir a rebuscar al resto de muebles. Un armario con algunas botellas de alcohol fuerte para ofrecer una copa a los representantes importantes cuando los recibe en su despacho. Una cadena de música último grito porque al señorito le gusta escuchar ópera para concentrarse. Catálogos de proveedores, muestras de tejidos. Miles de botones diferentes y un enorme costurero. Aunque hace mucho tiempo que mi jefe no cose en persona los prototipos, le gusta arrimar el hombro de vez en cuando. Cuando llego a la última estantería en la que se encuentran documentos de todo tipo pero, sobre todo, personales, una carpeta atrae mi atención. Está encima del montón y lleva escrito: *sucesión*. Dentro, encuentro papeles relacionados con la herencia que recibió de sus padres tras la muerte de su madre, acaecida hace unos años. Algunos de esos papeles hacen referencia a su hermano. Recuerdo que, por aquella época, hubo que decidir quién de los dos se quedaba con la casa familiar de Salem, a cuarenta minutos de Boston. Maurizio se la dejó sin problemas al primogénito con el argumento de que no le veía el interés a tener una segunda vivienda tan cerca de la ciudad. Su hermano se la quedó, pero le dijo a Maurizio que podía ir allí cuando quisiera. Creo que no ha ido ni una sola vez desde entonces, pero ¿por qué no ahora? No le gustan demasiado los desplazamientos en avión, odia transportes públicos como el tren y no tiene coche. Si ha ido allí, bien podría haber cogido un taxi y haberlo pagado en efectivo, lo que explicaría que la policía no haya podido encontrar rastros de su viaje. Porque estoy segura de que deben de haber comprobado los movimientos de su cuenta bancaria. Al menos eso hacen en las películas, ¿no? Aunque McGarrett no lo haya dicho explícitamente, la misteriosa desaparición de mi jefe no ha pasado desapercibida y están sobre la pista.

Entonces, rebusco en el resto de la carpeta con la esperanza de encontrar la dirección de la famosa casa. La encuentro con facilidad y voy a buscar un pósit para anotarla. Una vez hecho, lo vuelvo a dejar todo en el armario. Creo que Scarlett y yo vamos a dar un paseíto.

Una hora más tarde, ya estamos deambulando por las calles de la pequeña población costera. Aunque no vivo muy lejos, no había venido en mi vida. Me cruzo con unos cuantos grupos de turistas, con la nariz metida en sus guías, atraídos por la famosa leyenda de las brujas de Salem. Tengo que reconocer que resulta difícil olvidar ese detalle de la historia de la ciudad: no hay ni una sola calle del centro en el que el rótulo de una tienda, un panel indicativo o una valla publicitaria no te lo recuerde. Café de las brujas, museo de las brujas, torreón de las brujas, ¡incluso me he cruzado con un salón de belleza de las brujas! ¿Acaso estarán especializados en la colocación de uñas postizas curvadas? Ni idea.

La casa que busco se encuentra en una calle más tranquila que desemboca en el mar. Aparco el coche delante del imponente edificio de ladrillos grises. El barrio es opulento.

Saco a Scarlett del trasportín y decido llevarla en brazos. Si quiere revolotear por ahí, tendrá que esperar. Subo las escaleras que llevan a la entrada y llamo al timbre, a la derecha de la pesada puerta azul marino. Los postigos están abiertos. Eso me hace albergar esperanzas de que no está vacía. De hecho, me parece oír un ruido dentro.

Llamo una segunda vez y, al ver que la puerta sigue sin abrirse, decido arriesgar el todo por el todo.

—¡Maurizio, abre, soy yo, Zoey!

Dejo pasar unos segundos, pero la puerta sigue cerrada a cal y canto.

—Maurizio, sé que estás ahí. Así que si no quieres que llame a la policía para decirles que creo que estás dentro y que te has desmayado, ¡ábreme ahora mismo!

Esta vez, no tardo en oír el pestillo y, un segundo después, mi jefe aparece con cara de tener un mal día.

—¿Sabes que eres la reina de las pesadas?

—Justo por eso me adoras —respondo, empujando un poco para abrirme paso al interior.

Vuelve a cerrar la puerta a mis espaldas.

—¿Qué quieres, Zoey?

—A mí también me alegra verte. Entonces, ¿es aquí donde te escondes? Bonita decoración, con esa montaña de cajas de pizza y de latas de cerveza... Le da cierto toque de fraternidad universitaria.

A juzgar por la cantidad de cajas, no ha salido mucho desde que se encerró aquí.

—¿Qué haces con Scarlett? —me pregunta, con el ceño fruncido, cuando reconoce a la bolita de pelo que llevo en los brazos.

Al pronunciar su nombre, la perrita ladra con alegría. La dejo en el suelo para que desentumezca las patas con la esperanza de que no vaya a buscar algún resto de «cuatro quesos» olvidado por ahí.

—Pues fíjate tú que ha pasado algo durante tu ausencia. En vista de que dudo mucho que hayas escuchado los cientos de mensajes que te he dejado antes de que se llenara tu buzón de voz, propongo que nos acomodemos mientras te hago un pequeño resumen.

Gruñe algo inaudible y me hace señas para que lidere la marcha hasta el salón. Me siento en el único sillón no recubierto de periódicos o bolsas de patatas, mientras él aparta con desdén algunos papeles para hacerse sitio en el sofá de enfrente.

Vivir entre tanta basura no parece propio de Maurizio. Es un hombre que siempre va como un pincel; se podría comer en el suelo de su apartamento o de su despacho. No, de verdad, hay algo que no va bien.

Lleva un chándal demasiado grande para él, lo que me hace suponer que ni siquiera es suyo y hace días que no se ha afeitado. De hecho, tampoco parece haber dormido mucho.

—Maurizio, explícame qué haces aquí, viviendo como un ermitaño.

Suspira y se pasa la mano por el pelo. Veo que tiene una mancha de tomate en la camiseta. Es asqueroso.

—Creo que han matado a Valentina por mi culpa.

Abro la boca, sorprendida por la revelación. Me quedo sin palabras durante, por lo menos, unos segundos.

—Pero... pero ¿qué te hace pensar eso? —consigo articular, totalmente conmocionada.

—¿Recuerdas el collar de diamantes diseñado por las joyerías Montgomery?

—¡Cómo iba a olvidarlo teniendo en cuenta que se supone que es la estrella principal de nuestra nueva colección y que he descubierto que ni tú ni mi padre tenéis suficiente confianza en mí como para decirme que era falso! Créeme, imposible olvidarlo.

Frunce el ceño.

—¿Cómo que es falso?

—El collar no está hecho con auténticos diamantes, sino con piedras sintéticas.

Esta vez, es él quien parece sorprendido. *Vale, así que tampoco estaba al corriente.* Se tapa la boca con la mano y pronuncia con voz monocorde:

—Oh, mierda...

—Dime que sabes dónde está.

Parpadea y empieza a explicarme:

—Bueno, Valentina debía acudir a una cena de gala con Scarlett. Me dije que sería una buena publicidad para Botella Dogs que la perra llevara el collar. Con la cantidad de fotógrafos y periodistas de moda que habría allí, seguro que alguno se daría cuenta y lo mencionarían en su artículo. Ya sabes lo mucho que les gustaba Valentina, con ellos siempre tenía éxito. Así que, cuando vino a las pruebas, le di el collar.

—¿Cómo que le diste el collar? ¿Un collar que se supone que valía miles de dólares?

—Sí, ya sé que no fue muy inteligente por mi parte, pero no lo comprendí hasta más tarde.

—¿Y luego?

—Se me ocurrieron otros accesorios que podría prestarle para la fiesta, así que fui a su hotel.

Un sentimiento de angustia se apodera de mí. ¡Espero que no me acabe confesando que la mató!

—Cuando llegué, no estaba en su habitación. Así que la llamé al móvil. Me dijo que estaba en el hotel y vino a buscarme.

No sabe si continuar.

—Discutimos en el pasillo...

No tiene tiempo de acabar sus explicaciones porque suena el timbre de la puerta.

—¿Esperas a alguien?

—Pues no. No he pedido pizza hoy —responde, algo pálido.

Esta vez, llaman directamente a la puerta con violentos golpes.

—Señor Botella, es la policía. Abra, por favor, sabemos que está ahí.

Maurizio se queda inmóvil en el sofá. Está al borde del desmayo. Como sé que nuestros visitantes no van a tardar en perder la paciencia, le pregunto:

—Maurizio, ¿mataste a Valentina?

Me mira, horrorizado, pero al menos mi pregunta tiene la virtud de sacarlo de su trance.

—¡Por supuesto que no!

—Vale, eso era todo lo que necesitaba saber. Te creo cuando me dices que no has sido tú —añado para tranquilizarlo.

Me levanto y paso por encima de las cajas de pizza cuando resuenan más golpes.

—¿Qué haces? —dice mi jefe con voz ahogada.

—Te evito que luego tengas que llamar a un carpintero para reparar la puerta que están a punto de tirar abajo.

Pongo rumbo a la entrada y abro la puerta de par en par. Detrás de ella se encuentra justo la persona que imaginaba: Tom McGarrett, con el puño todavía en alto, preparado para la acción. Lo peor es que ni siquiera parece contento de verme allí. Se limita a fulminarme con la mirada y a pasar por mi lado en dirección al salón, seguido de su acólito Sánchez, que me dedica una pequeña sonrisa de disculpa.

Lo escucho interpelar a Maurizio y empieza a leerle sus derechos. Disgustada, me dispongo a unirme a ellos cuando un oficial de uniforme se planta delante de mí.

—Si yo fuera usted, no lo haría.

—¿A qué viene eso? —pregunto, con expresión desafiante.

—Porque, de lo contrario, voy a tener que esposarla y no me apetece poner al teniente de mal humor porque he tenido que emplear la fuerza con su hermanita pequeña.

¿Su qué?

Pasado el instante en el que me he preguntado de qué estaba hablando, me quedo boquiabierta al oír cómo me ha llamado el agente. ¿McGarrett les ha dicho que era su hermanita pequeña? ¿En serio? Además, ¿acaso sabe si soy menor que él o no? ¿Cuántos años tendrá? Treinta años como mucho y yo... No, no pienso decíroslo. No me gusta nada que me llame así. Resulta infantilizante y... ¡Mierda! No soy su hermana. Creedme, aunque llegados a este punto, me pone realmente de los nervios, no voy a negar que he tenido ya pensamientos sobre él que no son para nada propios de una hermana. Como imaginármelo desnudo, por ejemplo. Al menos, por mucho que le pese a Julia, ya sé que él no me ve de la misma manera porque, si no, no me habría llamado de esa forma.

Tampoco me recreo en el pensamiento porque McGarrett y Sánchez ya han vuelto con Maurizio, esposado. Una vez a mi altura, Sánchez dice:

—Voy a meterlo en el coche.

McGarrett asiente con la cabeza y hace señas al oficial de uniforme para que siga a su colega. Nos quedamos a solas.

Su mirada sobre mí es indescifrable y no puedo evitar escudriñarlo. Su pelo, por lo general pulcramente ordenado, está ensortijado. Me lo imagino tirándose de él para intentar calmar su frustración. Sus iris marrones están centrados en mí y los ángulos viriles de su mandíbula están bloqueados en una expresión dura. Percibo que está recién afeitado y está lo suficientemente cerca como para que pueda oler su *after shave*. Por desgracia, sus hoyuelos no son visibles, como suele pasar en mi presencia. Si no estuviera enfadada con él, creo que le saltaría encima. No, está claro que no es una actitud de hermana pequeña.

—Te pedí que no hicieras que me arrepintiera de haber confiado en ti.

Su tono es acusador y no me gusta nada.

—No veo en qué te he traicionado —digo, mintiendo.

Suspira.

—Zoey, ¿por qué no me has dicho que sabías dónde estaba Maurizio?

—No tenía ni idea de que estaba aquí. De hecho, ¿cómo lo has averiguado tú?

Pasa como un minuto antes de que me responda:

—Me han informado de que salías del despacho. He hecho que te sigan.

Suelto una carcajada nerviosa.

—¿Y tú me has pedido que confíe en ti? ¡Déjame adivinar! Eso no es aplicable en sentido inverso, ¿no?

—¡Venga ya, Zoey! ¡Te das cuenta de lo peligroso que es actuar así! —se enfada.

—Estaba buscando a Maurizio, el tipo con el que trabajo todos los días desde hace diez años. No es un asesino en serie. Además, tengo mi arma.

—Genial. ¡Además vas por ahí con un arma! ¿Está registrada al menos?

—¡Por supuesto que sí! ¿Por quién me tomas? Y sé cómo usarla.

—Como la táser con los hombres de Benny —se burla.

¿Cómo puede saber eso? Estoy segura de que no se lo ha contado Amy. Tiene que haber sido Cole. Ese traidor tiene suerte de no estar aquí porque si no, le daría una paliza.

—Zoey, aunque sea tu amigo, no podías saber qué te ibas a encontrar.

—¡Maurizio es inocente!

—¿Y cómo lo sabes?

—Me ha dicho que no ha sido él y yo le creo.

—¡La gente miente todo el tiempo, Zoey! Maurizio será como todos. Si no tenía nada que ocultar, ¿por qué desapareció justo en el momento en que se encontró el cadáver de Valentina? ¿Te das cuenta de que si no te hubieran seguido, podrías estar en peligro en estos momentos? ¡Eres una completa inconsciente, Zoey! Estabas en compañía de un hombre buscado por un caso de asesinato. ¿Cómo voy a explicárselo a mis superiores? ¿Te das cuenta de la cantidad de veces que he tenido que responder por ti desde el inicio de este caso?

Está fuera de sí y, a medida que las palabras van saliendo de su boca, se acerca a mí hasta que termino atrapada entre la pared de la entrada y él.

—Nunca te he pedido nada. Y tampoco tienes que sentirte obligado a ir por ahí diciendo que soy tu hermanita pequeña. No necesito un hermano mayor que me proteja, gracias.

Veo temblar sus fosas nasales y su mirada se vuelve glacial. Ha comprendido que no me ha gustado en absoluto la forma en la que me ha presentado a sus colegas.

—Era la forma más simple de hacerles comprender que debían dejarte tranquila.

—Como ya te he dicho, no necesito protección, así que no tienes que hacerme quedar como una niñata caprichosa e irresponsable.

—Pero es que eres molesta e irresponsable.

—Y tú, tú eres un lunático exasperante —respondo al instante.

—Pues eres la primera que me lo dice.

—Al parecer, es uno de los privilegios de las hermanas menores. Tenemos derecho a criticar abiertamente y a ser francas. Si quieres ir de hermano mayor, será mejor que te vayas acostumbrando.

Esa réplica al menos tiene la virtud de arrancarle una leve sonrisa. Apoya una de sus manos en la pared, a la izquierda de mi cara, y, de repente, me doy cuenta de que está cerca, muy cerca de mí.

—No estoy seguro de querer ser tu hermano mayor —murmura.

Su voz es un poco ronca y, para mi gran desconcierto, me provoca un escalofrío que me recorre todo el cuerpo. Estoy paralizada. No obstante, alcanzo a articular:

—¿Por qué?

—Porque no creo que los hermanos mayores tengan ganas de hacer esto.

De repente, sus labios están sobre los míos. Sorprendida, me quedo estupefacta un instante y luego, instintivamente, respondo a su beso. No tiene nada de tierno, es más bien brutal y contiene toda la frustración que nuestra conversación ha podido engendrar.

Se me escapa un gemido y Tom lo aprovecha para deslizar su lengua en mi boca. Ese nuevo asalto me hace perder la cabeza. Rodeo su cuello con mis brazos. Él responde placando mi cuerpo contra el suyo. Estoy en ebullición y soy incapaz de hilar el más mínimo pensamiento coherente, aparte de que jamás me habían besado con tanto ardor.

Reconozco que he tenido una buena dosis de besos tórridos en la vida, pero este, este está alcanzando un nivel inimaginable hasta ahora. Una sabia mezcla de dulzura y pasión, de ternura y avidez... No sé cómo semejante proeza es posible. Las manos de Tom se deslizan en mi pelo; debería odiarlo por estropearme el peinado, pero, por el momento, esa es la última de mis preocupaciones. Si tengo que parecerme a Jon Nieve después de una batalla en plena tormenta, me da igual con tal de que no pare.

Totalmente abandonada en los brazos de aquel al que, hace cinco minutos, quería estrangular con su propia corbata, no me doy cuenta de que alguien ha entrado. Hasta que un carraspeo nos devuelve a la realidad.

McGarrett se aparta de mí al instante y casi me caigo al suelo por la rapidez de su movimiento. El que acaba de interrumpirnos es el oficial de uniforme.

—Su colega quiere que le diga que ya se pueden ir.

Tom le responde con un simple «Vale» y se dirige a la puerta. Consciente de que no puede desaparecer dejándome allí plantada, sobre todo después de haberme besado así, me dice:

—Ven a la comisaría, Zoey. No te voy a pedir que te subas en el coche con nosotros, pero no me falles.

A continuación, baja las escaleras de entrada, dejándome todavía sin aliento y aturdida, pegada a la pared.

El oficial me echa un vistazo y agita la cabeza mientras murmura:

—Su hermana pequeña, sí, ya.

Capítulo 12

ZOEY

Sentada en la sala de espera junto a Maddie, con Scarlett dormida en mi regazo, espero para saber si se van a presentar cargos contra Maurizio.

Tras la marcha de McGarrett, lo seguí sin rechistar hasta la comisaría, donde su colega Sánchez me ha sometido a un interrogatorio en toda regla. Todavía estaba conmocionada por el beso. No he considerado ni por un segundo la posibilidad de desobedecer a Tom. No obstante, desde que he llegado, tengo la impresión de que me evita deliberadamente. Una parte de mí está muy enfadada por su comportamiento y la otra... aliviada.

No, de verdad, ¿qué ha sido ese beso? Primero me reprocha que me comporto como una niña pequeña y luego me devora la boca con su lengua como si fuera su última cena. Sin hablar del hecho de que, hasta el momento, siempre había tenido la impresión de que le costaba tolerar mi presencia. Si no fuera porque Anita me ha jurado que solo tiene un hijo, habría creído que era un gemelo con un comportamiento algo inestable al que le gustaba hacer justo lo contrario de lo que querría su hermano que hiciera.

A pesar de todo, las imágenes de ese beso permanecen fijas en mi memoria y no dejan de atormentarme cada treinta segundos. En otras circunstancias, habría aprovechado la presencia de una de mis amigas para contarle el episodio tórrido de aquella tarde, pero algo me retiene porque, de hacerlo, seguro que se montarían toda una película. Todas conocen a Tom y lo aprecian. Salvo, quizá, Julia, que le tiene algo de manía desde que arrestó a Grant, su hermano. Aun así, no se priva de llamarlo *teniente sexi*, como todo mi grupo de amigas. Así que si averigua que el *teniente sexi* me ha placado contra la pared para besarme hasta hacerme perder la cabeza, ¡para qué queremos más! Las adoro, pero, en ocasiones, se comportan como una panda de adolescentes. Unas adolescentes entrañables, pero adolescentes al fin y al cabo. Por eso, por el momento, voy a callarme el episodio del BT (beso tórrido).

Me giro hacia Maddie, que está escribiendo un mensaje en su móvil, con una sonrisa bobalicona dibujada en la cara.

—¿Se puede saber con quién estás hablando con esa expresión de felicidad?

No tengo ganas de hablar de mis aventuras sentimentales, así que mejor preocuparme por las de las demás.

—Eh... con nadie —se apresura a responder mientras guarda el objeto del delito en su bolso—. Un colega de trabajo me ha enviado un meme.

—Ah, vale, pues pásamelo a mí también para que pueda reírme.

—¡Oh! No es tan bueno. Es un chiste de contables.

No me lo creo en absoluto, pero prefiero no insistir... por si acaso es de verdad un chiste de contables.

De todas formas, nos interrumpe la llegada de Matt a la sala de espera. Hemos llamado al abogado y novio de Julia al rescate para representar a Maurizio. Acaba de entrevistarse con él y luego con la policía durante más de dos horas.

—¿Cómo ha ido?

Me habría levantado para ir a hablar con él, pero no quiero despertar a la bolita de pelo que duerme en mi regazo.

—Bastante bien. Tengo confianza. Maurizio les ha explicado todo lo que sabía y creo que han apreciado su colaboración.

—Pero, entonces, ¿por qué se ha escondido todo este tiempo?

—Pues porque tenía miedo de que lo consideraran culpable. Si lo pensamos bien, resulta irónico porque es justo por su fuga por lo que la policía lo incluyó en la lista de sospechosos. Maurizio discutió con Valentina en el pasillo del hotel la misma tarde de su asesinato. Cuando, al día siguiente, volvió para disculparse, se encontró con la policía. Al parecer, alguien le dijo que Valentina había sido asesinada y pensó que iban a culparlo a él. Un testigo lo vio salir de la habitación de la joven después de su discusión.

—Pero no lo entiendo. ¿Por qué discutió con Valentina?

—Maurizio intentó convencerla para que dejara que Scarlett se convirtiera en la cara de Botella Dogs. Quizá tuviera una oferta de la competencia y Maurizio temió que le diera plantón en el último momento antes de la sesión de fotos. Valentina no se tomó demasiado bien sus insinuaciones. Sí, se le había acercado otra marca, pero había rechazado su oferta.

No creí que la competencia fuera capaz de tantear a Valentina y Scarlett; al fin y al cabo, hay otros perros capaces de posar, si bien es cierto que hay pocos tan conocidos como la pequeña shih tzu y su dueña.

—Además, trató a Valentina de inconsciente cuando descubrió que se había ido a otra habitación, dejando a Scarlett sola con el collar.

—¿A qué otra habitación?

—Maurizio no lo sabe. Cuando la llamó por teléfono para decirle que estaba allí, tuvo la impresión de que estaba murmurando, pero no sabe con quién estaba.

—¿Y solo por haber estado discutiendo creía que lo iban a acusar? —interroga Maddie.

—No, enseguida cayó en la cuenta de que el asesino había matado a Valentina por culpa del collar. Así que se sintió culpable por habérselo dado. Pero, además, entró en pánico cuando fue consciente de que le reprocharían la pérdida de la joya.

—¡Pero si ni siquiera son diamantes auténticos!

—Lo sé. Pero Maurizio no tenía esta información y el asesino tampoco, supongo.

Estoy estupefacta por todo lo que Matt acaba de contar. Pobre Valentina. ¡Perder la vida por un collar que, además, no vale ni la décima parte de lo que se creía!

—¿Cuándo van a soltar a Maurizio? —pregunta Maddie.

—Le están haciendo un análisis de ADN. Deberían soltarlo después.

—¿Análisis de ADN? ¿Para qué?

—Para comparar su ADN con el encontrado en la escena del crimen.

—¿Y para qué sirve eso si ya sabemos que estaba allí?

—Valentina tuvo relaciones sexuales antes de morir. Supongo que quieren estar seguros de que les está contando la verdad.

Esta última frase me arranca una risa nerviosa.

—Diles que están perdiendo el tiempo.

Matt se gira hacia mí.

—¿Por qué?

—Porque Maurizio jamás habría tocado a Valentina.

—¿Y cómo lo sabes? Era una chica muy guapa y...

—Simplemente porque no le interesaría en absoluto. Maurizio es gay.

—¿Estás segura de lo que dices?

—¡Por supuesto! ¡Hace ocho años que trabajo con él! Y ni una sola vez sus ojos se han posado en otro sitio que no fuera mi cara.

—Eh, Zoey, sin ánimo de ofender, esa no es prueba suficiente.

—Créeme, todos los hombres acaban cayendo y echando un vistazo a mi escote en un momento u otro.

Me dan ganas de añadir: «Sin ir más lejos, Tom McGarrett ha sucumbido esta misma tarde».

—Incluso tú, que te vi hacerlo en la fiesta de fin de año —continúo—. Solo los gais se resisten.

Avergonzado, Matt abre la boca.

—No es...

—No te molestes en negarlo. Incluso Julia se dio cuenta. No te preocupes, le hizo reír más que otra cosa. Maurizio es gay, puedo asegurártelo. No te pasas ocho años trabajando con alguien sin acabar averiguando algunas cosas sobre su vida privada. Aunque haya sido muy discreto sobre su sexualidad, jamás ha negado que prefería los penes a las vaginas.

Oigo a Maddie soltar un grito ahogado. A veces es un poco mojigata, lo que explica que mi uso de los nombres de los órganos reproductores le haya podido impactar.

—Bueno, supongamos que te creo. Voy a informar a McGarrett de la situación. Eso les hará ganar tiempo, aunque supongo que le decepcionará.

—¿Decepcionar? ¿Por qué?

—Porque si no es Maurizio quien se acostó con Valentina, tendrán que buscar un nuevo sospechoso y no creo que tengan ninguno más...

Unas horas más tarde, por fin estoy en casa, sentada en mi sofá, observando a Scarlett dormida en su cesto mientras mis amigas parlotean.

He acompañado a Maurizio a su casa, no sin antes echarle una buena bronca. Consciente de que la había liado bien, se limitó a escucharme en silencio mientras le reprochaba todos los males de la Tierra: el hecho de que me obligara a acortar mis vacaciones, haberme dejado sola frente a una sesión de fotos catastrófica, no haber dado noticias, haberme preocupado, haberme mentido sobre el collar. No ha rechistado, ni siquiera cuando lo he hecho responsable de la boda sorpresa de mi padre, con la que, seamos sinceros, no tiene nada que ver. Solo he parado cuando he estado a punto de culparlo del acercamiento tórrido entre Tom y yo. No es asunto suyo.

Luego me ha prometido que no lo volverá a hacer so pena de presentarle *ipso facto* mi dimisión. Y ni él ni yo queremos eso.

Estaba deseando darme una buena ducha, beberme una copa de vino y ponerme a leer, pero al llegar a casa, he visto que mis amigas tenían otros planes. Aunque se me ha pasado por la cabeza la idea de echarlas para disfrutar de una tarde tranquila, no he tenido valor de hacerlo. Cada vez que alguna de nosotras pasa un mal momento, tenemos la costumbre de acudir para levantarle la moral contando anécdotas divertidas regadas con margaritas caseros. Más de una vez yo misma he sido la instigadora de este tipo de reuniones improvisadas, pero creo que es la primera vez que soy la destinataria de una.

Todas mis amigas están agrupadas alrededor de Amy, que nos va pasando su teléfono móvil con las fotos del viaje de novios. Ha vuelto hoy mismo y me he sentido un poco culpable por acapararla en su primera noche en Boston.

—Dios mío, Amy —suspira Maura—, no me odies pero no puedo evitar babear al ver a tu marido en bañador. ¿Por casualidad no tendría un hermano gemelo?

—No —responde la interesada— y a mí no me gusta nada prestar mis pertenencias, así que mantente alejada. Dicho esto, te comprendo. A mí también me cuesta apartar los ojos de él.

—Es normal que os guste Cole, chicas. Tiene todos los marcadores físicos indicativos de una buena capacidad de reproducción. Respondéis inconscientemente como millones de mujeres antes que vosotras a lo largo de los siglos. Las espaldas anchas y el torso musculado son propios de un macho cazador que sabría alimentar a la familia; el trasero redondo es un atributo reproductivo y las piernas fuertes son un símbolo de potencia y resistencia.

La explicación de Maddie nos deja a todas un poco sorprendidas, como suele pasar cuando interviene. Nadie se atreve a hacer ningún comentario y veo a Amy parpadear dos veces antes de mirar alternativamente su teléfono y su barriga redondeada.

—¿Y tú, Maddie? ¿Has encontrado a tu macho reproductor? —pregunta Julia—. ¿Es ese que no deja de enviarte mensajes todo el día y que tanto te hace reír?

—No, no tengo a nadie —se apresura a responder la interesada.

—Maddie tiene algo que contarnos —canturrea Maura.

—Maddie está enamorada —encadena Libby.

—¡Para nada! Me mandan muchos mensajes del trabajo. No hay nada interesante que contar.

Aunque intenta negarlo, el hecho de que tenga la cara del color rojo de mi barra de labios favorita no ayuda a hacerla parecer inocente. Sé que las chicas no van a dejarlo pasar. Son peores que una jauría de lobos hambrientos ante un solo hueso. Por eso, decido salvarle la vida, pues ha sido adorable conmigo toda la tarde y ha soportado mi mal carácter en la comisaría. Eso no significa que no vaya a interrogarla más tarde.

—¿Sabéis que mi padre va a casarse?

Mi cambio repentino de tema no parece sorprenderlas demasiado. Como esperaba, olvidan por completo a Maddie para hacerme todas las preguntas que se les pasan por la cabeza.

—Entonces, Tom y tú, ¿qué vais a ser exactamente? ¿Una especie de hermano y hermana en una familia compuesta?

Después de lo que ha pasado entre nosotros esa misma tarde, esta idea me resulta incluso más horrible que antes.

—¡Oh, no, no pueden ser hermanos, sería una pena! —interviene Julia—. Además, Zoey está loca por él.

—¡Yo no estoy loca por él! —me defiendo.

—¿Acaso crees que no te vi en la boda de Amy cambiando las tarjetas para estar en su mesa? —insiste mi exmejor amiga.

Pillada con las manos en la masa.

—¡Ah, ya decía yo! Estaba segura de que mi madre quería poner a mi prima Gwendoline junto a él para que se conocieran. Le pregunté a Cole si había sido él quien había invertido las tarjetas para fastidiar a Tom.

—¿Para fastidiarlo? ¿Tan desagradable soy?

—No, pero Cole se ha dado cuenta de que cuando tú estás, Tom se comporta de forma extraña.

—¿A qué te refieres con de forma extraña?

—¡Y yo qué sé! Pues de forma extraña. No lo he dicho yo, sino mi marido. ¡Si quieres más información, llámalo!

No me importaría descolgar el teléfono para tirarle de la lengua, pero ese chico habla menos que la puerta de un armario. De hecho, me sorprende que le haya contado ese cotilleo a su mujer. Le debe de gustar observar a la gente, supongo que por deformación profesional.

—Bueno, si no te interesa, ¿puedo intentar liarlo con mi amiga Judith? Le encantan los tipos altos y morenos misteriosos —explica Libby.

—Sí, claro —afirmo con voz no demasiado firme—. Pero no estoy segura de que esté interesado.

—¿Y por qué no estaría interesado?

Sí, claro, buena pregunta, ¿por qué no estaría interesado? Solo me ha besado. No es que me haya pedido en matrimonio precisamente. De hecho, ha evitado por todos los medios cruzarse conmigo durante toda la tarde. Estoy segura de haber visto pasar a todos los polis que trabajan en esa comisaría, pero ni rastro de Tom McGarrett.

—Oh, no, solo era una suposición. En realidad, no tengo ni idea, no lo conozco tanto.

Veo que mis amigas me miran, en la mayoría de casos, con expresión de sospecha. Para desviar la atención, esbozo una gran sonrisa y digo:

—Venga, vale, ¿vamos a por la segunda ronda de margaritas?

Capítulo 13

ZOEY

Cuarto día después del episodio del BT (beso tórrido) y ninguna noticia de McGarrett.

Pero, la verdad, ¿qué esperaba? ¿Que llamara a mi puerta y que, en cuanto la abriera, recreara la escena del pasillo de Salem?

Sí, lo confieso, he pensado en ella, un poco.

Mucho.

Pero no, ni una llamada, ni un mensaje, ni siquiera una pequeña visita a mi lugar de trabajo fingiendo que venía a buscar más pruebas y así tener un pretexto para verme.

Nada.

Cero.

La policía nos ha devuelto todo lo que se había llevado, pero para eso nos ha enviado un agente de uniforme.

El primer día pensé que todavía estaba en estado de *shock* tras nuestro encuentro (yo también, de hecho) y que necesitaba algo de tiempo para reponerse.

El segundo día, busqué excusas: está demasiado ocupado con su investigación.

El tercer día, empecé a pensar que quizá hubiera idealizado un poco aquel beso. Es cierto que he recibido otros besos que también serían dignos de ser clasificados de tórridos... pero no tanto.

El cuarto día, me levanté intentando convencerme de que tenía que olvidar aquella deliciosa indiscreción, que Tom McGarrett había actuado bajo el influjo de una locura pasajera. Puede incluso que lo hiciera afectado por un sortilegio lanzado por una bruja (al fin y al cabo, estábamos en Salem, ¿no?), vete tú a saber. De todas formas, ¿para qué quiero un segundo asalto teniendo en cuenta que no pienso tener nada serio con él? Así que todo va bien. Puede que, con el tiempo, nos riamos de ese episodio.

Nos imagino en Nochebuena, dentro de algunos años, en casa de nuestros padres, él acompañado de su mujer, una rubia estupenda con la que habrá tenido dos hijos, y yo con mi semental del momento. Uno de los dos diría: «¿Te acuerdas de aquella vez que nos besamos?». Carcajada general de los allí reunidos porque no habría ninguna incomodidad entre nosotros.

No, de hecho, la idea no me gusta lo más mínimo. Pero bueno, será mejor que deje de pensar en ello por el momento. Sobre todo teniendo en cuenta que otra dura prueba me espera esta tarde: probarme vestidos con Anita. Me ha convocado a las dos en una oscura *boutique* de Roxbury de la que jamás había oído hablar. También será cuando conozca a las otras dos damas de honor: Linda y Betsy.

En cuanto aparco, compruebo que no me he equivocado de dirección. El lugar no me inspira demasiada confianza. La fachada parece bastante vetusta; en cuanto a los modelos del escaparate, prefiero ni hablar del tema... Vuelvo a leer el mensaje que me había enviado Anita un rato antes, pero no, estoy en el lugar correcto. Será mejor que vea el interior antes de llegar a conclusiones precipitadas.

Una vez dentro, apenas tres pasos después, me topo con Anita.

—¡Zoey, estás aquí!

Me abraza para darme la bienvenida. Huele bien, a tarta recién sacada del horno con un toque de canela. Adoro la canela.

Cuando se aleja, sonriente, me doy cuenta de que su hijo se parece mucho a ella. Una versión mucho más viril, por supuesto. Tienen el mismo pelo moreno, los mismos ojos color avellana y los mismos hoyuelos al sonreír.

—Ven, Linda y Betsy ya están detrás. Voy a presentártelas.

La sigo de cerca mientras echo un vistazo furtivamente a la tienda. Aquí, nada de ambiente elegante ni moqueta en el suelo. Los neones son pálidos, los vestidos están en fundas de plástico alineados en percheros que parecen a punto de derrumbarse. No me hago demasiadas ilusiones, no habrá champán en el probador.

—Lynda, Betsy, os presento a Zoey, la hija de William.

Las dos mujeres frente a mí están a años luz de lo que me habría imaginado que podrían ser las amigas de Anita. Es cierto que es una mujer guapa, elegante y sus amigas son... ¿interesantes?

La que me ha presentado como Lynda me tiende la mano.

—Hola, Zoey.

Me sobresalto al oír su voz. Cualquiera diría que se ha limpiado las cuerdas vocales con papel de lija. Me pregunto cuántos años de cigarrillos sin filtro están detrás de este resultado. Lynda es un gran espárrago sin formas de piel ajada. Un largo cabello rubio enmarca su marcado rostro en el cual las sonrisas no deben ser prolíficas. Va ataviada con un jersey de cuello vuelto marrón y una falda recta gris que le llega a la mitad del muslo acentuando así aún más ese efecto «tallo largo». También lleva unas medias opacas que deberían estar prohibidas para las mujeres de menos de ochenta años y unos zapatos que deben de haber salido directamente de un catálogo de ortopedia.

No me recreo mucho más tiempo en el examen de su persona porque Betsy me atrae hacia ella. Casi me asfixia al abrazarme.

—¡Oh! ¿Acaso no es magnífica esta chica, Anita? —arrulla.

Tiene gracia porque tengo la impresión de haber escuchado ya esa frase en unos dibujos animados de Disney.

Si Lynda es alta y delgada, Betsy es justo lo contrario: bajita y redonda, muy redonda. Su rostro jovial, con mejillas rosadas y regordetas, la hacen parecer un muñeco. Lleva una melena rojiza, corta y rizada por el efecto de una permanente. Sus ojos negros brillantes están aureolados por una sombra de ojos azul eléctrico a juego con el caftán que lleva puesto. Los soles amarillos impresos en él refuerzan aún más el efecto psicodélico que, estoy segura, acabaría siendo nocivo si los miraras durante demasiado tiempo.

—¡Bueno, vale, pues ya que todo el mundo ha llegado, podemos empezar! ¿Quieres pasar la primera, Zoey?

—¿No vas tú primero?

—No, yo me he comprado un vestido en una tienda del centro. Tu padre ha insistido porque es uno de sus clientes.

Me siento aliviada por su respuesta. Al menos, si mi padre ha metido las narices ahí, estoy segura de que la habrá enviado a alguien capaz de comprender lo que significa «vender un vestido adecuado para la futura señora Montgomery».

Al ver que sus dos amigas no parecen decidirse, tomo la iniciativa y anuncio que voy a entrar en el probador. Si puedo evitar permanecer en este lugar mucho más tiempo, no derramaré ni una sola lágrima.

Me quito los zapatos y me desabrocho la falda antes de bajármela. A continuación, me quito la blusa. Mientras espero que la dependienta venga con mi vestido, me observo en el espejo. Creo que mi nuevo conjunto de lencería de encaje color crema me queda realmente bien. Las copas del sujetador resaltan mi pecho generoso y las braguitas altas me dejan un trasero bien prieto. Si a eso le añades un vientre plano —resultado de tres sesiones de abdominales a la semana— y mis piernas interminables, soy una auténtica bomba. ¡Qué pena que no haya nadie para disfrutarlo!

De repente, se abre ligeramente la cortina y aparece una funda de plástico. La dependienta la cuelga de un gancho previsto para tal efecto, sin más ceremonia, y cierra a su salida. Mis ojos se posan en el envoltorio barato que no oculta para nada el vestido, perdón, el horror que contiene. Parpadeo varias veces, pero no, no desaparece para convertirse en un modelo más... ¿a mi gusto?

—¡Disculpe!

—Sí —responde Anita al otro lado de la cortina.

—¿Qué es esto exactamente?

—Tu vestido, querida.

Trago saliva y dudo entre dos posibilidades: echarme a reír —pero dudo que se trate de una cámara oculta— o romper a llorar.

Empecemos por el color. El vestido es lila. Imaginemos que es el vestido más bonito jamás visto (que no es el caso, pero ya volveremos a eso más tarde). El simple hecho de que el color sea el que, por lo general, se reserva a las paredes de los baños, a los desodorantes y a otros accesorios del hogar ya debería alertar a las novias del mundo entero. ¡No! ¡No se escoge ese color para una boda! Salvo, claro está, si te vas a casar en la Provenza francesa, rodeada de lavanda. Sobre ese tema, tengo una amiga que trabaja en un pequeño hotel con encanto de Gordes, en el Luberon. Si de verdad te gustan esos colores, os aconsejo que os pongáis en contacto con ella.

Bueno, como ya lo habréis podido comprender, estoy a punto de ponerme un vestido del que ya, solo el color, me provoca náuseas. Cuanto más lo miro, más claro tengo que se acerca bastante a la antítesis perfecta de lo que me habría gustado ponerme para el acontecimiento. El corte es recto, casi un largo tubo sin forma. Ni siquiera oso imaginarme el resultado en mi cuerpo, así que me temo lo peor en el caso de Lynda o Betsy. La tela tiene reflejos irisados extraños —estoy segura de que si bailo bajo una bola de discoteca, es bastante posible que deje ciega a la mayor parte de los invitados—. En el escote lleva cosidas pequeñas flores de tela. No me preguntéis si son glicinas, margaritas o, incluso, lilas, porque no alcanzo a determinar qué se supone que representan. Los tirantes son simples cordones que garantizan un corte en la piel antes de que termine la velada. Y estoy casi segura de que es demasiado largo (lo que es el punto más positivo, porque eso tiene arreglo).

—¡Zoey, ponte el vestido para que podamos verte con él!

La voz de Anita refleja nerviosismo. Es normal, es un momento importante para ella. Inspiro profundamente y descuelgo el vestido del perchero. Me lo pongo y un escalofrío desagradable me recorre cuando siento cómo el tejido envuelve mi piel desnuda. El tejido es más áspero de lo que esperaba, algo que no es nada positivo. Estoy segura de que, después de llevarlo un día entero, terminaré con urticaria. No me atrevo a mirarme en el espejo, tengo miedo de que se me escape un grito de horror antes incluso de que Anita pueda verlo por sí misma.

Cierro los ojos un instante para recordarme que tengo que aguantar por la felicidad de mi padre. Aunque me haya decepcionado estos últimos días por su falta de confianza, no puedo seguir enfadada con él. La idea de que, por fin, rehaga su vida después de años de soledad es casi un alivio. Sé que sufrió mucho con la muerte de mi madre y, si Anita puede aportarle un poco de felicidad, estoy dispuesta a llevar un vestido lila para su boda. Aunque eso implique tragarme mi orgullo… y espero no cruzarme con ningún conocido del mundo de la moda ese día.

Entreabro la cortina y doy un paso. Las tres mujeres se giran hacia mí y me escudriñan de arriba abajo. Al instante, una enorme sonrisa se dibuja en la cara de Anita.

—Está… —empieza.

—¡… sublime! —exclama Betsy.

—Sí —comenta con sobriedad Lynda.

—Gírate un poco para que podamos verte bien.

Obedezco, pero, por desgracia para mí, he olvidado cerrar los ojos y me encuentro frente al probador, con la cortina abierta, lo que implica que me veo en el espejo.

El corte del vestido no es para nada favorecedor y mejor no hablo del resto.

¡Piensa en la alegría de tu padre y Anita, Zoey!

Respiro profundamente y esbozo una sonrisa.

—¿Qué piensas, Zoey?

¿Que qué pienso? Es en momentos como este en los que la franqueza no compensa. Por eso, decido mentir:

—Me está un poco largo, pero por lo demás, creo que bien.

Anita hace señas a la dependienta, que aparece con un montón de alfileres para marcar el dobladillo. Durante este tiempo, Betsy se acerca y toca el tejido con la yema de los dedos.

—¡Oh! ¡Esta tela! ¡Me encanta! ¿Sabes que es poliéster? ¡Puedes lavarlo una y otra vez sin que se estropee!

Me dan ganas de precisarle que no tengo pensado lavarlo, sino más bien quemarlo directamente después de la boda, pero me guardo esa información.

—¡El color te queda genial! ¿Sabes que he sido yo la que se lo ha aconsejado a Anita? Es tan romántico y está muy de moda. Es el color del verano, lo leí en la peluquería la semana pasada.

¿Habrá mirado de qué año era la revista?

—Bueno, basta ya de parlotear. ¡Ahora me toca a mí probarme el vestido!

Corre hacia el segundo probador en el que la dependienta ya ha dejado una versión XXL de mi vestido. Unos minutos más tarde, sale de él y me digo que no soy la que más motivos tiene para quejarse. Betsy parece un lokum, pero por suerte o por desgracia, según se mire, no parece darse cuenta. Parece incluso más estática que antes, si es que eso es posible. Apremia a Lynda para que vaya a probarse el suyo.

No consigo descifrar su expresión cuando sale vestida con esa cosa violeta. No parece ni más ni menos feliz que antes, igual. En ella, el tejido queda completamente recto y eso me hace pensar en un rollo de papel higiénico. Me doy cuenta de que Anita no podía haber escogido damas de honor más disparejas. Linda y Betsy son un poco como Laurel y Hardy, mientras que yo... yo no oso imaginarme donde me deja a mí eso.

Tras el calvario del vestido, la tarde especial boda está lejos de acabar. He aceptado ir a casa de Anita para ayudarla a preparar asuntos varios como, por ejemplo, la composición de las mesas, las flores, los regalos de los invitados, etcétera. He comprendido que, cuanto más participe, menos probable será que me encuentre el día D con cosas que me den ganas de esconderme detrás de las cortinas de la sala. Por eso, aunque tenga que pasarme los próximos días cortando lazos o dando mi opinión sobre el sabor de la tarta, lo haré con gusto.

Anita conduce en dirección a Back Bay, donde reside, según me ha explicado, desde hace unos cinco años. Cuando entra en su calle, una silueta masculina cruza la calzada. Anita reduce la marcha y es entonces cuando identifico al peatón: Tom.

Sin duda, al ver el coche de su madre, se desvía de su trayectoria inicial y se acerca a nosotras. Anita para el vehículo. Por desgracia para mí, había abierto la ventana para disfrutar del calor primaveral. Tom lo aprovecha para apoyarse en mi puerta y agacharse para saludarnos.

—¡Cariño! ¡Qué sorpresa! ¿Qué haces aquí?

Tom le responde que ha venido a buscar algo que se había olvidado en su casa o algo así. En cuanto a mí, me hundo todo lo posible en mi asiento para intentar poner la mayor distancia posible entre mi cuerpo y su cara. A pesar de todo, el perfume de su *after shave* acaricia mis fosas nasales, trayendo consigo las imágenes de nuestro último encuentro.

Una cosa es segura: no está pensando para nada en el episodio del BT, porque conversa con su madre como si yo no estuviera allí. La parte totalmente irracional de mi cerebro tiene ganas de saltar sobre él para asegurarse de que lo que pasó en el pasillo de Salem no ha sido un sueño, pero la parte racional gana claramente y quiere actuar como si no hubiera pasado nada. Está enfadada con él por no haber dado señales de vida estos últimos días. De hecho, llegados a este punto, lo único que puedo reprocharle es que me haya vuelto el cerebro del revés con su beso estúpido y, de paso, echarle en cara el simple hecho de existir. Me exaspera tanto que sería capaz de hacer alguna estupidez para deshacerme de él. Como, por ejemplo, pisar el acelerador para que se estrelle contra el macadán. Lo único que me lo impide es, en parte, Anita. Al ser ella quien está al volante, la culparían del accidente, pero no parece ser una delincuente ni tener antecedentes penales, así que si contrata a un buen abogado (puedo recurrir a Matt), no deberían juzgarla con demasiada dureza. Sin embargo, no estoy segura de que mi padre quisiera casarse con una criminal.

No, más concretamente, lo que me impide hacerlo en estos momentos es una falda ajustada. Pasar por encima de la palanca de cambios —sí, porque Anita es una *badass*[1] que conduce un coche manual— me parece técnicamente un poco complicado.

Tom por fin se aparta de la puerta y Anita avanza con el coche para aparcar delante de una casita de ladrillos rojos con un cartel de *Se vende* ya instalado.

Antes de que pueda abrir la puerta, Tom lo hace por mí. Cuando no hace ni un minuto parecía no remarcar mi presencia, ahora va de *gentleman*.

---

1   Una chica dura.

Pelota. Estoy segura de que lo hace porque su madre nos mira.

Por principios, rechazo la mano que me tiende para ayudarme a bajar y también evito cruzar su mirada. Me centro en las bolsas que hay que sacar del maletero y en mi chaqueta, que está en el asiento trasero, cualquier cosa antes que en el moreno alto y exasperante.

Subimos las pocas escaleras que llevan a la puerta de entrada. Anita está delante, metiendo la llave en la cerradura, y soy plenamente consciente de que Tom está dos pasos detrás de mí. En cuanto Anita abre la puerta y entra, siento la mano de Tom en la parte baja de la espalda, seguramente con el objetivo de guiarme hacia el interior.

Me tenso ante ese contacto repentino tan próximo. Debe de darse cuenta porque retira la mano a la misma velocidad que la puso.

—¿Qué es lo que has venido a buscar, cariño?

—Una de mis corbatas. Me la puse hace poco, pero soy incapaz de recordar dónde la he dejado. William me ha dicho que querías que los testigos fuéramos a juego con las damas de honor, así que quería encontrarla para ver si el color es el adecuado.

—No recuerdo haber visto ninguna, pero mira arriba, es posible que te la dejaras en la habitación de invitados la última vez que viniste.

¡Qué mono! ¡Pero si hace fiestas de pijamas en casa de mamá!

Tom desaparece en la planta de arriba y, mientras Anita reúne todas las cosas necesarias para nuestro taller «decoración para la boda», yo aprovecho para echar un vistazo a las fotos dispersas por la casa. Por supuesto, Tom aparece en prácticamente todas ellas. Desde bebé en los brazos de su madre a una vestido de uniforme el día que se licenció en la academia de policía, toda su vida reconstruida en papel satinado. Me encanta su cara regordeta y su corte a tazón en la guardería, y descubro con satisfacción que la edad ingrata tampoco lo trató bien: acné, corte de pelo desestructurado y ropa anticuada, está claro que ha conocido las alegrías de la adolescencia. A diferencia de mí, él no ha hecho desaparecer las pruebas fotográficas.

Y, hablando del rey de Roma, por aquí aparece con las manos vacías.

—¿No has encontrado lo que buscabas? —le pregunta su madre.

—No, pero acabo de recordar que la última vez que me la puse fue para la boda de Amy y Cole y...

—Está en mi casa —acabo la frase por él.

La mirada de Anita va de él a mí varias veces.

—Vale, bueno, pues entonces no tienes más que acompañar a Zoey a su casa y así aprovechas para recuperarla.

El hecho de que la corbata de su hijo esté en mi casa no parece sorprenderla demasiado.

—Pero no puedo volver ahora, todavía no hemos empezado a organizar la distribución de las mesas y...

—No pasa nada. Puedo empezar sola y luego tu padre ha prometido ayudarme.

Estoy bastante sorprendida por esta última información, pero, después de todo, mi padre no para de sorprenderme últimamente. No obstante, noto que Tom no ha dicho nada.

—¿Pero tienes tiempo para acompañarme? Si no puedes, puedo hacértela llegar mañana a través de mi padre o de Cole...

—No, no pasa nada, te acompaño a tu casa. De todas formas, me viene de paso.

Lo anuncia como si la idea le pareciera tan agradable como tener un herpes genital.

Cinco minutos más tarde, estoy encerrada en un coche junto a Tom McGarrett. El habitáculo de un Jeep jamás me había parecido tan pequeño ni el camino hasta mi casa tan largo como en estos momentos. Hay que reconocer que el silencio que reina entre nosotros también ayuda. Y estoy realmente enfadada. Enfadada con él porque no dice nada, como si aquel beso jamás hubiera existido, como si yo no existiera. Pero sobre todo estoy enfadada conmigo misma. ¿Por qué soy incapaz de sacar el tema? Jamás he sido de las que se hacen demasiadas preguntas y tampoco soy tímida ni reservada. Soy capaz de hablar de sexo delante de perfectos desconocidos, así que ¿por qué soy incapaz de decir lo que me ronda la cabeza a un tipo que ha tenido la desfachatez de posar sus labios en los míos?

Cuando, por fin, aparca delante de mi casa, salto del coche en menos que canta un gallo.

—Quédate aquí, voy a buscar tu corbata.

Asiente con la cabeza y no protesta. Ese comportamiento acaba de matarme. A una pequeña parte de mí le habría gustado que insistiera para seguirme, que se enfrentara a mí. Pero no, se limita a hacer lo que le he dicho.

Cuando el ascensor abre por fin sus puertas, entro y pulso varias veces el botón de mi planta con rabia. Afortunadamente, estoy sola, porque no habría soportado que un vecino intentara darme conversación. Una vez en mi apartamento, mi cólera se calma un poco cuando Scarlett aparece corriendo para recibirme. La pobre ha pasado toda la tarde sola. Me agacho para cogerla en brazos y la aprieto contra mí. Comprende al instante que no estoy de buen humor porque me da pequeños lametazos.

Vamos juntas a mi vestidor para buscar la infame corbata. Abro el cajón de la lencería (sí, confieso que yo también oculto mis secretos en él) y cojo el trozo de seda violeta. Instintivamente, me la acerco a la cara, pero no tardo en ser consciente de que se trata de un gesto ridículo. Parezco una niña tonta con carencias. Además, acabo de pasar veinte minutos encerrada con él. Su olor sigue bien presente en mi memoria. Y si hay algo que debería hacer, es intentar olvidar a ese idiota, sus labios divinos y su lengua temeraria. De

ello depende mi salud mental. Por eso, tomo la decisión de no volver a bajar. Descuelgo el teléfono y marco el número del portero.
¿De qué sirve vivir en un edificio de lujo si luego no aprovechas los
servicios que se te ofrecen? Un minuto después, le doy al empleado
la corbata para que se la entregue al teniente que espera frente a
la puerta. Al menos, no tendré que soportar su indiferencia ni un
minuto más.

Capítulo 14

TOM

Me ha enviado al portero. Nada sorprendente teniendo en cuenta cómo han ido los últimos veinte minutos. ¿Pero qué me esperaba? ¿Que bajara y me diera la oportunidad de explicarme? Y, luego, ¿para decirle qué? No lo tengo claro.

Cada vez me cuesta más permanecer impasible en su presencia, sobre todo desde que la besé en Salem el otro día. Aunque jamás debería haber cruzado la línea, no puedo evitar pensar en ese beso. En la forma en la que le sorprendió y luego cómo se abandonó en mis brazos. En su pelo sedoso entre mis dedos, en su boca carnosa sobre la mía, en su gemido contra mis labios, en la forma en que su cuerpo se unió al mío... Es una tortura pensar que no puede haber una segunda vez. Al menos no por el momento. «Quizá no para siempre», me susurra una vocecilla al oído.

Tengo ganas de gritar, de dejar salir toda esa frustración. Zoey me pone de los nervios y me atrae a partes iguales. Cuanto más la trato, más facetas de su personalidad descubro y más me odio por hacerlo. Tengo que vaciar la cabeza, pensar en otra cosa o en nada. Y sé que no hay cincuenta formas de conseguirlo.

Marco el número de Carlos usando el manos libres. Responde al segundo tono.

—No me digas que me llamas porque tienes novedades y quieres que vuelva a la comisaría. ¡Tío, si tengo que volver a ver una vez más esa cinta de videovigilancia me voy a volver loco!

Me río. Es cierto que el pobre no ha escatimado esfuerzos estos últimos días. Todos estamos un poco agotados, lo que explica en parte mi humor de perros.

—No, no te llamo por eso. ¿Te apetece echar un partidito en el campo de detrás de mi casa en una hora?

—Si tú pagas las cervezas después, me parece bien.

—Vale, maldito tacaño. Y tráete a alguien, que no tengo ganas de pasarme toda la tarde mirando tu fea cara.

—Solo por ese comentario, mereces pagar también las pizzas.

Una hora más tarde, me reúno con Carlos en la pista de baloncesto. Chris, uno de sus colegas de bandas organizadas, está con él, así como Cole, que a su vez ha traído a Matt y a su mejor amigo, Noah, creo. No puedo evitar pensar que, a pesar de hacer todo lo posible por evitar pensar en Zoey Montgomery, me veo jugando con los novios de dos de sus mejores amigas.

Calentamos unos minutos antes de empezar. Al instante, decidimos jugar un partido, porque si no, ¿qué interés tendría aquello? Los que pierdan pagarán las pizzas. Formo equipo con Carlos y Chris; Matt, Noah y Cole constituyen el otro. Como siempre que el espíritu competitivo se apodera de seis hombres sobre una pista con una pelota, el partido tiene poco de paseo por el parque. En poco tiempo, el deseo de ganar toma el control por encima de la razón y da paso a todas las trampas posibles. Mi primer error ha sido subestimar a mis adversarios. Se confirma al instante que Matt tiene mucha resistencia y que Noah tiene una buena visión de juego. Quien más me sorprende es Cole. Con su gran envergadura, jamás habría pensado que fuera tan agresivo jugando al baloncesto. Yo soy más alto, pero me sorprende por su velocidad. Me gana más de una vez cuando nos encontramos en un uno contra uno y, en el descanso, el marcador les es claramente favorable.

Hacemos una pausa para calmarnos un poco. La primavera ya ha llegado a Boston e, incluso a estas horas, todavía hace calor. No me molesta en absoluto. Tras los largos meses pasados en el frío y, a veces, la nieve, la llegada del buen tiempo es como un soplo de aire fresco. Me encanta estar al aire libre. De hecho, esa es una de las razones por las que me gusta mi profesión, porque no estoy todo el tiempo detrás de una mesa de despacho. Puedo moverme, ver mundo y acudir a diferentes lugares. No necesito grandes espacios ni campos hasta donde alcance la vista, ni bosques. La vida en la ciudad me va a la perfección y Boston me ofrece todo lo que quiero. No diría que es la ciudad más bonita del mundo, no he viajado tanto como para hacer semejante afirmación, pero es la ciudad en la que me siento bien, en la que he crecido y en la que espero envejecer, la ciudad a la que he elegido servir.

Estoy bebiendo cuando Cole entabla conversación conmigo:

—¿Qué es eso de que tu madre se va a casar con el padre de Zoey? El mundo es un pañuelo —constata mientras se lleva la botella a la boca.

Su comentario me resulta gracioso. Cole no es de los que les gusta cotillear, pero desde que está con Amy, la pequeña pelirroja está teniendo una gran influencia en su comportamiento. Cualquiera diría que se ha vuelto sociable.

—Sí, así es, la boda es en unos días.

—Entonces, Zoey y tú os vais a convertir en cierta forma en familia, ¿no? —supone Matt, que se mete en la conversación.

—Se podría decir así —refunfuño, nada contento con la idea.

—¿Esa Zoey es la chica de Botella Dogs? —pregunta Carlos.

Le respondo afirmativamente.

—¿Te imaginas la cantidad de tíos que van a querer ser amigos tuyos solo por poder acercarse a ella? —comenta Matt.

—¿Por qué?

—A ver, ¿es que estás ciego o qué? ¡Esa chica está como un tren! —exclama Carlos—. Sin hablar del hecho de que tiene un puntito segura de sí misma y dominatriz que me pone mucho.

—Ten cuidado, Carlos. Sabe lo que quiere y he visto a más de uno irse con las manos vacías y el rabo entre las piernas después de haber intentado acercarse. Y a los que ha escogido, no les da opción. Cuando Zoey Montgomery quiere algo, lo consigue —explica Matt.

Había pensado que aquel partido me ayudaría a sacarme a Zoey de la cabeza, ¡pero resulta que incluso aquí consigue alcanzarme convirtiéndose en el tema de conversación! Es obvio que no ha habido suerte.

—No, no siempre. Yo le dije que no —anuncia Noah que, de repente, se encuentra con cinco pares de ojos fijos en él, la mayoría llenos de sorpresa.

—No fue de buena gana, os lo puedo asegurar —confiesa como si lo sintiera sinceramente—. Pero estaba obligado.

—¿Qué quieres decir con eso? —pregunta Chris, que, aunque no conoce a la bonita morena de ojos glaciales, parece sentir curiosidad por cómo Noah puede haberse resignado a rechazar sus avances.

—Es paciente mía —suspira Noah.

—Ah, entiendo: «Donde labores, no siembres tus flores». Algo así, ¿no?

—Sí, llámalo ética profesional o masoquismo, como prefieras.

—Entonces, ¿ya la has visto desnuda? —lo interroga Carlos.

No estoy seguro de apreciar el cariz que está tomando esta conversación. Por suerte, Noah le hace comprender que no piensa entrar ahí.

—De hecho, me propuso acompañarla a tu boda —le dice a Cole, que guarda silencio desde el inicio del *tema Zoey*.

¿Quería que la acompañara a la boda de Amy y Cole? ¿Varios días en las Bahamas? Esta información, de repente, me incomoda.

Entonces, el día de la boda, ¿era con Noah con quien le habría gustado pasar la velada? Me di cuenta de que había cambiado los carteles de los asientos para terminar en mi mesa. Idiota de mí, había pensado que lo había hecho para acercarse, pero quizá quisiera estar con Noah. De hecho, se abstuvo de invitar a otro en su lugar.

Y pensar que, durante todo ese tiempo, había creído que había intentado seducirme esa noche... Caigo en la cuenta de que me había montado toda una película. Tal vez no era más que un premio de consolación por no tener nada mejor que llevarse a la boca.

—De hecho, McGarrett, ¿con quién vas a la boda de tu madre? —pregunta Carlos.

Todo el mundo espera mi respuesta.

—Eh, bueno... No lo sé. Voy solo.

En realidad, no había pensado ni por un segundo que debiera ir con alguien.

—¡No pensarás ir solo!

—¿Por qué no? ¿Acaso quieres ser tú mi pareja? —me burlo.

—Tiene razón. Seguro que Zoey encontrará alguien con quien ir. Sería raro que tú fueras solo.

¿Zoey va a ir acompañada? No había considerado esa posibilidad.

—¿Entonces creéis que debería ir con alguien?

—¡Por supuesto! Es la boda de tu madre. Si vas solo, todas sus amigas *cougars* te van a entrar durante toda la noche y las de nuestra edad van a pensar que eres un «niño de mamá» que puede incluso que todavía viva con ella. Te quedaría la opción de que tu madre acabara eligiendo por ti quién se va a sentar a tu lado y eso sería aún peor.

No me convence demasiado la explicación de Chris, pero la parte de sus amigas *cougars* me ha asustado lo suficiente como para considerar la hipótesis de ir acompañado. El recuerdo de Betsy manoseándome el trasero en el último cumpleaños de mi madre, cuando cometí el error de aceptar bailar con ella, termina de convencerme.

—Vale, pero voy a tener que encontrar a alguien que quiera venir conmigo.

Carlos se echa a reír.

—¡Mira tú este! ¡Estoy seguro de que la mitad de las mujeres de esta ciudad vendería su alma por ir contigo a esa boda!

—No es que sea tan divertido ir a una boda.

—Sí, pero conozco a más de una que estaría dispuesta a ir a un entierro solo con que se lo pidieras. Busca una chica que te guste, explícale que tiene que ponerse un vestido bonito, a la mayoría le encantan esas ocasiones, dedícale una sonrisa encantadora de esas que tan bien se te dan y la tienes en el saco.

—Mmm.

No tengo tan claro que sea tan fácil como lo pinta mi colega, aunque hay que reconocer que tengo cierto éxito con las mujeres. De hecho, en el fondo de mí, sé que la idea de llevar a la boda a alguien que no me importe me incomoda bastante. En cierta medida, un florero para esa noche. Pero, sobre todo, alguien que no es la bonita morena de ojos azul grisáceo que no me quito de la cabeza...

Acabamos de terminar el partido. Mi equipo remontó durante la segunda parte y hemos acabado ganando por poco. Los chicos están discutiendo sobre la elección de la pizzería para pasar el resto de la tarde cuando suena mi teléfono.

—McGarrett.

—Hola, teniente. Soy el oficial Clayton. Me han llamado por un caso de robo con fuerza en Bay Village. Nada grave, pero la víctima me ha dicho que lo conoce y que podría tener relación con una de sus investigaciones en curso.

Cuando escucho el nombre del barrio de Boston, pienso en Amy, que vive y trabaja allí, pero es evidente que habría intentado hablar con su marido, no conmigo. Y como el tipo en cuestión se encuentra a menos de dos metros escribiendo un mensaje en su teléfono, dudo que no haya oído la llamada. Incluso diría que, teniendo en cuenta la enorme sonrisa en su cara, es bastante probable que esté en plena conversación con ella. Es la única persona que le hace sonreír así. O sonreír, a secas.

—¿Cuál es el nombre de la víctima?

—Janyce Sanders.

Su nombre me suena. Reflexiono unos segundos y mi cerebro acaba encontrando la respuesta.

—Efectivamente, le tomé declaración como testigo en un caso en curso.

El oficial Clayton me hace un breve resumen y cuelgo tras prometerle ir en seguida.

—Sánchez, te has quedado sin *calzone* esta noche —le suelto a mi compañero—. Tenemos una nueva pista en el caso Adams.

—¡Maldita sea! ¡A veces detesto este trabajo! —maldice mi compañero de equipo.

Tras pasar por mi casa para cambiarnos, solo necesitamos unos minutos para llegar a Bay Village. Por lo que me ha contado Clayton por teléfono, tampoco era tan urgente como para llegar sudoroso a la casa de la señorita Sanders.

Vive en una casa tradicional de ladrillos rojos en una calle tranquila sin demasiado tráfico. Ideal para alguien que quiera forzar la cerradura sin que lo vean. Hay un coche patrulla aparcado delante y, cuando llamamos a la puerta, un policía de uniforme nos abre, seguramente el famoso Clayton.

Nos acompaña al salón, donde nos encontramos con Janyce, hecha un ovillo en el sofá. Cuando nos ve, se levanta y corre en nuestra dirección.

—¡Gracias a Dios! ¡Estáis aquí!

Carlos intenta con calma que se siente para poder hacerle unas cuantas preguntas, pero no le da tiempo:

—¡El asesino de Valentina! —exclama—. ¡Ahora me busca a mí y va a matarme!

Sánchez y yo intercambiamos miradas rápidas. La noche no va a ser para nada tranquila. O el asesino la está buscando de verdad y, en ese caso, habrá que organizar un dispositivo para obstaculizar sus planes, o está sacando conclusiones precipitadas… y Janyce Sanders no me parece el tipo de mujer con la que es fácil razonar.

—¿Qué le hace creer que la quieren matar, señora Sanders? —pregunta mi colega con toda la tranquilidad del mundo.

Aunque las amenazas sean serias, es importante mantener la sangre fría. No ayuda que una víctima, presa del pánico, se ponga todavía más nerviosa porque el policía frente a ella no sabe ocultar su preocupación.

—Hemos vuelto hace un rato de nuestro paseo de la tarde con Rosabella y Víctor y nos hemos encontrado la puerta abierta. Le juro que nunca me olvido de cerrar la puerta cuando salgo. Pensé que podría ser mi madre, que es la única que tiene un juego de llaves. Entré y solté la correa de los perros. Luego, fui a la cocina y entonces lo vi huyendo por la puerta de atrás. Era un hombre, estoy segura, pero llevaba una capucha puesta y no pude ver su cara.

Su historia parece bien ensayada. Imagino que varios de mis colegas ya la han interrogado.

—¿Falta algo en la casa?

—No lo sé exactamente. He llamado a sus compañeros en cuanto lo he visto. Ni siquiera me he atrevido a subir a la planta de arriba.

Janyce parece conmocionada. ¡Quién no lo estaría después de haber descubierto a un desconocido en su casa! En ese momento, toma el relevo el oficial de uniforme:

—Al parecer, ha registrado el dormitorio de la señorita Sanders de arriba abajo. Su joyero está abierto encima de la cama. Y lo extraño es que no falta nada, según ella.

—¡Ha puesto sus sucias manos en las cosas de mis pequeños! —exclama Janyce.

El oficial confirma:

—Parece muy interesado en las cosas de los perros.

—¿Ahí tampoco falta nada?

Responde negando con la cabeza.

—¿Qué objetos valiosos tienen sus perros?

—Bueno, tienen varios trajes Botella Dogs, como se podrá imaginar. También tienen accesorios de gran valor sentimental, pero nada que pudiera interesar a un ladrón, imagino.

Se sorbe los mocos con desdén.

—No tenemos la suerte de que nos mime Zoey Montgomery. A nosotros no nos presta collares de diamantes.

Al principio, me pregunto cómo puede saber lo del collar, pero es bastante probable que un empleado de Botella Dogs se lo haya contado sin querer. Sin olvidar el hecho de que ya se ha paseado por la comisaría de policía.

El interrogatorio de Janyce no nos aporta nada excepcional. Incluso descarto que alguien quiera matarla. Más bien tengo la impresión de que el hombre que ha entrado en su casa buscaba algo. Y me da que ese algo podría ser el collar de diamantes. No el que ha desaparecido de la habitación de Valentina, sino el que jamás ha existido. La auténtica joya, la que Zoey había pedido y que su padre decidió sustituir por una réplica. Sin saberlo, el ladrón o el asesino, si es que es la misma persona, va detrás de una quimera.

Aunque este descubrimiento no parece capital, sí que le da un nuevo giro al caso del asesinato de Valentina. Siempre he creído que matar a la chica había sido el objetivo de nuestro asesino. El robo de la joya no habría sido más que una oportunidad que el criminal habría aprovechado. Incluso una maniobra para despistarnos. ¿Cabría la posibilidad de que hubiera ido a la habitación del hotel para forzar la caja fuerte y que Valentina lo interrumpiera en ese momento?

Estamos lejos de atraparlo.

Capítulo 15

ZOEY

Con casi dos semanas de retraso sobre nuestra planificación inicial, por fin podemos hacer la sesión de fotos de la nueva colección. Esta vez, Maurizio sí se ha presentado en los locales y todo el equipo parece más tranquilo. Incluso yo me enfrento a la jornada con mucha más serenidad que la vez anterior. He desarrollado el arte de ocultarlo a la gente que me rodea, pero soy ansiosa. De hecho, todo el mundo lo es en menor o mayor medida, pero algunos conseguimos disimularlo mejor que otros.

Mientras nuestros modelos están con los últimos preparativos, repaso con Maurizio los detalles de la sesión y los trajes que hay que ponerles.

—¿Has visto a Nick esta mañana? —me pregunta Maurizio al cabo de un rato.

Echo mecánicamente un ojo hacia el espacio donde debería tener lugar la sesión. Los asistentes están muy atareados, pero ni rastro del fotógrafo.

—No, no lo he visto. He supuesto que llegaba un poco tarde, pero ya se está pasando un poco —digo, consultando mi reloj.

Lo que no le digo es que ya le he dejado tres mensajes en el contestador pidiéndole que venga lo antes posible. No soporto a la gente que llega tarde, lo que resulta irónico teniendo en cuenta que una de mis mejores amigas, Julia, es la chica menos puntual del planeta.

—¡Hallie! ¡Ven aquí! —interpelo a mi asistente, que tiene la desgracia de pasar por allí—. ¿Puedes llamar al señor Jones para pedirle que venga aquí en diez minutos? No dudes en amenazarlo si eso hace que acelere. Hay muchos fotógrafos con talento en esta ciudad.

—Vale, yo me encargo.

Hallie hará exactamente lo que le he pedido, no lo dudo ni por un segundo. Eso es justo lo que le ha garantizado su longevidad con nosotros como asistente. No discute las órdenes y las aplica al pie de la letra.

Por desgracia, quince minutos más tarde, vuelve, con expresión contrariada.

—No he conseguido hablar con él, lo siento.

Cuando creo que va a volver a sus ocupaciones, añade:

—No lo entiendo. Lo he llamado esta mañana para asegurarme de que todo estaba en orden por su parte y me confirmó que estaba a punto de salir de su casa.

—¿Cuánto tiempo hace de eso?

—Dos horas como máximo.

—¿Sabes dónde vive?

—En el South End, en un apartamento encima de su estudio fotográfico.

Dos horas para ir del South End al centro, incluso con mucho tráfico, no es normal.

Unos minutos más tarde, la situación se vuelve crítica. Todo el mundo está preparado, pero no tenemos fotógrafo. Maurizio, que hasta entonces había estado relativamente tranquilo, empieza a agitarse, lo que no augura nada bueno. Lo mantengo vigilado e intento distraerlo, porque si entra en una de sus legendarias crisis de pánico, estamos perdidos. Hallie también es consciente de que estamos a punto de entrar en fase crítica. Tiene la oreja pegada al teléfono, pero las miradas que me lanza no presagian nada bueno. No necesito que venga a decírmelo: no ha localizado a Nick el fotógrafo.

—¡Creo que esta colección está maldita!

¡Ay, mierda!

—Hombre, no, Maurizio, están surgiendo algunos inconvenientes, pero ya verás, todo saldrá bien. Nick vendrá, podremos hacer unas fotos maravillosas, estoy segura, ¡y la nueva colección va a arrasar!

Intento poner un máximo de entusiasmo en mi declaración, algo que no resulta fácil teniendo en cuenta que, en mi cabeza, estoy intentando decidir la mejor forma de torturar a Nick cuando aparezca.

—No, estoy seguro, es mejor anularlo todo. De todas formas, sería un disparate querer continuar. Todas las señales están ahí: la muerte de Valentina, la desaparición del collar, la de Nick...

—¡Nick no ha desaparecido, solo llega tarde!

—¡Pero el collar no está aquí! ¿Cómo vamos a hacer la sesión sin el collar? ¡Es la pieza maestra de la colección!

Su voz refleja histerismo y las cabezas de la sala empiezan a girarse hacia nosotros. Como siempre pasa con él, basta un pequeño grano de arena para que pierda los papeles. La ausencia de collar no parecía ser un problema hace una hora, ¡pero ahora se ha convertido en *la pieza maestra de la colección*!

Hallie llega con una infusión humeante, que sé que es la favorita de Maurizio. Ha debido escuchar el inicio de la conversación y ha pensado que era el momento de intentar todas las estratagemas posibles para calmarlo.

—¡No quiero ninguna infusión, Hallie! ¡Quiero anular esta sesión de fotos de la desgracia!

Se gira hacia el equipo del fotógrafo que espera a que empiece.

—¡Lleváoslo todo, la sesión se anula! —les suelta, señalando con la mano todo el material que les ha llevado horas instalar.

—¡No, no, no! —me interpongo—. ¡Aquí nadie se lleva nada!

Entonces me dirijo a él en voz baja.

—¡Maurizio, no vas a tirar seis meses de trabajo por la borda! Vamos a hacer esas fotos, con o sin Nick, con o sin collar.

—¡No, Zoey! De todas formas, ya no siento este tema retro. Creo que no es…

—¡No! ¡Para ya, Maurizio! Aquí no se anula nada. ¡La sesión se va a hacer y hoy mismo! Yo misma voy a asegurarme de ello. Así que vas a calmarte, ocupar tu tiempo en otra cosa mientras resuelvo el problema del fotógrafo y nos vemos en dos horas para empezar la sesión.

A continuación, me dirijo a Hallie:

—Hallie, asegúrate de que no hace ninguna tontería, si tienes que encerrarlo en su despacho, lo encierras, y dame la dirección de Nick Jones. Voy a traerlo aquí, aunque tenga que hacerlo cogido de la oreja.

Veinte minutos después, aparco en una calle residencial del South End. Compruebo la dirección que me ha dado Hallie antes de salir. Si es correcta, hay un coche de la policía frente a la casa que debería ser la de Nick. Un poco más lejos, también hay estacionado un furgón de la policía de Boston. Verlos aquí me da mala espina. Tengo la impresión de que las complicaciones de la jornada no han hecho más que empezar.

De todas formas, decido bajar del coche. Saco a Scarlett, que bulle de impaciencia cuando me ve la correa en la mano. Una vez enganchada, ponemos rumbo a la vivienda de Nick. Por desgracia, un policía de uniforme nos bloquea el paso.

—Vengo a ver a Nick Jones —anuncio al agente con expresión inquietante.

El hombre ni se molesta en mirarme y declara:

—No puedo dejarla entrar.

—¡Pero es que es muy importante! —insisto—. Tengo que ver a Nick.

Esta vez, clava su mirada glacial en mí.

—Nadie puede entrar en esta casa.

Es un rechazo categórico, pero, con todo, decido insistir:

—Es muy importante. Solo sería un minuto.

Intento parecer inocente y pestañeo más de lo necesario. Mi encanto natural me ha abierto más de una puerta en esta vida. No hay motivos para que no funcione hoy. Incluso Scarlett contribuye. Se sienta sobre su pequeño trasero y adopta su expresión más adorable. Esta perra tiene un don.

Y, sin embargo, el hombre sigue sin querer saber nada.

—Y a mí me han ordenado que no deje pasar a nadie, bajo ningún pretexto.

—Pero yo...

—No. ¿Qué parte de *no* no entiende?

Sí, ya lo sé. Pero es que detesto oírlo. Me decepciona mucho que mi numerito no le haya impresionado, aunque solo fuera un poco. ¡Suele funcionar! Parece ser que he perdido mi encanto.

¿O es que he envejecido? No me atrevo ni a considerar esa posibilidad.

—¿Podría decirme al menos si está bien?

—No puedo darle información —responde el agente obtuso.

Comprendo que cruzar la puerta de esa casa me costará bastante. No he ido a tantas clases de defensa personal como para ser capaz de derrotar al gigante. Además, tengo el presentimiento de que algunos de sus compañeros están justo detrás de esa puerta, dispuestos a intervenir deprisa si necesita que le echen un cable.

Me doy la vuelta y me alejo en dirección a mi coche.

—No te preocupes, Scarlett, daremos con una solución.

No sé muy bien si se lo digo a ella o a mí misma, pero no pienso irme de allí con las manos vacías. Siento la mirada del poli en mi espalda, así que será mejor que no despierte sospechas. Me subo al coche con mi perrita y finjo que me voy. En realidad, aparco en una calle adyacente. ¿Cuáles son mis opciones?

La idea de llamar a Tom me tienta. Es teniente de la policía, debe de saber algo o, al menos, puede informarse. ¿Pero aceptará ayudarme? No lo tengo claro. Sin hablar del hecho de que no estoy segura de querer hablar con él.

Tengo que encontrar alguna forma de saber qué pasa en esa casa. Quizá Nick yazca en un gran charco de sangre en mitad de su salón. Eso explicaría su retraso. Después de todo, hay un asesino por ahí que se cebó con Valentina. El fotógrafo podría perfectamente ser el objetivo de un asesino loco que hubiera decidido acabar con todo aquel que se hubiera relacionado con Valentina. ¡Puede incluso que yo misma esté en su lista!

Miro a mi alrededor y se me ocurre una idea. No creo que aporte todas las respuestas que necesito, pero, al menos, puede que me permita obtener algo parecido a una explicación sobre lo que puede pasar.

La casa de Nick tiene pinta de tener un jardín trasero, adosado a un jardín comunitario. Quizá sea posible tener una visión general de la situación desde allí.

—Ven, Scarlett. Vamos a ver qué pasa en esa casa.

El animalito me responde ladrando con alegría.

Bajo del coche, intentando ser lo más discreta posible. Con un poco de suerte, los vecinos estarán en el trabajo y no detrás de las cortinas, espiándome. Empujo la puerta de hierro del jardín comunitario. Está claro que, si alguien me viera, adivinaría al instante que no estoy allí para ocuparme de mi huerto. Con mi falda ajustada y mis tacones de diseño, no voy vestida para una sesión de jardinería.

Vamos hasta el fondo del jardín, cerca de la valla que lo separa del de Nick. El muro de madera es demasiado alto como para que pueda ver algo. Aún no sé cómo podré subirme a ella. Descubro un cobertizo lleno de herramientas. Por desgracia, no hay nada que me pueda servir de escalera. Intento recordar si tengo algo en el maletero del coche que me pueda ser útil, pero no, nada. Cuando, pensativa, contemplo el mango de una pala, caigo en la cuenta de que hay otra forma de averiguar qué pasa en la casa. Y quizá esta idea sea más inteligente que la primera. ¡Imaginad que la policía ve asomar mi nariz por encima de la valla! No sería nada discreto. Pero un objeto pequeño podría pasar desapercibido.

—Scarlett, tu nueva dueña jamás retrocede ante un problema —le digo, muy orgullosa de mí misma.

Meto la mano en el bolso para sacar mi teléfono móvil, así como una goma del pelo, y cojo la pala. Fijo el teléfono como puedo al mango con ayuda de la goma. Es más complicado de lo que parece porque hay que evitar que el móvil resbale. Me maldigo por haberme negado siempre a invertir en un palo de selfi. Eso me habría evitado tener que hacer esta chapuza. Una vez segura de que mi teléfono no va a estamparse contra el suelo al menor movimiento, inicio la aplicación de vídeo. Mi herramienta de espionaje casera por fin está preparada para su uso. La levanto con cuidado por encima de la valla como el periscopio de un submarino. Solo espero que Nick no sea de los que siempre tienen las cortinas echadas. El objetivo de esta maniobra digna de un espía de pacotilla es ver si él u otra persona están allí.

Por desgracia, mi experimento dura poco porque una voz me sobresalta:

—¿Pero qué hace ahí?

Al sobresaltarme, sacudo con violencia la pala. Mi invento de solidez dudosa no lo aguanta y veo a mi móvil estrellarse contra el suelo. El crujido que emite cuando entra en contacto con el asfalto me anuncia una muerte instantánea, una herida grave en el mejor de los casos.

Frente a mí, el agente de policía que me había prohibido el acceso a la casa de Nick me observa con el ceño fruncido.

—¿Qué está haciendo? —repite con un tono que me indica que ya parece haber decidido que lo que estoy haciendo es reprensible.

—¿Me ha seguido? —pregunto yo a su vez.

—Los vecinos nos han llamado para decirnos que había una joven con un comportamiento extraño.

¡Malditos vecinos! ¿La gente no puede ocuparse de sus propios asuntos?

Ahora mira mi pobre teléfono móvil que yace en el barro. Scarlett le da un golpecito con el hocico, como si intentara reanimarlo.

—¿Estaba haciendo fotos por encima de la valla?

Para ser rigurosos, estaba haciendo un vídeo, pero no creo que esa puntualización me sirviera de ayuda, más bien lo contrario.

—Va a tener que venir conmigo, señorita.

—¿Ir con usted? Pero ¿por qué? ¡No he hecho nada malo!

—Encontrarla haciendo fotos de una casa en la que mis colegas están investigando me parece bastante sospechoso. Sobre todo, teniendo en cuenta que no hace ni media hora que le he prohibido pasar.

—Pero...

—¿Para qué periódico trabaja? ¿El *Globe*? ¿El *Boston Herald*?

—¡No soy periodista! ¡Trabajo con Nick Jones! ¡Trabajo en el sector de la moda!

—Periodista o no, tendrá que venir conmigo.

—Pero no puede...

—No complique más las cosas y me obligue a ponerle las esposas.

Esta última réplica tiene la virtud de hacer que me calle. De ninguna manera pienso acabar con unos grilletes en las muñecas. Me agarra del brazo y coge la correa de Scarlett con la otra mano. La perrita gruñe enseñando sus minidientes que, seguramente, no impresionan para nada al policía, pero que me confirman que el animalito tiene un instinto muy marcado. Este hombre es un idiota.

—¿Sabe quién soy? —suelto, como última tentativa miserable de escapar al destino que me tiene reservado.

No me gusta nada que la gente utilice su pedigrí, pero, en situaciones desesperadas, medidas desesperadas.

—¿Una fisgona que no debería estar aquí?

Un punto para él. Resulta que tiene sentido del humor. De repente, se me ocurre una idea mejor que la que pensaba utilizar inicialmente.

—¡Soy la hermana del teniente McGarrett!

Me cuesta pronunciar esas palabras, pero como acabo de decir: en situaciones desesperadas...

—Buen intento, pero el teniente McGarrett es hijo único. No se preocupe, me aseguraré de informarle de que una entrometida que se ha hecho pasar por su hermana está en la comisaría.

¡Mierda! ¡Lo conoce de verdad!

—No hace falta que se moleste...

—Suba al coche y cállese. Si no, además de esposarla, la amordazo.

Un poco después, me encuentro en una sala que, supongo, está destinada a los interrogatorios, sentada en una silla metálica nada cómoda, con Scarlett acurrucada en mi regazo. La persona encargada de la decoración no se ha esforzado lo más mínimo. Ni siquiera hay una foto de un paisaje apacible colgada en la pared. Nada que pudiera hacer el lugar algo más acogedor o, incluso, permitir evadirse. La puerta se abre bruscamente, y Scarlett y yo nos sobresaltamos. La larga silueta de Tom McGarrett entra en la sala y cierra la puerta a sus espaldas. Arrastra la silla que hay frente a mí, emitiendo un sonido siniestro, y se sienta sin pronunciar palabra.

Está muy enfadado. Un enfado sordo y frío, pero enfado en cualquier caso.

Sus ojos, a veces cálidos cuando adoptan un tono color cacao, ahora son oscuros y acusadores. Se cruza de brazos y me observa sin decir nada. Y no creo que esta vez piense besarme.

—¿Me puedes explicar qué hacías en casa de Nick Jones? —me pregunta tras largos minutos de silencio incómodo.

—Fui a buscar a Nick. Tenía que trabajar en Botella Dogs esta mañana y no apareció.

—¿Y por qué estabas haciendo fotos de su casa?

—No estaba haciendo fotos, sino un vídeo para intentar ver qué pasaba dentro.

Tom eleva la mirada al cielo.

—No podéis retenerme aquí. Conozco mis derechos, no he podido llamar a mi abogado y tu estúpido compañero de uniforme ni siquiera me los ha leído. ¡Es ilegal!

—No estás arrestada —replica, molesto.

—¿Quieres decir que puedo levantarme e irme si quiero?

—Sí.

—Bien.

Cojo a Scarlett y me dispongo a levantarme. Tom me agarra la muñeca por encima de la mesa.

—Siéntate.

—Acabas de decirme que podía...

—Sé perfectamente lo que he dicho, pero me gustaría que te sentaras diez minutos para que pudiéramos hablar.

¿Por qué soy tan débil ante ese hombre? Obedezco sin rechistar cuando, por lo general, hago lo que me da la gana. Vuelvo a poner mi trasero en la incómoda silla, todavía muy consciente del calor de sus dedos en mi muñeca. Ah, vale, ahí tengo la respuesta: las hormonas me hacen influenciable. Unas cuantas semanas de celibato forzoso y pierdo los papeles frente al primer hombre que me besa o que me exaspera porque, sin contar el episodio del BT, Tom McGarrett me saca más de quicio que otra cosa.

—Zoey, no puedes estar metiendo las narices por ahí constantemente y esperar que luego yo te salve.

—¡Pero no estaba intentando meter las narices por ahí, solo había ido a ver a Nick!

—Entonces, ¿por qué estabas grabando la parte trasera de su casa?

—¡Quería hacerme una idea de lo que estaba pasando dentro! No sé, ver, por ejemplo, si los forenses estaban allí.

—¿Los forenses?

—Sí, ¿vosotros no mandáis a la morgue cuando encontráis un cadáver en algún sitio?

Una leve sonrisa se dibuja en sus labios, pero tengo la impresión de que, más bien, se está riendo de mí.

—Nick Jones no está muerto, Zoey, si eso es lo que te preocupa.

Dejo escapar un suspiro.

—Entonces, ¿qué hacíais en su casa?

—Eso no es asunto tuyo.

—Sí que lo es, créeme. Nick trabaja para mí. Tengo veinte personas esperándolo ahora mismo para empezar una sesión de fotos, así que, créeme cuando te digo que ¡tengo derecho a saber dónde está!

Tom me observa con expresión indescifrable y luego declara:

—¿Te das cuenta de que siempre terminas mezclada con esta investigación de forma sospechosa y que estoy obligado a cubrirte?

—¿Eh? ¿A qué te refieres?

No sé de qué me habla. Puedo entender que cuando fui a ayudar a Amy a ese bar de perdedores de Roxbury hace unos meses quizá ejerciera unos derechos que no me corresponden como simple ciudadana, pero ahora...

—Valentina murió mientras trabajaba para ti.

—Sí, bueno, vale, pero yo no la maté, estaba a miles de kilómetros de Boston contigo.

—¿No te has dado cuenta de que ni siquiera te han interrogado formalmente? No, por supuesto. ¿Y, según tú, quién ha asegurado a sus superiores que no merecía la pena hacerlo?

—¿Eh, tú?

—Bingo.

—¿Quieres una medalla?

Me fulmina con la mirada.

—Cuando removiste Roma con Santiago para quedarte con Scarlett, ¿quién te apoyó?

No hace falta que responda.

—Cuando te fuiste sola, sin decirle nada a nadie, a buscar a Maurizio a Salem, cuando se suponía que estaba en la lista de sospechosos, ¿quién crees tú que tuvo que ir a explicarle a su jefe que lo habías hecho porque estabas preocupada por tu jefe y que, en ningún caso, habías intentado ayudar a un criminal a la fuga?

—¡Maurizio no era un criminal a la fuga! —me indigno.

—Puede que fuera así para ti, pero no para la policía en ese momento.

—Yo no quería ayudar a nadie a huir de la policía, solo quería, como bien has dicho, encontrar a mi jefe por el que estaba preocupada.

—Lo sé. Y te creo cuando dices que hoy solo has ido a buscar a Nick. Pero si te hubieras limitado a llamar a la puerta e irte cuando mi colega te pidió que lo hicieras, eso me habría evitado tener que cubrirte una vez más.

—Siento mucho haberte metido en problemas —admito, con tono de disculpa.

—No estoy enfadado contigo, pero lo que me gustaría de verdad es que dejaras de husmear, Zoey. Hay un asesino paseándose por ahí y no sabemos ni quién es ni qué es capaz de hacer. No me apetece en absoluto tener que llamar a tu padre para darle malas noticias, así que mantente al margen, por favor.

—Pero puede que solo quisiera matar a Valentina y que no haya más víctimas.

Tom suspira.

—Zoey, alguien entró por la fuerza ayer por la tarde en casa de Janyce. Parecía estar buscando algo. No podemos correr riesgos.

—¿En casa de Janyce? ¡No me ha dicho nada! La he visto esta mañana en la sesión de fotos.

—Sí, porque le he pedido que no diga nada. Lo que acabo de decirte no debe salir de aquí, ¿vale?

Me sorprende que Janyce haya sido capaz de mantener la boca cerrada, pero si ella puede, yo también.

—Vale.

—Bien —dice mientras se levanta—. Puedes volver a casa, pero prométeme que no vas a hacer más tonterías.

La mirada amable que me dedica me sorprende, no estoy acostumbrada.

Asiento con la cabeza y me doy la vuelta en dirección a la salida. Antes de cruzar la puerta, me suelta por encima del hombro:

—Y, por favor, Zoey, ¡deja de decir que eres mi hermana!

Capítulo 16

ZOEY

El día que dejé una nota manuscrita a la atención de Anita en casa de mi padre, debería haberme cortado la mano. Por un motivo que se me escapa, le encantó mi letra (no tengo ni idea de qué tiene de especial) y ahora me veo sentada en su casa, escribiendo a mano los nombres de los ciento cincuenta invitados (y eso que iba a ser una boda discreta) en las tarjetas para las mesas. Cuando le he preguntado que por qué no pedíamos que los imprimieran, coseché miradas furibundas de parte de Betsy, Lynda y mi futura madrastra. Al parecer, el «hecho en casa» es un *must* de la boda y a Anita le gusta saber que cada elemento decorativo se ha hecho con amor.

Así que ahora soy yo la que tiene la mano entumecida y no estoy nada segura de estar poniendo mucho amor en la tarea. Mientras tanto, ellas ven tutoriales en YouTube para hacer sus propias velas. Justo lo contrario de lo que yo llamaría una buena tarde. Además, para beber solo hay cerveza sin alcohol y té.

—¿Has acabado las tarjetas, Zoey?

—Casi, solo me quedan dos.

Anita se acerca a un papel doblado por la mitad.

—Genial, vamos a poder clasificarlas. Todavía no he terminado la distribución de las mesas porque no he recibido todas las respuestas, pero las clasificaremos por parejas.

Se sienta junto a mí y abre la hoja que contiene la lista de invitados. Termino las dos últimas tarjetas y empezamos la clasificación. Anita me dicta los nombres y voy apilando las tarjetas.

—Tom y Candy.

¿Tom de Tom McGarrett? Miro la cantidad de cartelitos que tengo delante de mí y solo hay un Tom. De hecho, recuerdo haberlo escrito una sola vez y haberme aplicado especialmente para dibujar el lazo de la *T*.

—¿Tom irá acompañado?

Hago la pregunta con un tono que intento que sea lo más neutro posible.

—Sí y, ahora que caigo, se me ha olvidado preguntarte a ti. ¿Irás sola? No te he dado tarjeta porque caía por su propio peso que estarías aquí, pero quizá quieras asistir con alguien, ¿no? Necesitaría que me respondieras lo antes posible para poder avisar al servicio de *catering*.

—Sí, iré con alguien.

Esta frase sale sola de mi boca, sin pensarlo siquiera.

—¡Oh! ¡Fantástico! ¿Cómo se llama? Así lo añado a la lista.

¡Mierda! ¿Ahora qué le digo yo? ¿Que voy acompañada pero que todavía no sé por quién?

—John, se llama John.

—¡Maravilloso! A tu padre le alegrará saber que no estarás sola.

¿Por qué? ¿Le preocupa que no sepa cortarme la carne? ¡Como si ir a una boda sola fuera una tara!

Pero tengo un problema mucho más grave que ese... ¡Tengo que encontrar un John!

¡Chicas, reunión de urgencia en Theater disctrict[2] esta tarde!

Es el mensaje desesperado que envío a mis amigas al salir de la casa de Anita. Me responden todas para confirmarme que estarán allí. Ninguna me pregunta la razón de esa invitación tan precipitada. Tienen claro que es algo grave.

Cuando cruzo las puertas del bar escogido, Maura, Libby y Maddie ya están allí. Amy llega un poco después y se sienta como puede en el banco. Su barriga redonda parece haber redoblado su tamaño en tan solo unos días.

—Espero que sepas lo mucho que te quiero, porque cuando he recibido tu mensaje, yo ya estaba en pijama, preparada para quedarme en casa con un buen libro. Y venir hasta aquí teniendo en cuenta que ni siquiera puedo beber alcohol...

—¡Por favor, no me digas que pensabas de verdad pasarte la tarde leyendo un libro siendo una recién casada y tu marido un adonis con patas! —se indigna Maura (acertadamente, diría yo).

—Tiene vigilancia toda la noche —responde, con tono enfurruñado—. ¡Tendré que hacer algo mientras no está! Y, además, me encanta ponerlo celoso.

—¿Cole está celoso de los protagonistas de tus libros? —pregunta Maura.

—¡No me extraña! En cuanto un hombre la mira, se le pone cara de asesino, así que si ella fantasea con otro... —comenta Libby.

—En cualquier caso, no le ha hecho mucha gracia que le dijera que había quedado con vosotras. Desde que estoy embarazada y nos casamos, tengo la impresión de que se ha vuelto incluso más posesivo que antes.

---

2 Barrio de Boston conocido por su animada vida nocturna.

No tenemos tiempo de seguir hablando del tema porque nos interrumpe Julia, que llega sin aliento, con el pelo ensortijado y las mejillas rojas como caramelos.

—¡Lo siento, chicas, llego tarde!

Nadie se molesta siquiera en precisarle que 1) ya nos hemos dado cuenta, 2) siempre llega tarde. De repente, se cree obligada a darnos explicaciones.

—Estaba a punto de salir y Matt volvió del trabajo y entonces...

—¡Paraaaa! —grita Maura—. Piensa en las que todavía están solteras. No hace falta que nos cuentes los detalles de las proezas amorosas que han impedido que llegues a tiempo.

—Ajá. Aquí hay alguien frustrada —ironiza Libby.

—Se podría decir así —responde Maura con tono malhumorado.

En circunstancias normales, habría profundizado un poco más en el caso Maura, pero no hay que olvidar que, si he reunido a mis amigas, es porque tengo algo que pedirles.

—Chicas, el problema es serio.

Todas se callan y se centran en mí. Vale, mi entrada en materia ha sido un poco teatral, pero, al menos, he conseguido captar su atención.

—Tengo que encontrar a alguien que me acompañe a la boda de mi padre.

—¿Pero no es en menos de una semana?

—El sábado que viene, para ser más exactos.

—¿Y por qué necesitas nuestra ayuda para encontrar a alguien? —pregunta Amy, acariciándose la barriga.

—Sí, eso es cierto. Por lo general, solo tienes que chasquear los dedos para que los hombres se tiren a tus pies —señala Julia.

—Bueno, pues os lo creáis o no, desde hace algún tiempo, me cuesta más que coman de mi mano.

—Pobre Zoey —ironiza Libby—. Tiene que ser realmente duro verse como una simple mortal como nosotras.

—¿Y se puede saber por qué, de repente, necesitas ir con alguien? ¿Qué ha pasado con tu lema «Mejor sola que mal acompañada»? —me interroga Julia.

—Tom irá acompañado.

Tras mi declaración, se hace el silencio.

—¿Y?

—¡Pues que si él va con alguien, yo no puedo plantarme allí sola!

—¿Por qué no? Eso nunca ha supuesto un problema para ti —constata Maddie.

—Yo lo sé —dice Julia—. Lo que le molesta no es que los demás invitados la vean sola, sino que Tom irá acompañado.

Otro silencio general. Cinco pares de ojos se clavan en mí en espera de mi respuesta.

Suelto un suspiro y confieso, con tono patético:

—Me besó...

—¿Que él qué? —subraya una voz histérica.

A partir de ahí, cacofonía. Todas se ponen a hablar al mismo tiempo y quieren saber qué ha podido hacer que Tom me diera el mejor beso de mi vida. Aunque ellas no lo sepan, así fue.

—¡Vale! ¡Vale! ¡Callaos todas! Pidamos algo de beber y os lo cuento todo.

Diez minutos más tarde, con cinco margaritas y un zumo de manzana frente a nosotras, empiezo a relatar el episodio del beso tórrido.

—¡No me lo puedo creer! ¡Nos reunimos todas esa misma tarde y no nos dijiste nada!

Me encojo de hombros.

—No había mucho que contar. De todas formas, desde entonces, hace como si no hubiera pasado nada.

—¡No me puedo creer que Matt no me haya dicho nada! Estuvieron todos jugando al baloncesto juntos hace unos días.

—Si hace como si ese beso nunca hubiera existido, no veo por qué debería habérselo contado a Matt.

—¡Los tíos son peores que nosotras en cuanto a los cotilleos! Cole tampoco me ha dicho nada, pero sí me ha contado que estaba un poco raro.

—Por lo que yo sé, él está raro siempre.

—No, está raro solo contigo. Con los demás, es el Tom encantador y agradable que todas conocemos —declara Amy.

—¡Ah! ¡Lo sabía y te lo dije! —exclama Julia—. ¡Está loco por ti!

—Y te respondo lo mismo que la primera vez: no está loco por mí, apenas me soporta.

—Zoey, no besas a alguien a quien apenas soportas —constata Maddie.

—Bueno, pues, al parecer, Tom McGarrett sí que lo hace —me burlo.

—De hecho, la pregunta importante aquí es: ¿Zoey, a ti te gusta Tom? —pregunta Libby.

No soy precisamente tímida, pero tengo la impresión de volver a tener catorce años y de tener que confesar a mis amigas que estoy loca por el chico guapo de la clase.

—Sí —digo con un fino hilo de voz.

—¿Pero te gusta de verdad? ¿O solo lo quieres para poder colgar su cabeza en tu cuadro de caza? —precisa Julia.

—Me cuesta mucho reconocerlo, pero me gusta de verdad —suspiro.

—¡Dios mío! ¡Jamás pensé que llegaría este día! —declara Amy, tapándose la boca, bien abierta, con la mano. La fulmino con la mirada.

—Vale, resumamos la situación —propone Libby—. Tom, alias el *teniente sexi*, te ha besado y está claro que te ha gustado la experiencia; desde entonces, no te hace caso y acabas de averiguar que va acompañado a la boda de vuestros padres, ¿no?

—Sí y por eso le he dicho a su madre que iría acompañada por un tal John.

—¿Quién es John? —pregunta Maura.

—Un tío que me he inventado.

—¿Te has inventado un tío llamado John?

—¡No he dicho que fuera mi novio! Solo he dicho que iba a ir acompañada de un tipo llamado John. El problema es que ¡no conozco a nadie llamado John!

—¡Entonces hay que encontrar a un John! —exclama Maura.

—Sí y es ahí donde necesito vuestra ayuda.

—Yo conozco a un John, nuestro vecino —dice Julia—. Es un señor muy amable, viudo, pero debe tener como unos ochenta años.

—¡Julia! ¡Nos da igual si se llama John o no! ¡Hay que encontrar un hombre que sea suficientemente guapo y carismático como para poner celoso a Tom McGarrett! Por cierto, ¿quién es la chica que lo acompaña? —pregunta Amy.

—No la conozco, solo sé que se llama Candy. En mi opinión, un nombre de estríper, la verdad.

—O de prostituta —sube la apuesta Maura. Siempre puedo contar con mis amigas para apoyarme.

—¡Candy, como los caramelos! ¡Seguro que tiene la misma personalidad que un Skittles! —se ríe Maddie.

—¿Crees que será de verdad una estríper? —pregunta Julia.

La idea de que Tom haya ido a buscar pareja a un bar de estriptis me hace rechinar los dientes.

—¡Pues claro que no! ¡No digas tonterías! —interviene Libby—. Ella no ha escogido su nombre y puede incluso que sea superinteligente, además de guapa. Así que Zoey debería estar preparada. Hay que encontrarle una cita perfecta.

—¡Oh! Podría preguntárselo a mi hermano. Estoy seguro de que Grant aceptaría ayudar a Zoey. Y, además, no hay riesgo de que se te pegue demasiado durante toda la noche. Estoy segura de que está enamorado de otra.

Echo un vistazo a Maddie que tiene cara de haberse tragado un yunque. Tengo la impresión de que pasa algo entre ella y el hermano de Julia desde hace un tiempo, pero no sé exactamente qué. Como primero tengo que responder a Julia y no quiero despertar las sospechas de esta última, no digo nada a Maddie.

—Julia, te recuerdo que fue Tom quien arrestó a tu hermano hace unos meses. Sabe muy bien que no se llama John. Y, además, sin ánimo de ofenderte, preferiría ir con alguien al que no le haya puesto las esposas.

—¡Ups! Había olvidado ese pequeño detalle y no, no me ofendes, comprendo tu punto de vista.

—Se lo podría preguntar a Andrew, mi cuñado, pero estuvo en la boda y puede que Tom lo viera —se excusa Amy.

—Muy amable por tu parte, pero si puedo evitar a los hombres casados de vuestras familias, casi mejor.

—¿Podrías llamar a un profesional? —propone Maddie.

—Eh... ¡Estamos hablando de la boda de mi padre! ¡No es que me apetezca ojear el álbum de fotos de la boda dentro de diez años y recordar que tuve que pagar a un hombre para que me acompañara! ¡Y, además, no estoy tan desesperada!

Bueno, un poco sí.

—¡Oh! ¡Ya sé! ¡Stuart, el asistente de Matt! —propone Julia.

—¿Matt tiene un asistente masculino? —se sorprende Maura.

—Sí, ¿por qué debería estar reservado ese puesto solo a las mujeres? —se exaspera la feminista que hay en mí.

—No, pero no había caído en la cuenta de que trabajara con un hombre.

—¿Y cómo es ese Stuart? —pregunta Libby.

—Bueno, pues es alto, moreno con gafas, no tan sexis como las de Matt, pero tampoco están mal. Viste bien, pero... hay un pequeño problema.

—¿Cuál?

Duda unos segundos y declara:

—Bueno, es mucho más joven que tú...

—¿Como cuánto?

—No sé... Como unos veinticinco.

—¿Y cuántos años crees que tengo yo?

Abre la boca para responderme, pero la corto en seco.

—No, vale, mejor no me respondas.

Capítulo 17

ZOEY

Existe una tradición asociada a las bodas que detesto incluso más que al propio evento en sí: la despedida de soltera y la *bridal shower*.[3]

Creía que Anita nos perdonaría ese horrible día en el que nos vemos obligadas a encerrarnos con las amigas de la novia con la idea de hacer una fiesta (a no ser que nos apetezca, claro). Por desgracia, Betsy y Lynda han decidido que, aunque vaya a casarse con casi sesenta años y que la boda se haya organizado con prisas, no se puede transgredir la tradición. Por supuesto, les he dejado que organicen un pequeño guateque, algo de lo que me arrepiento amargamente en cuanto cruzo la puerta de la casa de Anita.

El resto de participantes todavía no ha llegado. A pesar del todo, decido ir un poco antes para ofrecer mi ayuda. Al llegar, veo que la decoración parece estar ya terminada. Y lo mínimo que se puede decir es que da dolor de ojos.

---

3   Fiesta que, por lo general, se organiza antes de la despedida de soltera en la que la novia abre los regalos aportados por sus amigas y familiares.

Desde pancartas con «¡Vivan los novios!» y globos, pasando por el aparador, lleno de *cupcakes*, un festival de colores agrede mi retina, principalmente abrumada por el color lila.

Pero, como siempre, el buen gusto brilla por su ausencia en este tipo de acontecimientos y, por supuesto, no han olvidado comprar diversos objetos decorativos que glorifican el apéndice masculino.

—¡Oh! ¡Zoey, querida, ya estás aquí! —se entusiasma Betsy que, para la ocasión, se ha puesto un caftán verde manzana—. ¡Justo a tiempo para probar el ponche y decirme qué te parece!

Me planta un vaso en la mano cuando ni siquiera me ha dado tiempo a quitarme el abrigo. En cualquier caso, creo que un poco de alcohol no me vendrá mal para soportar la tarde. Me acerco la bebida naranja a los labios y tomo un sorbo. En unos segundos, siento bajar el líquido por mi tubo digestivo, bien consciente del camino que ha tomado el alcohol hasta mi estómago. ¡Gracias a Dios que no me lo he bebido de un trago!

—Eh, ¿Betsy? —la interpelo.

—¿Qué? ¿No crees que está un poco flojito? Quería echarle un poco más de ron, pero Lynda se ha equivocado comprando las botellas.

—En mi opinión, tiene suficiente ron… Más bien creo que está un poco corto de zumo, no sé si me explico.

Betsy suelta una carcajada sonora que hace temblar las paredes y me asesta una palmada en la espalda que casi me envía a la otra esquina de la habitación.

—¡Madre mía! ¡Los jóvenes os hacéis los interesantes todo el tiempo, pero luego no sabéis divertiros!

Me gustaría mantener mi estómago en buen estado para poder divertirme algunos años más. Así que voy a evitar el ponche.

Las invitadas van llegando poco a poco, con los brazos cargados de regalos. A todas les ponen un collar de flores del que cuelga un pequeño pene de plástico... ¿Os he hablado ya del buen gusto?

Compañeras de trabajo de Anita, algunas primas, amigas del gimnasio que, para mi sorpresa, parecen más bien... normales. Pensándolo bien, siendo Anita una mujer simpática y equilibrada, tampoco hay razón para que la gente que la rodea sea rara y, salvo por sus dos damas de honor, todas son normales. De hecho, me pregunto cómo las habrá conocido y se habrán convertido en sus mejores amigas. Observo a Lynda, con un pequeño rictus, lo más parecido en ella a una sonrisa de felicidad. Estoy segura de que debe de coleccionar animales disecados o vivir con una manada de gatos salvajes. Tengo curiosidad por ver su casa... o mejor no. En cuanto a Betsy, parece a punto de explotar literalmente de alegría. Cuantos más minutos pasan, más rojas se vuelven sus mejillas. No sé si se debe al calor, a la emoción o al alcohol. Quizá una combinación de los tres.

Una vez que ha llegado todo el mundo, Betsy y Lynda nos piden que nos sentemos en círculo y colocan a Anita en el centro. La pobre va disfrazada con un sombrero de pene ridículo, una falda de tul rosa chicle y una camiseta en la que se puede leer: «¡Me caso el sábado, pero hasta entonces, todavía podéis probar suerte!».

Los juegos comienzan y mis compañeras damas de honor no nos han ahorrado nada: unas veces la novia tiene que responder preguntas sobre la boda (y beber si se equivoca), otras, debe escoger braguitas en un tendedero o bien recortar pequeños corazones de papel con las manos en la espalda. En resumen, pasamos por todos los grandes clásicos de la *bridal shower*. Durante todo ese tiempo, me mantengo un poco al margen, bebiéndome un vaso de ponche con una pajita que, como habréis adivinado, también está decorada con un pene de plástico. Creedme, pasado un rato, te acabas acostumbrando.

Por fin llega el momento de abrir los regalos, algo que, por lo que puedo ver, va a llevarnos como una hora, teniendo en cuenta la cantidad de paquetes y bolsas de colores chillones que hay encima de la mesa del comedor. Primero vienen los regalos de la familia, con sus tradicionales batidoras y demás aspiradoras sin cable. Jamás le he visto interés a ese tipo de regalos, sobre todo para parejas que hace tiempo que se han ido de casa de sus padres. Anita tiene cincuenta y ocho años. Si se fue del nido familiar, digamos, a los dieciocho años, vive sola desde hace cuarenta años. Si, en cuarenta años, jamás ha necesitado una batidora de claras, ¿por qué la iba a necesitar ahora? Además, en el supuesto de que tuviera intención de batir claras, para empezar, debería negociar con Irène para que la deje entrar en la cocina. Le deseo buena suerte...

Tras la sesión «electrodomésticos», viene la lencería. Es el momento que he escogido para poner algo de orden en la comida. ¿De verdad me apetece imaginármela llevando un conjunto de tanga, sujetador y liguero rojo escarlata y escuchar las insinuaciones indecentes de sus amigas? Para nada. Los *Guauuuuu* y *Aaaaaaahhh* que me llegan a los oídos me bastan.

En el momento en el que Anita abre mi regalo, me mezclo un poco con el grupo de mujeres razonablemente borrachas. Mi futura madrastra rompe el papel de regalo con un cuidado sorprendente tras la cantidad de ponches que se ha bebido. Cuando sus ojos se posan en la estola que he mandado hacer especialmente para ella, una expresión de estupefacción se graba en su cara. Creo que he conseguido sorprenderla.

—¡Oh, Zoey! ¡Es magnífica! —dice.

Se levanta y me abraza. Siempre desprende ese olor a caramelo tan reconfortante.

—¿Cómo lo has sabido?

—Me di cuenta de que te había gustado la que viste la última vez que te probaste tu vestido.

—¡Pero no es la de la tienda!

—No, esta la ha hecho específicamente para mí una modista que conozco. La ha bordado a mano.

—Es magnífica —responde, con lágrimas en los ojos—. Y tu atención me conmueve enormemente. Estoy orgullosa de conocerte, Zoey.

Al sentir que yo también lo estoy, me dejo llevar por la emoción y me apresuro a decir:

—Vale, ¿pasamos al siguiente regalo?

No pienso verter ni una sola lágrima con un collar pene en el cuello.

Una vez que hemos acabado con la apertura de regalos y la mayor parte de *cupcakes*, algunas participantes se marchan. Por desgracia, yo no tengo esa opción. Como dama de honor, tengo derecho al paquete completo, que incluye también la despedida de soltera.

Como la clase y el buen gusto siguen siendo la pauta, una limusina rosa viene a buscarnos. Al menos nadie tendrá que conducir. Ni siquiera yo, que soy la que menos ha abusado de los cócteles de Betsy con diferencia, estoy en condiciones de hacerlo.

Nos acomodamos en la parte de atrás del coche. Betsy nos distribuye otros accesorios para perfeccionar nuestro atuendo: gafas, pelucas, camisetas... Cualquiera diría que ha habido una promoción especial de penes esta semana en la tienda de artículos de fiesta. Dudo entre llevar lo estrictamente necesario y disfrazarme por completo, por si nos cruzamos con alguien que pudiera reconocerme. No demasiado decidida a pasar toda la noche muerta de calor bajo una peluca de nailon, opto por la versión más suave. Como ha sido Betsy quien ha elegido el restaurante, es poco probable que sea un lugar que yo frecuente. No quiero parecer esnob, pero tengo la impresión de que ella y yo tenemos gustos totalmente opuestos.

La limusina se detiene frente a un restaurante mexicano. La alegre tropa baja del coche y desembarca en el restaurante haciendo más ruido que un concierto de ocas salvajes. Mi más sentido pésame para todas aquellas parejas que hayan elegido ese lugar para una velada romántica tranquila. Acabamos de arruinar sus esperanzas de romanticismo, aunque, la verdad, comer tacos quizá no sea el plan de pareja más glamuroso del mundo. Un camarero encantador nos acompaña hasta la gran mesa que tenemos reservada. Voy directa a la silla más alejada, esa que, por lo general, nadie quiere por miedo a quedarse al margen de la fiesta. Al menos, no tendré que participar en la conversación toda la noche y podré jugar con mi móvil sin parecer demasiado maleducada.

—¡Zoey! ¡Zoey! —me grita la voz chillona que reconozco como la de Betsy—. ¡Ven aquí! ¡Te hemos reservado un sitio!

—No pasa nada, estoy...

—¡Ven aquí, las damas de honor tienen que estar junto a la novia!

Creo que ahora todo el restaurante sabe que formo parte de las alegres elegidas. Para evitar que el resto de clientes escuchen nuestro intercambio, obedezco y voy a sentarme a la única otra silla disponible, es decir, la que hay junto a Betsy. El restaurante no es demasiado grande y somos muchas sentadas a la mesa, lo que hace que esté literalmente pegada a la mujer del caftán verde. Si estuviera sentada en su regazo, no se notaría la diferencia.

—Bueno, Zoey, ¿quién es ese John que te acompañará a la boda? —me susurra al oído sin demasiada discreción.

Soy consciente de que Anita nos escucha con una oreja, así que le suelto la versión que *John* y yo hemos ensayado.

—Es un pasante que trabaja para un bufete de abogados. Nos conocimos a través de un amigo en común.

Stuart, alias *John*, es el pasante de Matt. Resulta que, de todos los perfiles propuestos por mis amigas, era el mejor. Y, sobre todo, el único lo suficientemente loco como para aceptar. Todavía no lo he conocido en persona, pero hemos hablado por teléfono y, desde luego, es encantador. Solo espero que no me decepcione cuando lo vea. Julia me ha asegurado que me gustará y Maddie, que ya ha tenido ocasión de conocerlo, me ha confirmado que será perfecto para el papel. Aunque, a veces, tengo reservas en cuanto al buen juicio de Julia (no olvidemos que, en un momento dado, salía con un trapecista ucraniano, ¿o era un malabarista austriaco?), sí que confío en el de Maddie.

—Es una pena, le había propuesto a Anita presentarte a mi sobrino. Estoy segura de que os habríais entendido bien.

—Ah, ¿sí? —digo, para ser educada.

—Es un chico fantástico, un poco tímido, pero es culpa de su madre, que lo sobreprotege. Le encantan los insectos. ¡Tendrías que ver cómo habla de ellos, con auténtico fervor y estrellitas en los ojos! Ya de pequeño, se pasaba horas observándolos en el jardín. Ahora trabaja en Baygon.

—Eh, ¿no es eso un poco contradictorio?

—No, busca ofrecerles una muerte digna y rápida a los pobres animalitos —me explica con toda la seriedad del mundo—. ¿Ves? Él también trabaja con los animales, así que ya tenéis eso en común.

Intento sonreír para responder, pero confieso que me cuesta.

—Sí, a mí también me gustan los animales.

Queriendo escapar de esa conversación, me giro hacia mi vecina de enfrente y suelto lo primero que se me pasa por la cabeza.

—Entonces, Lynda, ¿te diviertes?

La interesada me mira como si estuviera al final de su vida. Sinceramente, tengo la impresión de estar yo misma también al final de mis días, así que no la odiaría si me dijera que no tiene más que un deseo: fugarse de allí.

—Me lo estoy pasando en grande. Hacía mucho tiempo que no iba a una despedida de soltera. Había olvidado lo divertido que es.

191

Al principio creí que estaba siendo sarcástica, pero entonces me doy cuenta de que lo dice en serio. ¡Pues no quiero ni imaginarme qué cara pondrá cuando esté deprimida! Bueno, mejor no saberlo.

Cuando mi atención se centra en Betsy, está susurrándole la comanda al camarero al oído, como si le estuviera recitando palabras de amor. El chico toma nota y ella se lo agradece... ¡pellizcándole el trasero! Se sobresalta e intercambiamos miradas de sorpresa. Intento que mis ojos transmitan mis disculpas por el comportamiento de mi vecina, pero no estoy segura de que sea receptivo a mi tentativa de telepatía.

—¿Y él? ¿Acaso no es adorable? —me pregunta Betsy, una vez más con la sutileza de un elefante en una cacharrería.

La noche va a ser larga, muy larga.

Tendría que haber leído el correo electrónico que Lynda me había enviado y que detallaba la despedida de soltera. Podría haberme preparado psicológicamente para los acontecimientos posteriores. Porque, después de haber tenido el privilegio de ver a Betsy contonearse en mitad del restaurante mientras tocaban unos mariachis, pensaba que mi buena acción del día ya había acabado y que iba a poder volverme a casa.

¡Pero no! Ahora nos esperan en un bar para... ¡un estriptis masculino! ¿Soy la única mujer a la que la visión de un hombre con tanga recubierto de aceite con purpurina le provoca más escalofríos de horror que de placer? A juzgar por los gritos histéricos de nuestra pequeña tropa cuando se desvela la continuación del programa, está claro que sí que soy la excepción.

Ahora estamos en el Pearl, un lugar especializado en este género de diversión, por lo que la sala está casi llena de mujeres de todas las edades. Hay, por lo menos, otras tres despedidas de soltera en las que, a diferencia de la nuestra, la novia es realmente *soltera*, no viuda, pero nosotras somos las más ruidosas con diferencia.

Los camareros sin camiseta y abdominales de vértigo nos sirven cócteles coloridos con nombres evocadores como *Noche de locura, Afrodisiaco, Filtro de amor* o, el más clásico, *Sex on the Beach.* Al cabo de unos minutos, las luces tamizadas de la sala desaparecen casi por completo cuando, sobre el escenario, los proyectores indican que, en breve, empezará el espectáculo. Se oye una fuerte música *hip-hop* y, en mitad de una espesa nube de humo artificial, aparecen tres hombres vestidos de bomberos. Esgrimen sus mangueras (las de verdad, no las que se ocultan bajo sus pantalones) en dirección a la sala mientras suena una sirena. A continuación, se produce una explosión de confeti, que basta para poner histéricas a mis vecinas de mesa. Incluso sorprendo a Lynda aplaudiendo con una sonrisa en los labios. Está claro que, por mucho que digan, los uniformes siguen teniendo su público.

Entonces, nuestros tres valerosos soldados contra el fuego empiezan su estriptis y estoy segura de que, llegados a este punto, ya he perdido la mitad de mi capacidad auditiva. Reconozco que están lejos de ser desagradables a la vista, aunque en este momento tenga más debilidad por otro tipo de uniforme.

¿Se puede saber por qué estoy pensando yo en eso ahora? ¡Además, jamás he visto a Tom de uniforme!

Agito la cabeza para sacarme ese pensamiento e intento centrarme en la multitud que llena la sala. En ese momento veo, medio oculto por un grupo de estudiantes a nuestra derecha, una silueta masculina que se parece extrañamente a... ¿Tom?

—¡Zoey! ¡Mira!

Betsy me tira de la manga para mostrarme la escena siguiente. Esta vez, son cinco bailarines los que se contonean al estilo Magic Mike, una versión barata de Channing Tatum. Cuando vuelvo a girar la cabeza para asegurarme de que no he alucinado cuando he creído ver a Tom apoyado en la barra, ya no hay nadie. Algo decepcionada, pero también aliviada, me acerco la pajita a los labios, intentando convencerme de que tengo que quitarme al guapo moreno de la cabeza. Si empiezo a verlo en un bar de estriptis masculino, es que estoy realmente mal. Será mejor que me centre en lo que pasa sobre el escenario. O que no pierda de vista a Anita y a sus amigas, que beben cócteles como si fueran zumo de naranja. De seguir así, no me sorprendería que alguna de ellas se lanzara también a hacer un estriptis. ¡Por Dios, que no sea Betsy!

Las escenas se van sucediendo y los bailarines son cada vez más atrevidos, cosechando de camino, en las gomas de su ropa interior, billetes de un dólar que mis amigas de esta noche reparten como rosquillas. Hay que decir que nuestra mesa se encuentra en el centro de la sala, a un paso del escenario.

Arranca una nueva canción, esta vez *country*. Unos segundos más tarde, aparecen unos vaqueros con el sombrero correspondiente, camisa de cuadros y polainas. ¿Qué sería de un espectáculo así sin el típico cliché del granjero americano? Uno de los bailarines atrae mi atención. Parece menos cómodo que los demás. ¿Nuevo quizá? No hace movimientos complicados como los demás, pero avanza peligrosamente hacia nuestra mesa.

Una vez en el borde del escenario, hace señas a Anita para que se acerque. Mi futura madrastra obedece con, por lo que veo, un poco de aprensión. Hay que reconocer que la cara del hombre queda oculta bajo su sombrero. Le coge la mano y tira de ella para que suba. Tambaleante, se coloca frente a él, que se permite cogerla de la cintura para estabilizarla. A Anita se le escapa un grito de estupor, supongo. Pero una vez superada la sorpresa, su actitud cambia por completo. Ella lo deja arrastrarla a una danza que yo no calificaría precisamente de sensual, pero que va más allá de lo que una mujer que va a casarse en unos días debería aceptar. Las manos de Anita se plantan en su torso y, para mi gran sorpresa, le ayuda a desabrocharse la camisa con los sonoros vítores de Betsy y Lynda. Estoy a punto de preguntarles cómo se atreven a apoyar un comportamiento así cuando me distrae el hombre que sigue pegado a Anita, que se quita por fin la camisa. A diferencia del resto de bailarines, tiene un torso velludo y, aunque tiene una buena condición física, parece... ¿mayor?

Anita le quita el sombrero para ponérselo ella y, en ese instante, me quedo sin aliento. Me empiezan a entrar náuseas. Estoy a punto de desmayarme cuando reconozco al misterioso desconocido en los brazos de Anita...

Mi padre.

Mi padre, ese director de empresa respetado por sus pares, admirado por sus empleados, temido por sus competidores. Ese hombre recto, reflexivo y trabajador, ese hombre que creía conocer, ¡acaba de hacer un estriptis delante de una turba de mujeres en celo!

Casi se me salen los ojos de las órbitas por lo abiertos que los tengo por el horror. La música no ha terminado y Anita y él siguen meneándose sobre el escenario. Es cierto que ha dejado de quitarse ropa, pero todo aquello sigue siendo demasiado para mí.

Me doy la vuelta, pero no me da tiempo ni a dar tres pasos cuando me agarran de la muñeca.

—¿Zoey?

Es Tom, que me mira con inquietud. No lo había soñado. Era él a quien he visto hace un rato. Lleva unos vaqueros negros y una camiseta ajustada del mismo color, que me recuerda un poco a lo que llevaba puesto en el avión, en nuestro vuelo de vuelta de las Bahamas.

—Sácame de aquí, por favor —le suplico.

No me hace ninguna pregunta, me coge de la mano y me lleva detrás de él hasta la barra. Allí, me instala en un taburete y le pide al barman un margarita y un *whisky*.

—Necesito lavarme los ojos con lejía —me lamento.

Tom suelta una carcajada.

—¡No me digas que lo sabías!

Agita la cabeza y levanta las manos en un gesto defensivo.

—No, te prometo que no lo sabía. Al menos, no hasta hace media hora. Y, si te sirve de consuelo, yo también habría pasado con gusto del espectáculo.

—Sabía que el padrino de mi padre también había organizado algo esta noche, pero imaginé que sería una partida de póquer y fumar puros, ¡no esto!

—Creo que eso es lo que han hecho la primera mitad de la noche. Me he unido a ellos hace una hora. Me han retenido en el trabajo.

—¿Alguna novedad en la investigación?

Tom suspira y no sé si es el alcohol el que le ayuda a hablar o si, de todas formas, la información no es del todo confidencial, pero me explica:

—La pista de Nick Jones es un callejón sin salida.

—¿Qué ha hecho Nick? ¿Lo habéis detenido?

—Averiguamos que había reservado una habitación en el mismo hotel que Valentina la noche en que la mataron.

—¿Para qué? Vive en Boston.

—¡Bien visto, Sherlock! Pues resulta que tu fotógrafo y la dueña de tu modelo tenían una pequeña aventura. Supongo que en el fragor de la batalla, resultaba más fácil coger una habitación que ir hasta el South End, a su casa, donde le esperaba su mujer. Al parecer, se encontraron en el bar del hotel.

—¿Y por qué no se fueron a la habitación de Valentina?

Emite una risita grave y sexi mientras sonríe a su vaso de *whisky*.

—Según Nick, Valentina no quería despertar a Scarlett, que dormía la siesta.

—¡Ah!

Al menos, le ahorró a la pobre perrita un montón de imágenes clasificadas X.

¿Nick y Valentina? Jamás habría sospechado que hubiera algo entre ellos. Lo que no me sorprende es que Nick engañe a su mujer. Lo he visto flirtear más de una vez con una asistente o incluso probar suerte conmigo. Sin embargo, me sorprende que Valentina aceptara acostarse con un hombre casado, pero, la verdad, no la conocía tanto.

—¿Y no se preocupó cuando no volvió a ver a Valentina?

—No creo que tuviera pensado prestar ningún tipo de servicio posventa. Dice que se quedó dormido y, cuando se despertó, Valentina había desaparecido. Supuso que había vuelto a su habitación para ocuparse de la perra y prepararse para la fiesta a la que tenía que ir. Su coartada no es que sea a prueba de balas, pero en las grabaciones de las cámaras de seguridad se le ve salir del hotel y pagar la habitación a la hora que nos indicó. No recorrió el pasillo que llevaba a la habitación de Valentina. Su mujer también nos confirmó que volvió a casa poco tiempo después.

Charlamos unos cuantos minutos más sobre el caso, pero no por ello Tom me revela ningún elemento importante más. Bostezo y me doy cuenta de que estoy agotada. Observo al hombre que tengo a mi lado. Él también está agotado. Incluso su sonrisa parece cansada. Por una vez, percibo que no le desagrada verme. Incluso parece más relajado en mi presencia que de costumbre. Pero mi consciencia me llama al orden en forma de nombre: Candy. El nombre de la mujer que lo va a acompañar a la boda el sábado. Ese recuerdo me hace el mismo efecto que una ducha fría.

—Creo que es hora de volver a casa —le anuncio mientras cojo mi bolso.

Durante un segundo, Tom parece decepcionado, pero puede que lo haya soñado.

—Te acompaño —me dice, levantándose del taburete.

—No hace falta. No te pilla de camino. Voy a coger un taxi.

—Zoey…

No le doy la oportunidad de terminar y me escapo en dirección a la salida. Soy consciente de que me sigue de cerca, pero cuando salgo a la acera, la suerte me sonríe porque, en ese instante, llega un taxi. Me subo y le doy mi dirección al chófer. Solo cuando arranca, me permito echar un vistazo por la ventanilla. Tom está plantado a unos metros, con las manos en los bolsillos y expresión tensa. Tiene la mirada fija en mí.

Capítulo 18

ZOEY

Mañana se casa mi padre.

Jamás pensé que un día diría eso, pero tengo que reconocer que me alegro por él. Todavía no le he perdonado del todo que me ocultara su relación con Anita, pero supongo que, con el tiempo, se me pasará. Mientras tanto, me dispongo a ir a almorzar con él. Una última comida, solos los dos, antes de que se eche la soga al cuello.

Es un bonito día de primavera. Scarlett y yo aprovechamos para ir al restaurante a pie. Cruzamos un parque y disfruto un rato con la naturaleza que despierta tras los largos meses de invierno. Muchos consideran que es la mejor estación del año en Boston y yo no puedo estar más de acuerdo. Los cerezos en flor, el césped verde, los pájaros cantando... No es el tipo de cosas en las que suelo fijarme normalmente, pero esta mañana sí. Soy sensible a la poesía y al romanticismo de la ciudad. Supongo que la boda me está afectando. ¿La sobredosis de flores, dulces y lazos me habrá reblandecido el cerebro?

He quedado con mi padre en una marisquería del puerto. Cuando llego, ya está sentado en una mesa exterior, aprovechando los rayos de sol, con la carta en la mano. Me pregunto por qué se molesta en consultarla, teniendo en cuenta que siempre pide sistemáticamente espaguetis con gambas flambeadas.

Cuando me ve, se levanta y me besa, sin olvidar acariciar afectuosamente a Scarlett. Me siento y la perrita se tumba a mis pies. Un camarero nos trae una copa de vino blanco bien frío.

—Bueno, ¿preparado para mañana? ¿Estresado?

Extiende su servilleta y la deja con despreocupación sobre sus rodillas.

—Por supuesto y no, no estoy estresado. Cuando uno está seguro de su elección, no tiene por qué estar nervioso. ¿Y tú? ¿Preparada?

—Nací preparada. Y no es la primera vez que soy dama de honor.

—¡No hablo de eso, Zoey! —suspira.

—Entonces, ¿a qué te refieres?

Suspira.

—Zoey, sé que la noticia de esta boda y, sobre todo, la forma desastrosa en la que te la anuncié te hizo daño. Me arrepiento de pocas cosas en la vida, pero si pudiera volver atrás, lo haría.

—No pasa nada, papá, ya te he dicho que me alegro por ti y que...

—No —interrumpe—. Sé que estás enfadada conmigo. Como de costumbre, lo ocultas bien tras tu caparazón de mujer invencible a la que nada le afecta. Lo has hecho desde que alcanzo a recordar. Pero no soy tonto y sé reconocer cuándo enmascaras tus sentimientos.

Bajo los ojos y toqueteo los cubiertos para evitar su mirada antes de confesar.

—Sí, he estado dolida. Habría preferido que me contaras lo de Anita antes. Sé que puedo ser muy desagradable cuando conozco a alguien, pero habría intentado mantener la mente abierta. Hace años que espero que rehagas tu vida, así que ya solo por eso, habría hecho el esfuerzo.

—¿En serio? —pregunta, sorprendido.

—Sí, no creerías que quería que te quedaras solo para el resto de tus días, ¿no? ¡Hace ya veinticinco años, papá! Tienes derecho a ser feliz.

—No me lo habías dicho nunca.

—Si no lo hice fue porque tenía la sensación de que no estabas preparado. En cualquier caso, no era yo la que no lo estaba.

Esta vez, es él quien fija la mirada en el anillo.

—Creo que, durante mucho tiempo, pensaba que si aceptaba rehacer mi vida, olvidaría a tu madre y esa idea me aterrorizaba. Tenía la impresión de engañarla. Así que me busqué todas las excusas posibles, entre ellas, tú. Pero cuando conocí a Anita, me di cuenta de que quizá fuera posible amar otra vez, sin por ello traicionar el recuerdo de tu madre. El hecho de que Anita también perdiera su primer amor quizá me ayudó a dar el paso.

—Ya habías dado ese paso cuando decidiste inscribirte en una página de citas —le hago constar.

—No te confundas, fue Irène la que me inscribió.

—¡Irène!

—Me dijo que no iba a estar ahí eternamente para ocuparse de mí y que tenía que encontrar a una mujer que lo hiciera.

Me echo a reír. Me la imagino perfectamente diciéndole eso a mi padre.

—¡Pero no te propuso que contrataras a otra gobernanta!

—No. Supongo que le deprimiría saber que la podían remplazar.

Nos reímos un instante y el camarero aparece con nuestros platos. En cuanto este se ha ido y antes de empezar con mis vieiras, le anuncio a mi padre:

—Me gusta mucho Anita. Has elegido muy bien.

Algo pasa en los ojos de mi padre que casi se me saltan las lágrimas.

—Lo que acabas de decir es muy importante para mí.

—Estoy siendo sincera.

—Lo sé y no me esperaba menos de ti.

Sonrío y empezamos a comer en un silencio agradable.

Un poco más tarde, retomamos la conversación y, como la boda será en unas cuantas horas, los temas giran en torno a ella y a mi futura madrastra.

—¿Sabes? A Anita y a mí nos gustaría ser abuelos antes de ser demasiado mayores como para poder empujar el carrito.

Por poco le tiro el vino blanco a la cara.

—¿Y a qué viene eso ahora?

—Bueno, ya no soy tan joven y...

—¿Y yo tampoco? ¿Es eso lo que ibas a decir?

¡Y pensar que después de la conversación a corazón abierto que acabábamos de tener mi padre había recuperado su lugar en el pedestal del que rara vez lo bajo!

—No he dicho eso. Solo quería que supieras que espero un día verte tan feliz como lo soy yo hoy.

—¡Pero si soy muy feliz! Tengo un trabajo fantástico.

Cuando no hay ningún muerto que me lo estropee.

—Un apartamento genial.

En el que, a veces, me oigo pensar.

—Una perrita muy mona.

Que no es del todo mía.

—Muchas amigas...

Que se van casando una tras otra...

—¿Sabes lo que me dijo tu madre una vez?

—No, pero tengo la impresión de que me lo vas a decir.

—Un día, cuando dudaba entre abrir mi propia empresa o no, me dijo que era obvio que era una aventura arriesgada, pero que tanta prudencia solo podría traerme arrepentimiento.

Parpadeo, al no saber muy bien adónde quiere llegar.

—¿Quieres que abra mi propia empresa?

—No. Bueno, sí, si es eso lo que quieres. Lo que quería decir es que, después, hizo un paralelismo con el amor. Que costaba mucho permitirse amar a alguien porque siempre se corre el riesgo de acabar herido, pero que por querer ser demasiado prudente, acabamos viendo nuestra vida pasar.

Deja algunos segundos para que sus palabras se fijen en mi mente, supongo.

—Sé que siempre dices alto y claro que no quieres casarte, pero también sé que una de las razones por las que nunca tienes pareja es porque tienes miedo de que te hagan daño, Zoey. Viste cuánto sufrí tras la muerte de tu madre y tienes miedo de que a ti te pase lo mismo, ¿me equivoco?

Abro la boca, dispuesta a rebatir sus argumentos, pero no puedo. Sé que, en el fondo, tiene razón. Todavía me cuesta olvidar el sufrimiento que pude ver en los ojos de mi padre tras la muerte de mi madre. Sin hablar del hecho de que una relación puede fracasar por miles de razones. Cuando me comprometo con algo, lo hago a fondo y el fracaso no forma parte de mi vocabulario. El amor me parece demasiado incierto, sobre todo cuando intervienen dos personas. ¿Qué se puede hacer cuando uno se implica al máximo pero la otra persona no quiere o ya no quiere hacer lo mismo? En el trabajo, por lo menos, siempre hay una forma de volver a levantarse, de esforzarse un poco más para triunfar. En el amor, siempre he tenido la impresión de que no hay segundas oportunidades.

El teléfono de mi padre suena y comprendo que se trata de Anita cuando responde con una sonrisa en los labios de oreja a oreja.

Sin embargo, su alegría desaparece a medida que va escuchando a su prometida.

—¡No llores, cariño! Seguro que encontraremos una solución.

Echa un vistazo en mi dirección y frunzo el ceño.

—Escucha, estoy con Zoey y estoy seguro de que podrá ayudar-nos. Te la paso.

Lo interrogo con la mirada mientras cojo el teléfono. Mi padre articula: problemas con el vestido.

—¿Anita?

—¡Oh, Zoey! ¡Es horroroso! Betsy ha querido planchar un poco el vestido porque consideraba que tenía una arruga y ha regulado mal la temperatura. ¡Le ha hecho un agujero en mitad de la falda! ¡Delante además! —gimotea.

—Tranquilízate. Estoy segura de que no es tan grave como parece. Me meto en un taxi y estoy en tu casa en veinte minutos.

Le indico por señas a mi padre que el almuerzo se ha acabado.

—Mientras tanto, aleja a Betsy del vestido —le digo a mi futura madrastra.

Mejor evitar males mayores.

Veinte minutos más tarde, como he prometido, estoy en casa de Anita. Betsy está tan blanca como colores tiene su caftán del día y Lynda está incluso más seria que de costumbre. Anita se ha secado las lágrimas, pero todavía tiene los ojos rojos e hinchados. Y no es para menos. El vestido es, simplemente, irrecuperable. Tiene un enorme agujero delante. Incluso me pregunto cómo ha podido Betsy dañarlo de esa manera. Y mejor ni hablar del olor a plástico quemado que desprende. Apuesto a que la próxima vez no se emo-cionará tanto delante del poliéster.

Necesito unos minutos para trazar un plan de batalla y entonces declaro:

—Vale, Anita, tengo que tomarte las medidas.

—¿Por qué?

—Necesitas un vestido nuevo. Imposible que te pongas este mañana.

—¿Pero cómo vamos a hacerlo con tan poco margen de tiempo? —exclama la autora de la masacre.

La fulmino con la mirada.

—De eso me encargo yo. Anita, te garantizo que tendrás vestido mañana, no te preocupes. Vosotras dos, necesito que os ocupéis de la novia esta tarde. Llevadla a un *spa*, de compras, lo que queráis, pero la quiero relajada y descansada. No quiero que se angustie por el vestido, así que arregláoslas para distraerla. Betsy, queda expresamente prohibido todo lo relacionado con la ceremonia. Lynda, asegúrate de que Anita no haga nada que pudiera lastimarla.

Lynda asiente con la cabeza como un soldado que acepta la orden dada por su superior y Betsy adopta una actitud afligida. Creo que ha entendido el mensaje.

Por mi parte, las dejo un poco después, con las medidas de Anita anotadas y con lo que queda del vestido bajo el brazo.

Tengo mucho que hacer.

Descuelgo el teléfono y marco el número de Maurizio.

—¿Te coges un día libre y ya me echas de menos, *Bella*?

—¿Te apetece un desafío de los de antes?

—Explícate.

—¿Un diseño a medida en menos de veinticuatro horas?

—¿De qué tipo?

—Vestido de novia.

—¡Madre mía, hace años que no hago vestidos de novia, pero supongo que algo debe de quedar de los años de estudio en la escuela de diseño!

—Pues nos vemos en mi casa en una hora y prepárate para una noche muy larga.

—Cojo mi dedal y voy corriendo.

—Y, ah, ¿Maurizio? Trae encaje, mucho encaje.

—Si veo una sola perla más, creo que me pongo a gritar —se lamenta Maddie, sentada en el suelo de mi salón que, en estos momentos, parece más un taller de costura que otra cosa.

Mandó a paseo a sus zapatos amarillo pollo hace ya unas horas, mucho antes de que Julia nos abandonara para irse a dormir.

—Pues yo no había cosido nada en mi vida y creo que habéis conseguido que se me quiten las ganas para el resto de mis días —añade Maura, levantando sus gafas para poder frotarse los ojos.

Son las dos únicas supervivientes de nuestra operación *vestido de novia*. Cuando Maurizio y yo nos dimos cuenta de que sería imposible crear un nuevo vestido en solo unas horas siendo dos, llamé a mis amigas para que acudieran al rescate. La mayoría de ellas jamás había tenido una aguja en las manos, pero nos han ayudado con tareas simples, lo que nos ha hecho ganar un tiempo precioso.

—¡Terminado! —anuncio tras fijar el último botón a la espalda del corsé.

Doy un paso atrás y me dejo caer de golpe en el sofá en el que Maurizio ya está sentado. Los cuatro guardamos silencio mientras observamos el vestido.

—Es bonito —declara Maura.

—Muy bonito —apostilla Maddie.

—Había olvidado lo divertido que era diseñar ropa para los humanos —constata mi jefe y amigo.

—Yo también… y hacía lustros que no cosía algo con mis propias manos.

—Hacemos un buen equipo —dice, pasándome el brazo por encima del hombro.

No respondo, pero él sabe que pienso lo mismo. No puedo apartar la mirada del vestido. Es sublime. El más bonito que he visto y mil veces mejor que el original. Solo espero que le guste a Anita. No tengo demasiadas dudas, pero nunca se sabe. Estoy orgullosa de nuestro trabajo, pero, sobre todo, estoy contenta por haber podido hacer esto por ella. De hecho, creo que debería haber insistido en encargarme yo misma del vestido. Es probable que no se atreviera a pedírmelo. Me encanta diseñar nuevos modelos, pero hacerlo para alguien a quien aprecias, aunque no lo conozcas desde hace mucho, hace que adquiera una nueva dimensión.

Me pesan los párpados y siento que el cansancio me llega de golpe. Maurizio debe de darse cuenta porque me sacude.

—¡Venga, princesa, a la cama! Te espera un día atareado mañana y necesitas dormir para ser la más guapa.

Tiene razón, el día va a ser largo y ¡esta vez no puedo quedarme dormida encima de la mesa!

Capítulo 19

ZOEY

—¿Ya está? ¿Puedo mirarme en el espejo ya?

Acabo de darle los últimos retoques al vestido de Anita con la ayuda de Maurizio y ha llegado el momento de que se lo vea puesto.

Se acerca al espejo y, cuando ve su reflejo, su boca forma una *O* contemplativa.

Mi corazón deja de latir. Es el momento de la verdad.

Se lleva la mano a sus labios pintados de rojo y veo que está a punto de llorar.

—¡Oh, Dios mío, Zoey! ¡Es... es sublime! —balbucea, sollozando.

—¡Es incluso mejor que el anterior! —exclama Lynda con voz ronca.

—¡He hecho bien en quemar el primero! —se alegra Betsy—. Estás más guapa que... ya sabes, esa princesa de cuyo vestido todo el mundo ha hablado durante meses...

—Kate Middleton —precisa Maurizio.

—¡Sí, eso es, Kate Middleton! Y tú no necesitas una diadema para estar resplandeciente.

A Anita se le cae una lágrima, pero no pasa nada, el maquillaje es *waterproof*. Se acerca y me abraza.

—Jamás podré agradecértelo lo suficiente —me susurra al oído.

—Haces feliz a mi padre y eso ya es un bonito regalo —respondo, devolviéndole el abrazo.

Da un paso atrás y me coge las manos.

—Gracias, Zoey. Me alegro de formar pronto parte de tu familia. Tu padre tenía razón, eres una mujer formidable. El que tenga la suerte de compartir su vida contigo será un hombre afortunado.

Me quedo un poco estupefacta por su declaración y luego me apresuro a asegurar, incómoda:

—¡Oh! ¡No creo que eso pase!

Me da un golpecito en la mano y veo que las demás se han ido de la habitación.

—No digas eso. Cuando menos te lo esperas, suceden las cosas. ¿Crees que esperaba encontrar a alguien a mi edad? Hacía tiempo que ni pensaba en ello. Y, sin embargo, ha aparecido William.

—No es que esté desesperada por encontrar a la persona adecuada, es solo que la vida en pareja, el matrimonio, no creo que esté hecho para mí.

—¿Por qué? ¿Acaso lo has probado?

—Eh... no —admito.

Eso sí que no me lo habían dicho nunca.

—Pues te voy a decir lo que le he dicho a Tom cientos de veces: ¡no digas que algo no te gusta hasta haberlo probado!

—Creo que eso funciona bien con las verduras, pero...

—No me digas que nunca has estado segura de que no te iba a gustar algo y, tras probarlo, has cambiado de opinión.

Me gustaría ser mala y decirle que no, que eso no me ha pasado nunca, pero Anita tiene esa expresión que me deja claro que no voy a engañarla. Y, además, hoy es el día de su boda, así que puedo darle el gusto y confesarle la verdad.

—Tienes razón, no hay que decir nunca jamás...

Esboza una sonrisa de victoria y nos interrumpe alguien que llama a la puerta. Cuando me acerco a ella para abrirla, me encuentro a Tom.

Tom en esmoquin.

¡Está impresionante!

Siempre he tenido una pequeña debilidad por los hombres a los que les queda igual de bien un esmoquin que unos vaqueros y un par de zapatillas. Tom ya me ha impresionado en ropa informal, pero así... Estoy sin palabras. Su pelo moreno, que se ha cortado desde la última vez que lo vi, está impecablemente peinado excepto por un remolino rebelde que le da cierto aire de niño travieso.

Me doy cuenta de que no se priva de escanearme de arriba abajo y eso que llevo el maravilloso vestido lila de poliéster. De repente tengo la impresión de ser una enorme nube de azúcar con patas. Y hablando de dulces... ¿Dónde está Candy?

Tom se aclara la garganta. Es cierto que si está ahí no es para que lo observen desde la puerta. Me aparto para dejarlo entrar en la habitación.

—Estás muy... guapa —dice, una vez dentro.

Demasiado educado para decirme lo contrario. Pero como no voy a decirlo en voz alta —en definitiva, ha sido su madre la que lo ha escogido—, me limito a un:

—Gracias. Tú tampoco estás mal.

Me recompensa con una maravillosa sonrisa con hoyuelos y se me para el corazón. Todavía tengo la mano en la puerta y, de repente, necesito salir corriendo.

—Eh... eh, vale... os dejo para que tengáis un momento madre-hijo...

Señalo el exterior.

—Tengo cosas de dama de honor que hacer.

¿Cuáles? Ni idea, pero ya se me ocurrirá algo cuando llegue a la sala en la que va a tener lugar la recepción, unas cuantas plantas más abajo. También tengo que buscar a Stuart, alias John. Lo he visto en foto, así que no debería costarme demasiado reconocerlo, pero será mejor que la primera vez que nos veamos sea en privado, en un lugar en el que podamos hablar, por ejemplo, del hecho de que no se llama Stuart.

Capítulo 20

TOM

Zoey cierra la puerta al salir, pero no puedo evitar seguir mirando en su dirección. Aunque lleva un extraño vestido violeta, no por ello está menos resplandeciente. Demasiado guapa para ser verdad, eso es lo que pensé hace algunas semanas ya. Y, sin embargo, ahora sé que esa belleza no es solo exterior.

—¿No piensas besar a la novia?

Me giro hacia mi madre, a la que me cuesta reconocer con ese vestido de encaje y seda. Está radiante con su pelo moreno recogido en un moño. La abrazo y me parece frágil y fuerte a la vez. Tiene ese olor tan particular que podría reconocer entre mil. Ese olor que es capaz de calmarme en segundos, incluso a mi edad. Le doy un beso en la mejilla.

—Mamá, estás magnífica.

—Eso mismo creo yo —dice con una risita—. No está mal para una vieja de mi edad, ¿no?

Refunfuño y elevo la mirada al cielo.

—Sabes perfectamente que nunca has aparentado tu edad, para mi gran desesperación cuando era adolescente y mis amigos me preguntaban por qué nunca les había hablado de mi hermana mayor.

Hace una pequeña mueca, como si estuviera exagerando, pero ella sabe que es la estricta verdad. Forma parte de esas pocas mujeres por las que no parece pasar el tiempo. Puede que no sea cien por cien objetivo, pero estoy seguro de que tampoco me estoy engañando.

Jamás pensé que un día asistiría a la boda de mi madre. Es cierto que, por lógica, es mucho más probable que un padre asista a la boda de su hijo y no al revés, pero el destino lo ha decidido así. Y me siento orgulloso hoy de tener la oportunidad de acompañarla al altar. No solo porque es una novia magnífica y hay una pequeña parte de mí que todavía no ha superado su complejo de Edipo, sino también porque estoy orgulloso de la mujer que es, que ha sacrificado muchas cosas para que me convierta en el hombre que soy. Estoy seguro de que William es el hombre con más suerte del planeta en estos momentos y espero que sea consciente de ello. Por el bien de mi madre y, sobre todo, por el suyo. No olvidemos que tengo muchos contactos si necesito a alguien para que le rompa las piernas.

—Zoey ha hecho el vestido.

—Lo sé.

Tengo que admitir que está estupenda y le va como un guante.

Se gira frente al espejo como para comprobar por última vez que no alucina.

—Tiene mucho talento. Una pena que solo diseñe ropa para perros.

—Le gusta su trabajo y eso es lo importante —respondo, metiéndome las manos en los bolsillos.

—Tienes razón. Si eso es lo que le hace feliz, pues que siga.

Nos observamos unos segundos en silencio y, entonces, mi madre me hace una pregunta:

—¿Y tú, Tom, eres feliz?

—Por supuesto —me apresuro a responder—. Me hace feliz verte feliz.

—Muy amable por tu parte —dice llevando el dedo entre ella y yo—. Pero ya no eres un niño pequeño. ¿Tu vida te hace feliz?

—Eso creo. Todo me va bien en el trabajo. Es cierto que tengo un caso que me está dando dolor de cabeza, pero, aparte de eso, todo bien.

Mi madre se cruza de brazos y adopta una expresión que conozco muy bien. Sabe que no le estoy contando todo.

—¿Quién es esa Candy que te acompaña?

—Una colega del trabajo. No te imagines cosas raras, que solo somos colegas.

Y eso es todo lo que va a ser. Candy es una buena chica... algo sosa para mi gusto. Para ser sincero, ha sido Carlos quien me ha convencido para traerla. Bueno, en realidad, no me ha dado opción. Me preguntó qué pensaba de la idea y, en cuanto le respondí con un «por qué no» poco entusiasta, fue a pedírselo en mi lugar. Ella respondió que sí, en mi opinión, demasiado deprisa. Además, ¿no debería haberse sentido ofendida por que no se lo pidiera yo en persona?

—¿Qué pasa entre Zoey y tú?

Mi madre me saca de mis pensamientos de forma brutal. ¿Pero qué es este interrogatorio?

—¿Entre Zoey y yo? Nada... nada de nada —balbuceo—. Vas a casarte con su padre en unas horas, incluso en unos minutos, y nos hemos cruzado unas cuantas veces debido al caso con el que estoy ahora.

—Sabes que hay decenas de hombres por ahí que estarían encantados de atraer la atención de Zoey, ¿verdad?

—¿A qué te refieres?

Me hago el tonto, pero sé exactamente a qué se refiere. Y esa idea me provoca un nudo en el estómago. Soy consciente de que hay más de un congénere que estaría dispuesto a hacer lo que fuera para seducirla. Para empezar, ese John que he visto en las tarjetas. ¿De dónde ha salido? Ni idea. Pero bueno, tampoco es que conozca a todos sus amigos. Y, además, tiene derecho a ir acompañada de quien quiera... Yo estoy bien con Candy. Vale, quizá no sea el mejor ejemplo, teniendo en cuenta que paso de Candy como de la... No, no puedo decir eso, no es justo para esa pobre chica que ha aceptado acompañarme. Además, estoy seguro de que ella me aprecia más de lo que yo la aprecio a ella. No es nada bonito por mi parte haberla metido en todo esto. Seamos sinceros, si lo he hecho es solo porque no soportaba la idea de estar solo mientras Zoey no lo estaba. O lo que es peor, quería ponerla celosa. Quería que ella también pudiera conocer esa sensación dolorosa que provoca no poder tener lo que se quiere. Pero, claro, para eso a ella tendría que importarle. ¿Qué me creía? ¿Que después de haberla besado se tiraría a mis pies para suplicarme que volviéramos a empezar? Y, de todas formas, ¿qué cambiaría eso? Lo nuestro es imposible.

—¿Qué te retiene, Tom?

Ni siquiera me había dado cuenta de que mi madre me había estado hablando todo ese tiempo. ¿Que qué me retiene? Me parece evidente.

—Vas a casarte con su padre, así que es como si...

—¿Como si qué? —me interrumpe—. No es como si tuvierais diez años y os hubierais criado juntos. Incluso la conocías antes de que yo conociera a William. ¿Es eso lo que te supone un problema?

Sí.

No.

—En parte. ¿Te imaginas lo que pasaría si nos fuera mal?

Se encoge de hombros.

—¿Y si os fuera bien? En el peor de los casos, supongo que habría algunos momentos incómodos, pero nada que no se pueda superar en la vida. Siempre que seáis correctos el uno con el otro.

—Le he mentido, mamá.

—¿Sobre qué?

—Sobre todo. Sabía lo vuestro mucho antes que ella y no le dije nada. Sé que está enfadada conmigo por eso.

—¿Estás seguro?

—Me lo ha dicho.

—¿Y crees realmente que Zoey es rencorosa hasta el punto de no perdonarte algo que te habían impuesto? Creo que es más inteligente que todo eso. Y tú no haces más que buscar excusas para salir corriendo.

—¡Yo no soy un cobarde! —protesto.

—Ah, ¿sí? Entonces, ¿qué te impide hablar con ella?

—Puede que esté implicada de alguna forma en un caso en curso...

—Otra excusa. Imagino que se acabará resolviendo en un momento u otro, ¿no? ¿No se supone que eres uno de los mejores tenientes de la policía de esta ciudad?

Mi madre o cómo ponerte en tu sitio mientras te hace la pelota.

—Sí, supongo que lo acabaré resolviendo algún día —admito, encogiéndome de hombros—. Pero aunque dejemos eso a un lado, no tengo claro que, primero, Zoey esté interesada en mí y, segundo, que los dos queramos lo mismo.

Dios mío, si me hubieran dicho que acabaría contándole mis problemas sentimentales a mi madre...

—Zoey es una chica inteligente, Tom, pero también está un poco paralizada sentimentalmente. ¡Por supuesto que le gustas! Solo basta con ver la cara que puso de perrito apaleado cuando le dije que venías acompañado.

—Ella también ha venido acompañada —gruño.

—A quien decidió traer en el último momento cuando supo que no estarías solo.

¡Maldita sea! ¿Qué es todo esto?

—¿Me estás diciendo que iba a venir sola?

—Sí.

Es la primera y última vez que escucho los consejos de mis amigos.

—Tom, habla con Zoey. Dile lo que sientes y, sobre todo, sé sincero y paciente con ella. No arreglas nada dándole una de cal y otra de arena. Lo único que consigues es aumentar su confusión y alimentar su miedo al compromiso. Tiene miedo de sufrir y, en mi opinión, eso es lo que le impide implicarse en una relación seria con un hombre. Pero si eres capaz de demostrarle que puede contar contigo, creo que te sorprenderán los resultados.

—¿Tú crees?

—Estoy segura. Ahora ve a buscar a mis damas de honor. Aunque me alegra mucho poder darte consejos todavía sobre tu vida amorosa, tengo un hombre que me espera al pie del altar y las chicas tienen que ponerme el velo.

—Gracias, mamá.

Le doy un beso en la mejilla.

Sonríe y, mientras me da unos golpecitos en la cara, sus ojos me dicen el resto.

Capítulo 21

ZOEY

Un pie delante del otro, hasta ahí llego. Ando mejor con tacones altos que con pantuflas.

La sonrisa pegada en los labios: no os preocupéis, no hay riesgo de sufrir calambres en las mejillas.

El ramo de flores no demasiado alto, para no parecer uno de los portadores de la llama olímpica: estoy acostumbrada, no es mi primera boda como dama de honor.

Asumir el *horror lila* que llevo puesto: no me queda otra opción, así que mejor mantener la cabeza alta.

Sí, lo habéis entendido, estoy subiendo por el pasillo al final del cual mi padre espera, febril, a que su dulcinea aparezca. Le guiño un ojo discretamente y la mirada que me dedica casi me da ganas de soltar alguna lagrimita.

Casi.

La música cambia y las puertas del salón en el que tiene lugar la ceremonia se abren ante una Anita radiante. Avanza lentamente, respetando el tempo de la marcha nupcial, aunque su mirada traiciona su voluntad. Mis ojos se pierden en aquel que la acompaña, orgulloso. En su esmoquin impecable, simplemente está para morirse. Un metro noventa de pura masculinidad avanza sobre la alfombra blanca. Sus hoyuelos son bien visibles y parece que no soy la única entre los invitados que sucumbe a sus encantos. Veo unas cuantas mujeres que no son indiferentes a su paso. Sus suspiros de admiración no tienen nada que ver con la belleza del vestido de novia de Anita (aunque lo habría preferido, por varias razones).

¿Quién será Candy?

Ese pensamiento me hace el mismo efecto que una ducha fría. El hecho de que Tom haya decidido asistir a la boda del brazo de una chica con un nombre tan dulzón resulta especialmente doloroso. Sobre todo cuando recuerdo la forma en que me besó. Ese beso que, posiblemente, no significó lo mismo para él que para mí.

Abraza a su madre y, a continuación, le entrega su mano a mi padre. Intercambian algunas palabras en una voz tan baja que ni siquiera yo que estoy a unos metros de ellos puedo escucharlas. Tom se gira para ocupar su lugar entre los asistentes sin mirar en mi dirección. Su indiferencia me parte el corazón. Esperaba que nuestras miradas se cruzaran y pudiera leer en sus ojos algo que me permitiera mantener viva esa pequeña llama de esperanza en el fondo de mí. Porque sí, tengo que reconocerlo, desde hace algunas semanas, me he convertido en ese tipo patético de mujer que espera que el hombre con quien sueña en secreto dé un paso adelante. Por primera vez, quiero a alguien y no solo de forma carnal. Y la ironía de todo es que no está para nada interesado en mí, al menos no de la manera que yo desearía. Es un poco la historia del cazador cazado. Reconozco que siempre he sido de las que seducía a los hombres para luego tirarlos como un pañuelo usado. A algunos de ellos les habría gustado ser algo más que simple juguetes para mí, pero no les hice caso. Solo eran chicos guapos de paso, así que he olvidado los nombres de la mayor parte de ellos. Ni siquiera hablo de esos que jamás se atrevieron a dar el primer paso y a los que, en ocasiones, utilicé sin el menor escrúpulo. Cuando tenía que llevar la ropa a la tintorería, cuando había olvidado el paraguas, cuando tenía que montar un mueble, siempre encontraba un hombre dispuesto a satisfacer mis deseos. Y me doy cuenta de que he utilizado a Tom de la misma forma: para recuperar a Scarlett, para evitar que me interrogara la policía. Era normal que me prestara esos servicios. Salvo que hoy, me gustaría ser yo quien le prestara servicio, sin obtener necesariamente una contrapartida por ello. Eso sí, si quisiera besarme para darme las gracias, tampoco le diría que no...

—Zoey, despierta —murmura una voz grave en mi oído.

Parpadeo. Me duele el cuello y tengo la espalda hecha polvo. ¿Dónde estoy? La luz me ciega. Al cabo de unos segundos, me doy cuenta de que estoy en la sala del banquete y que la iluminación tamizada ha sido sustituida por otra, más cruda, de neones, para que los camareros puedan recoger. La fiesta se ha acabado y todo el mundo se ha ido. Todo el mundo excepto Tom, que está inclinado sobre mí. Es quien acaba de despertarme.

—Esta vez no puedo llevarte. No sé cuál es tu número de habitación —se disculpa con una pequeña sonrisa en los labios.

Entonces comprendo que me he vuelto a quedar dormida en la mesa. ¡Parece que se ha convertido en mi especialidad en las bodas! ¿Cuánto tiempo llevaré durmiendo? ¿He babeado sobre el mantel? Debería darme vergüenza por lo que acaba de suceder, pero estoy demasiado cansada como para pensar en toda la gente que me conoce y que ha tenido el privilegio de descubrir si ronco o no.

—Venga, vamos.

Tom me tiende la mano y se la cojo mecánicamente. En el momento en que nuestras palmas se tocan, me doy cuenta de que, a pesar de mi estado letárgico, mi cuerpo reacciona a su contacto. El calor de sus dedos se difunde y me despierta. Cuando me ayuda a levantarme, constato que ya ha cogido mi bolso y mis tacones, que había dejado tirados en el suelo. De hecho, me siento bajita a su lado sin ellos.

—¿Quieres ponerte los zapatos? —me pregunta, como si hubiera podido leerme el pensamiento.

—Sí.

Se pone de rodillas delante de mí y ahora sí que estoy despierta. No sé si es el simbolismo de tener un hombre guapo a mis pies, pero me cuesta mantener la indiferencia. Además, agarra mi tobillo con cuidado para levantarme el pie y ponerme el zapato. Ese gesto, aparentemente simple, me provoca un hormigueo. ¿Es normal que el hecho de ayudarme a ponerme los zapatos me parezca tan erótico?

Hace lo mismo con el segundo y me tambaleo un poco al ponerme de pie. Me sujeta por los codos para impedir que me caiga.

—¿Estás bien? —me pregunta, con sus ojos color avellana fijos en mí.

Asiento con la cabeza, incapaz de articular palabra.

Sin soltarme el brazo, me lleva con él. Salimos del salón de banquetes y atravesamos el vestíbulo en dirección a los ascensores. El hotel está tranquilo a estas horas de la noche. Mientras esperamos a que las puertas metálicas se abran para acogernos, me surge una pregunta:

—¿Dónde está Candy?

Candy, alias Miss Policía de Boston. Pensaba que sería bailarina exótica en un bar de estriptis. En realidad, la chica podría permitírselo, con su físico de bomba escandinava, pero es más bien de las que esposa a los delincuentes que quieren abusar de los encantos de las señoritas sin autorización. Ha ido a buscarla nada más y nada menos que a la brigada antivicio. ¿Para qué ir más lejos si tiene *eso* al alcance de la mano? Y lo peor es que, encima, es amable. De hecho, quizá demasiado. Es la única que me ha felicitado por mi vestido.

Traidora.

—Hace ya varias horas que la metí en un taxi.

Suspiro interiormente. *Bye, bye, diosa vikinga.* Suena la señal sonora que anuncia la llegada del ascensor y Tom me guía de la mano con la espalda hacia el interior.

—¿Y tú? ¿Tu caballero andante se ha escapado?

El pequeño rictus que esboza no me gusta nada, pero tampoco lo puedo culpar. Es la última vez que confío en Julia para que me busque acompañante. ¡Oh, sí, por supuesto, Stuart era encantador! Divertido, educado, bastante mono y... ¡gay! De los que hacen saltar las alarmas del peor de los *gaydares.* Incluso Betsy, no precisamente conocida por su agudo sentido de la observación, se ha dado cuenta. En otras circunstancias, me habría encantado que me acompañara. ¡Pero esta vez necesitaba alguien que pudiera pasar por un amante potencial! Al final, al menos él no ha perdido la noche porque tenía previsto compartir taxi con Maurizio cuando ha venido a despedirse.

Cuando llegamos a la puerta, Tom levanta mi bolso, todavía en su posesión, y saca la tarjeta para abrirla. La abre y se aparta para dejarme entrar primera. Avanzo unos pasos y me giro, pensando que él se irá enseguida a su habitación, pero, al parecer, eso no forma parte de sus proyectos inmediatos porque cierra la puerta a sus espaldas.

—¿Pero qué...?

Mi pregunta muere en mis labios porque veo la forma en la que me está mirando. Se acerca, con ojos ardientes. A pesar de los doce centímetros de tacón, tengo que levantar la cabeza para aguantar la intensidad. Se detiene a tan solo unos centímetros de mí. No nos tocamos, pero aun así soy perfectamente consciente de cada partícula de su cuerpo. Casi me puedo imaginar el tacto satinado de su piel a través de su camisa blanca. Y si se aventura a posar sus manos sobre mí, podría percibir mi corazón, que se acelera de forma espectacular, y mi epidermis ardiente. Estoy al borde de la combustión espontánea.

Levanta lentamente la mano y atrapa un mechón de mi pelo, apenas rozando mi mejilla. Ese dulce gesto provoca un leve suspiro que me hace abrir los labios. Tom traga saliva. Su rostro se acerca peligrosamente al mío, pero se detiene un segundo, como para darme tiempo de cambiar de opinión. Estoy petrificada. Aunque quisiera, sería incapaz de hacer el más mínimo movimiento. Entonces, sus labios se posan sobre los míos. Con cuidado, despacio. Un beso ligero como una pluma que, sin embargo, hace vibrar todo mi cuerpo. Es todo lo que necesito para recuperarme.

Esta vez, encuentro la fuerza necesaria para aferrarme a su cuello. Seguramente reconfortado por esa autorización implícita, ataca mi labio inferior. Dibuja su contorno con la punta de la lengua antes de succionarlo levemente. Oigo un gruñido lleno de satisfacción y contrariedad a partes iguales y me doy cuenta con horror de que sale de mí. Tom emite una risita silenciosa y, al comprender mi frustración, pone fin a ese suplicio y me besa apasionadamente. El recuerdo de su beso tórrido no es nada en comparación con este. Al instante, mis manos están desbocadas, acariciando su nuca, sus anchos hombros, su torso. Mis dedos anhelan dedicarse a desabotonarle la camisa. Tiro de su corbata, ya floja, y deslizo mi pulgar por el pequeño triángulo de piel desnuda que queda justo por debajo.

Su boca se aventura en mi nuca, mi cuello, mi clavícula. Sus manos juegan con los tirantes de mi vestido, haciendo rodar uno de ellos por mi hombro para poder besar mejor el trocito de piel que ha destapado. Sus dedos corren por mi espalda, acariciando mi omóplato y aventurándose en el borde de mi vestido. Uno de ellos se desliza por debajo y...

—¿Qué es esto? —pregunta Tom, muerto de la risa.

—Cinta adhesiva de doble cara —respondo, con el rostro oculto en su torso para evitar su mirada.

Se vuelve a reír.

—¿Para qué?

—El vestido hacía un pliegue bastante feo y solo encontré eso para pegarlo correctamente a mí. No tenía previsto que nadie me lo quitara.

—¿Y eso? —dice, dando un paso atrás para mirarme a los ojos con expresión burlona.

—¡Este vestido es una pesadilla!

—Te he visto mejores, sí —confirma.

Le hago comprender que no es necesario que me mienta. Sonríe, haciendo aparecer sus dos hoyuelos. Esta vez, sé que sí son por mí.

—Bueno, vale, es horrible, pero te queda mucho mejor que a Betsy y a Lynda.

—Gracias por el cumplido —me burlo.

Se ríe suavemente.

—Zoey, podrías ponerte una bolsa de basura y encontrarías la forma de hacerla favorecedora. Y lo sabes.

—No, no lo sé.

Arquea una ceja para decirme que no le engaño. Sabe que solo quiero que me hagan cumplidos. Qué queréis que os diga, aunque una no anda mal de confianza, me invade la incertidumbre cuando estoy con este hombre.

—Es usted muy guapa, señorita Zoey Montgomery —declara con voz ronca—. Aquí.

Posa su mano en mi cara.

—Y aquí.

La desliza hasta mi corazón.

—Mmm, gracias —digo, molesta.

—Lo digo en serio. Eres guapa por dentro y por fuera.

Decir que estoy sorprendida por esa confidencia sería un eufemismo. De repente, algo incómoda, prefiero bromear.

—¿Sabes que el último hombre que dijo eso a una mujer fue Jack el Destripador?

Tom se echa a reír. Una risa grave y sexi que desencadena un enjambre de mariposas en mi estómago.

—Te juro que no soy un asesino en serie —dice, besando con suavidad mis labios.

—Más te vale o tu carrera se vería gravemente afectada.

La simple mención de su trabajo marchita un poco su sonrisa. No me da tiempo a reaccionar porque llaman a la puerta.

—¡Servicio de habitaciones!

Me recoloco el tirante y abro la puerta.

Un joven con librea empuja un carrito sobre el que hay un cubo de champán. Le dejo entrar, coloca las copas y la botella en la mesa y se marcha.

Me giro hacia Tom.

—¿Tan seguro estabas de tu éxito? —lo mortifico.

Sorprendido, responde:

—¿No lo has pedido tú?

—No. Recuerda, yo era la chica que dormía sobre la mesa hace unos minutos.

Frunce el ceño y se acerca a la mesa. Coge una nota que no había visto y, al leerla, su rostro se relaja. Se pasa la mano por la barbilla.

—Creo que, después de haber leído esto, casi me siento incómodo.

—¿Qué pasa?

—Toma, lee.

Me entrega la tarjeta en la que está escrito a mano:

¡Pasadlo bien los dos!
Los novios.

—¿Me lo parece o nuestros padres están intentando...?

—No termines la frase.

Si creían que nos ayudarían a romper el hielo, más bien han conseguido romper el ambiente. Resulta tan embarazoso como el día que mi padre intentó hablarme de los anticonceptivos.

—¿Siempre abres la puerta así, sin preguntar?

—¿Perdón?

—Justo ahora, ha bastado que un tipo grite «servicio de habitaciones» para que corras a la puerta, cuando sabías que no habías pedido nada.

—Bueno, no sé... Ha dicho «servicio de habitaciones» y estamos en un hotel... Parecía lógico, ¿no? ¿No me digas que me vas a sermonear sobre el hecho de que no hay que abrir la puerta a los peligrosos botones del servicio de habitaciones?

Con expresión severa y el ceño fruncido, parece reflexionar intensamente. Creo que no tiene nada que ver con mi falta de precaución.

—Estás pensando en el caso, ¿verdad?

Levanta la cabeza, pero su mirada es vaga. De hecho, cuando responde, no tengo claro si se está dirigiendo a mí o si está pensando en voz alta.

—El hotel tiene un sistema de apertura de puertas mediante tarjeta que registra cada vez que se usa una de ellas o un pase del personal del hotel. Comprobamos el registro y ninguna llave, aparte de la de Valentina, se usó a la hora del asesinato. Entonces pensamos que tenía que conocer al autor porque la única forma de que entrara era que ella misma le abriera la puerta.

—¿O que llamen anunciando que es el «servicio de habitaciones»?

Tom asiente.

—Supongo que habréis comprobado el registro del personal, ¿no?

—Sí, y no encontramos nada sospechoso. Todos los trabajadores de ese turno llevan años trabajando en el hotel. ¿Por qué, de repente, uno de ellos querría atracar a Valentina? ¿Y cómo sabría lo del collar?

Entonces me viene una idea a la cabeza.

—¿Has comprobado el registro de extras?

—¿Extras?

—Cuando los hoteles tienen periodos de actividad más intensos, llaman a personal extra que no está allí el resto del año. Con la fiesta de la revista *Boston Fashion*, supongo que el establecimiento estaría hasta arriba y que necesitarían ayuda.

—Tengo que comprobarlo con Carlos, pero supongo que cuando pedimos la lista de personal, se sobreentendía *todo el personal*.

—No me sorprendería que faltaran algunos nombres...

—¿Por qué?

—Bueno, sé que Julia ha hecho muchos extras de este tipo y no era raro que la llamaran en el último momento y que le pagaran en efectivo. No creo que en ese caso se les incluya siquiera en el registro de personal. Y eso le va bien a algunos, sobre todo si ya tienen otro trabajo, por ejemplo.

—Entonces habría que encontrar a alguien que trabaje ocasionalmente para el hotel y que, al mismo tiempo, supiera lo del collar —dice Tom con mirada pensativa.

De repente, un *flash* me cruza la mente y esa idea me pone la carne de gallina.

—Tom... Conozco a alguien que podría encajar en ese perfil...

Capítulo 22

TOM

Cruzamos la puerta de la comisaría, desierta a esas horas de la noche. Nos encontramos con Carlos, al que he llamado desde el coche para que se uniera a nosotros. No estaba nada contento de que lo sacaran de la cama un domingo por la mañana, antes incluso de que saliera el sol, pero él también estaba deseando cerrar el caso.

—¿De verdad crees que el chico ha podido matar a Valentina? —pregunta, conteniendo un bostezo.

—Además de trabajar de recepcionista, Cody suele hacer algún trabajo como extra —precisa Zoey—. Estoy casi segura de que le he escuchado decir que había trabajado para el hotel en el que fue asesinada.

—*Casi segura* no es suficiente —comenta Carlos—. Tenemos que confirmar su presencia en el lugar del crimen. Y no lo he visto en las cintas de videovigilancia. Supongo que, de aparecer, lo habría reconocido.

—Los empleados del servicio de habitaciones tienen que usar el ascensor del personal. No hay cámaras ahí —indico.

—¿Quizá un testigo podría confirmarnos la presencia de Cody en el hotel? —sugiere Zoey—. No hay que olvidar que tres personas se lo han cruzado ya: Maurizio, Janyce y Nick.

—Tres testigos que, si han olvidado mencionarnos la presencia de Cody, serían también sospechosos —comenta Carlos.

—Maurizio no ha matado a Valentina —afirma Zoey.

—Aunque no lo haya hecho personalmente, puede que sea cómplice —le recuerdo—. Dudo que el chico lo haya hecho solo. Para empezar, ¿cómo pudo sacar a Scarlett de la habitación sin llamar la atención? Seguro que tiene un cómplice.

—Scarlett es pequeñita. Podría haberla escondido sin problemas en su carrito —señala Carlos.

—Y una vez en la cocina, ¿qué habría hecho con el perro hasta el final de su servicio? Además, no comprendo por qué se llevaría el perro cuando le habría bastado con llevarse solo el collar —comento.

—Si tuviera un cómplice, este podría haber recogido a Scarlett y haberla metido en una maleta para salir del hotel. ¿Quién sospecharía de alguien con una maleta en un hotel? ¿No habías dicho que Nick se fue de la habitación más o menos a la hora del asesinato para volver a casa? —pregunta Zoey.

Carlos echa un vistazo en la carpeta del caso y saca imágenes extraídas de las cámaras de seguridad. Se ve a Nick en el mostrador de la recepción, pero sin maleta. Constata:

—Nick Jones no lleva ninguna maleta en las fotos que tenemos, algo lógico teniendo en cuenta que reservó su habitación en el último minuto y que no pensaba pasar la noche allí.

—¿Y Janyce? —pregunta Zoey.

—Janyce estaba allí por trabajo. ¿Por qué se pasearía por ahí con una maleta? —se pregunta mi colega.

Pero Zoey tiene una respuesta:

—Janyce es peluquera. Los profesionales que se desplazan acuden con su propio material y suelen utilizar maletas con ruedas, es práctico.

—Voy a comprobar eso —anuncia Carlos.

—¿Y habría recogido a la perrita? No se la ve cogiendo el ascensor hasta el final de su trabajo —observa.

—Lo has dicho tú mismo, no hay cámaras de vigilancia en el ascensor del personal. Bastaría con que Cody subiera una planta con la perra, se reuniera con Janyce en el pasillo y se la diera antes de volver a bajar a la cocina sigilosamente —añade Zoey.

Cruzo miradas con Carlos. Intentamos encontrar fallos en esa teoría.

—Pero hay algo para lo que no tenemos respuesta —constata mi compañero.

—¿Qué? —pregunta Zoey.

—Si enviaron a Cody a la habitación de Valentina para entregar algo, es porque había pedido algo antes al servicio de habitaciones. Lo hemos comprobado y no consta nada en el registro de pedidos de su habitación.

—El pedido podría haberse hecho desde otra habitación. Por ejemplo, por un amante que le habría enviado un regalito. De ahí que no desconfiara de la presencia del botones —propone Zoey.

—Pues entonces, creo que va a haber que pedirle a Cody, Janyce y Nick que vengan a hacernos una visita —concluyo.

Tres horas después, salgo de la sala de interrogatorios con las confesiones firmadas. Mis colegas van a encargarse de llevar a los tres culpables a la prisión, donde es bastante posible que pasen una larga temporadita. Entro en el espacio abierto en el que se encuentra mi mesa para buscar a Zoey. No ha querido volver a casa, así que supongo que debe de andar todavía por aquí. Efectivamente, la encuentro dormida en el sofá que tenemos en una esquina, tapada con la chaqueta de mi traje. Está adorable cuando duerme, no se parece nada al personaje que se ha creado. Se podría decir que, cuando duerme, sale la auténtica Zoey, a quien he aprendido a conocer estas últimas semanas, la que sería capaz de hacer muchas cosas por la gente a la que quiere o respeta.

Me acerco con cuidado para no sobresaltarla, pero también porque quiero tener unos cuantos segundos más para admirarla. Sus largas pestañas negras, su tez perfecta, sus mejillas sonrosadas, su pelo en una cascada algo desordenada.

Me agacho y apoyo mi mano en su hombro, cubierto por mi chaqueta. No reacciona y yo mismo me siento frustrado por ese contacto tan recatado. Entonces, deslizo mi mano por su mejilla, acariciándola con dulzura. Sus párpados se abren, dejando que aparezcan sus ojos de un azul tan particular que tiende al gris que te atraviesan en cuanto se posan en ti. Parpadea unas cuantas veces mientras me observa para luego mirar a mi alrededor, seguramente para intentar recordar dónde está.

—Buenos días, bella durmiente.

—Si fuera la bella durmiente, tendrías que haberme despertado con un beso.

Su réplica me hace sonreír, porque, recién levantada, es capaz de ser ingeniosa, pero también porque confiesa no estar en contra de que la bese. Se incorpora sobre el sofá y me muero de ganas de darle, en ese mismo instante, ese beso, pero soy muy consciente de que mis colegas nos observan y, además, antes tenemos que hablar.

—¿Te llevo a casa?

—¿Estás de broma? ¿De verdad crees que te vas a poder deshacer de mí con tanta facilidad después de haberte ayudado con tu caso? Quiero un informe detallado sobre las confesiones y no pienso esperar horas para eso.

Siempre su pequeño tono autoritario, asociado a su postura de brazos cruzados y expresión ceñuda. ¿Cómo voy a resistirme?

—Vale, ya me ha quedado claro que no voy a poder escapar de la sesión informativa. Pero no aquí.

—¿Entonces dónde?

—¿Te apetece un café? Yo mataría por uno, la verdad. Podríamos aprovechar y, mientras, te lo cuento todo. Además, conozco un sitio perfecto para eso.

—Vale, pero tú invitas.

Como si tuviera otra opción.

Cuando cruzamos las puertas del café Chez Josie, en el Bay Village, nos recibe una Amber sonriente.

—¡Eh! ¡Zoey! ¡Teniente McGarrett! ¡Qué placer veros por aquí tan temprano!

Echa un vistazo a nuestra ropa arrugada y continúa:

—¿O más bien es que no os habéis acostado?

—Algo así —murmura Zoey—. ¿Amy no está?

—No, desde que está embarazada, Cole ha conseguido convencerla de que no abra ella. Sobre todo los domingos por la mañana. ¡Así que me toca a mí! —responde, con expresión alegre.

Está claro que a la chica le emociona su nueva responsabilidad.

—¿Café para llevar? ¿O preferís sentaros?

—Vamos a sentarnos en la mesa de la esquina —anuncio, apoyando mi mano en la parte baja de la espalda de Zoey para guiarla.

Tengo unas ganas enormes de dejar la mano ahí todo el tiempo, pero, por desgracia, tengo que quitarla para apartar su silla. Zoey sonríe ante mi pequeña galantería y se sienta.

—¿Os traigo lo de costumbre? —pregunta la camarera.

Le confirmamos la comanda. Unos instantes después, vuelve con una bandeja sobre la que lleva un café largo para mí y, para Zoey, una taza que parece contener más un postre que una bebida caliente. Un enorme montículo de nata montada la corona, con virutas de chocolate y azúcar de colores por encima.

Ante mi expresión burlona, Zoey me suelta:

—¿Qué?

—No sé, es que no me imaginaba que te gustara este tipo de bebidas. Te veía más con un café solo sin azúcar.

Se encoge de hombros.

—Créeme, cuando pienso en la cantidad de kilómetros que voy a tener que correr para eliminar esta bomba calórica, yo también preferiría ser adicta al café solo. Pero, qué le voy a hacer, una mujer necesita algo de azúcar de vez en cuando. Y el día ha sido largo.

Mejor no le digo que Amber ha precisado que se trataba de su comanda habitual. Si quiere autoconvencerse de que necesita una excusa para beber/comer un café salido del imaginario de un niño adicto a los dulces, mejor dejarla.

—Eres sorprendente, Zoey Montgomery.

Arruga la nariz y parece incómoda tras mi comentario.

—Has dicho que me ibas a contar las confesiones.

Si eso no es un cambio de tema...

Bebo un sorbo de mi café y adoro la sensación. No tanto como posar mis labios sobre los de mi encantadora vecina, pero, por el momento, tengo que comportarme.

—Cody no tardó mucho en confesar que había asesinado a Valentina. Ella lo dejó entrar en la habitación, él se lanzó sobre ella, la estranguló y se llevó a Scarlett.

—Jamás habría pensado que Cody fuera capaz de estrangular a una mujer con sus propias manos.

—Entró en pánico. Se suponía que Valentina no iba a estar en la habitación. Nick estaba allí para distraerla y tenía que mantenerla alejada.

—Pero se quedó dormido, ¿no?

—Sí y, mientras dormía, Valentina recibió una llamada de Maurizio para decirle que le estaba esperando frente a su habitación. Así que salió de la habitación de Nick para ir a buscarlo y luego se quedó en su habitación.

—El pobre Maurizio va a sentirse muy mal cuando descubra que fue por su culpa por lo que Valentina estaba allí. Creo que será mejor que no lo sepa. Pero no comprendo cómo Cody habría podido entrar cuando se suponía que Valentina no debía estar en su habitación.

—Tenía previsto entrar usando su pase. Cuando llamó a la puerta, solo lo hizo para cerciorarse de que no había nadie. No se esperaba que ella le abriera la puerta.

—¿Pero por qué llevarse a Scarlett? Era más fácil coger solo el collar e irse. No es que Scarlett pudiera hablar y denunciarlo.

—Sí, pero era más simple fingir que, tras haber abierto la puerta, la perra se había escapado y no había podido atraparla. En resumen, la situación era la siguiente: debía ir a la habitación de Valentina a entregar una botella de champán, solicitada previamente por Nick. Llama a la puerta, se anuncia y, ante la ausencia de respuesta, utiliza su pase para entrar. Al no saber que había un perro en la habitación, el animal lo sorprende y se da a la fuga. No sería posible encontrar el perro y nadie pensaría que había salido de hotel dentro de la maleta de nadie. Y mucho menos en la de una peluquera que, en ese momento, trabajaba en otra planta.

—¡Entonces tenía razón! ¡Janyce era cómplice!

Parece orgullosa de haber acertado.

—Sí, tengo que admitir que, en cuanto a eso, has estado muy bien. La suerte del principiante, imagino —puntualizo mientras le guiño un ojo.

—Confiesa que eres demasiado orgulloso como para reconocer que he resuelto este caso en unos minutos mientras tú llevabas semanas trabajando en él.

—Si eso te hace ilusión, lo confieso.

La sonrisa que me dedica bien vale dejar un poco de lado mi ego.

—¿Pero qué les llevó a los tres a asociarse en esta empresa criminal?

—Seguramente te habrás dado cuenta de que Cody está loco por Janyce, ¿no?

—Sí, yo sí lo había notado, pero pensaba que ella no. A veces es tan arrogante...

—Janyce estaba verde de envidia cuando supo que le habíais confiado el collar a Valentina. Al robarlo, tenía la oportunidad de sacar algo de dinero y de dejar mal a su rival. No me cabe la menor duda de que no habríais vuelto a contar con Valentina tras la pérdida del collar. ¿Me equivoco?

—Supongo que no. Aunque hubiéramos sabido después que el collar era falso, ni Maurizio ni yo lo habríamos dejado pasar.

—Janyce ha utilizado a Cody, pero también a Nick.

—¿Cómo consiguió meter a Nick en todo esto? No tengo la impresión de que apreciara mucho a Janyce. Más bien lo contrario.

—Janyce había descubierto que ya había pasado algo entre él y Valentina en la sesión de fotos anterior. Le hizo el chantaje clásico: bien le contaba todo a su mujer, bien le echaba una mano, ella se callaba y compartía un pedazo del pastel con él.

—No debió de pensárselo mucho.

—No, sobre todo teniendo en cuenta que, según nuestras investigaciones, la mujer de Nick costea en buena parte su estudio fotográfico. El negocio no le va tan bien como parece. Lo podía perder todo si su infidelidad salía a la luz.

—¡Jamás habría imaginado que Janyce fuera capaz de montar un golpe así! Me quito el sombrero, la había subestimado. Sin embargo, creo que se merece pudrirse en la cárcel por haber dejado a Scarlett en la calle, sola —se indigna—. Pero ahora que lo pienso, ¿no habías dicho que un misterioso ladrón había visitado la casa de Janyce?

—Nick no la creyó cuando le dijo que el collar era falso. Pensó que quería quedarse con todo el botín. Como su matrimonio estaba a punto de volar por los aires al haberse enterado su mujer de lo suyo con Valentina, no quería que además le tomaran el pelo. Y, en lo que respecta a Scarlett, tenía miedo de que fuéramos a interrogarla a su casa y notáramos su presencia. De hecho, puedes estar orgullosa de tu perra porque mordió a Cody cuando intentó llevársela y por eso llevaba la mano vendada al día siguiente. No te preocupes, el maltrato que ha sufrido se añadirá a la lista de cargos contra ellos.

Parece que esta precisión la tranquiliza.

—Debes de sentirte aliviado por haber cerrado el caso, ¿no?

—Sí, más de lo que crees —confieso.

—¿Tanto? —se sorprende.

Clava su cuchara en la montaña de nata y se la lleva a la boca. Una pequeña gota de crema se queda en su labio superior y, de repente, tengo unas ganas tremendas de lamerla. Zoey se me adelanta, pasándose la lengua. Estoy casi seguro de que es consciente del estado de agitación en el que me encuentro. La traicionera domina a la perfección el arte de la seducción. Aunque no lo hiciera a propósito al principio, sabe muy bien darle la vuelta a la situación.

—¿Por qué estás tan contento de que se haya resuelto el caso?

Me doy cuenta de que todavía no he respondido a su pregunta, pero también puede que conozca la respuesta. Tiene en su mirada esa pequeña llama de esperanza, la de escuchar las palabras que quiere que pronuncie. Así que me lanzo, con el corazón desbocado:

—Primero porque, por fin, puedo quitarte de la lista de sospechosos.

Me voy un poco por las ramas a propósito y Zoey cae en la trampa. Parece tan decepcionada que tengo que contenerme para no levantarme, besarla y hacer desaparecer esa mueca.

—Muy amable por tu parte —replica con tono seco.

—Y, segundo, porque por fin puedo volver a intentar besarte.

Su sonrisa reaparece y, con voz seductora, me pregunta:

—¿Y por qué quieres volver a besarme? Tengo la impresión de que, la primera vez, te arrepentiste de haberlo hecho y que la segunda vez surgió de improviso, aunque casi podría jurar que lo hiciste por culpa de todo el champán que habías bebido en la boda. Siempre me has detestado. ¿Por qué, de repente, te interesas por mí?

—Yo nunca te he detestado —me defiendo, perfectamente consciente de que le he podido dar esa impresión.

—¡Venga ya! Apenas soportas mi presencia. De hecho, no te creas que se me ha olvidado que te interesaste por Amy antes que por mí.

Aunque lo dice con tono burlón, sé que hay una parte de decepción en su voz. Y, para ser sincero, me duele.

—Es cierto que, al principio, me interesé por Amy —admito—, pero fue solo porque todavía no sabía que estabas ahí.

—Es fácil decirlo ahora que ella se ha casado con otro —responde.

Pero mientras la Zoey segura de sí misma me habría aguantado la mirada, esta versión, más vulnerable, se dedica a contemplar su café como si fuera la cosa más apasionante del mundo. Cualquier cosa con tal de no enfrentarse a mí y mostrar que está desarmada.

Le cojo la mano que tiene sobre la mesa. Se sobresalta y eleva sus pupilas de color cielo tormentoso hacia mí.

—Zoey, cuando te vi la primera vez, fue aquí, en esta misma cafetería. Llegaste con tus tacones altos y tu aire de querer conquistar el mundo. De repente, estaba tan abrumado por tu belleza que me perdí lo más importante. No vi ese corazón inmenso que tienes y, sin embargo, ahí estaba, justo ante mis ojos. Te preocupabas por tu amiga que acababa de sufrir un atraco y, en unos minutos, lo organizaste todo para pasar la noche todas juntas y así levantarle el ánimo. Luego, la ayudaste a encontrar a Amber, a veces asumiendo riesgos completamente estúpidos y poniendo en peligro tu vida.

—¡Eh! ¡Ya te expliqué que la historia de la táser fue un accidente! —se defiende.

No me dejo distraer por su intervención. Le resultaría muy fácil hacerme cambiar de tema. Tengo que terminar lo que tengo que decirle.

—También fuiste una amiga estupenda para Julia cuando tuvo problemas con su hermano.

—No había otra, teniendo en cuenta que estabas dispuesto a hacer todo lo posible para condenarlo —constata, elevando la mirada al cielo.

—Solo hacía mi trabajo —me justifico.

—Lo sé, solo quería meterme un poco contigo —responde con expresión traviesa.

—¿Por qué te esfuerzas tanto por dar una imagen de mujer dura y fría cuando, en realidad, eres todo lo contrario?

Pone los ojos en blanco.

—Para. Escuchándote, cualquiera diría que soy la madre Teresa. Y estoy lejos de serlo.

—Tampoco creo que seas una santa, pero he podido constatar, sobre todo estas últimas semanas, que eres formidable con la gente a la que amas. Basta con ver lo que hiciste para encontrar a Maurizio porque estabas preocupada. Cómo te las arreglaste para encontrar a Scarlett y quedártela. Cómo has aceptado a mi madre, solo porque tu padre te lo ha pedido y no querías decepcionarlo.

—Es que tu madre es adorable. Reconozco que no me ha costado mucho.

—Sé que es una mujer formidable: al fin y al cabo, ella me ha criado.

No he podido evitar bromear sobre este tema, la situación se prestaba a ello. Zoey suelta una carcajada y me da un golpecito en el brazo.

—Y luego dicen que soy yo la que tiene demasiada confianza en sí misma. Tiene un ego del tamaño de Texas, teniente McGarrett.

—Basta ya de bromas, Zoey. Lo que has hecho por ella estos últimos días, pocos lo habrían hecho.

—Doblar programas y anudar lazos sobre servilletas no es nada excepcional.

Se podría pensar que ha fingido a propósito no comprender lo que le he dicho.

—No hablo de eso. Hablo de todo el apoyo que le has dado cuando se ha estresado, sin olvidar el vestido. La Zoey que creía conocer se habría limitado a llevarla a una tienda, habría sacado su tarjeta y el problema se habría resuelto en menos de una hora. Sin embargo, tú diseñaste un vestido partiendo de cero y no te limitaste a hacer uno, sino que hiciste uno de ensueño. No sé nada de moda, pero estoy seguro de que no habrías podido diseñar un vestido así si no te hubieras interesado un mínimo por ella. Siento mucho haberte subestimado.

Me dedica una pequeña sonrisa triste.

—Soy guapa y tengo dinero, estoy acostumbrada a que me juzguen antes de conocerme.

—¿Por qué no dejas que la gente se te acerque para que te conozca mejor?

Se encoge de hombros, su mirada se vuelve vaga y se fija en algo lejano en la calle. Me odio por formar parte de esas muchas personas que no han sabido percibir que, detrás de esa fachada, se ocultaba una chica con un corazón de oro. No soy mejor que los demás y, sin embargo, por alguna razón que desconozco, no ha intentado rechazarme.

—No me da miedo que la gente me aprecie —admite por fin—. Me da miedo quererlos y que me decepcionen o, lo que es peor, que me abandonen.

Tengo la sensación de que esta última frase tiene algo que ver con la muerte de su madre. Tengo mi confirmación cuando declara:

—Cuando mi madre murió, aunque hacía meses que lo esperábamos, mi padre estuvo inconsolable. No comía, no trabajaba, no me hablaba. Creo que le recordaba demasiado a ella. Se pasó meses así, en estado catatónico, hasta que Irène lo amenazó con ponerse en contacto con los servicios sociales para que le retiraran mi custodia. Se repuso y ha sido un padre ejemplar desde entonces, pero siempre había algo roto dentro de él. Hizo todo lo posible por ocultármelo, para no acrecentar mi propia pena, pero, en el fondo, sé que no había rehecho su vida antes por culpa de eso. Creo que prefiero guardar las distancias con la gente para evitar quererlos, simplemente.

—Y, sin embargo, tienes tus amigas...

—Ya las conoces, saben ser persuasivas. En realidad, diría que lo han hecho solapadamente, metiéndose poco a poco en mi vida hasta que no me quedó otra opción.

—¿Entonces es así como tengo que proceder? ¿No dejarte otra opción?

—Vale, veo que me apreciabas, Tom, pero ¿cómo has podido cambiar de opinión tantas veces sobre mí en tan solo unos días? Primero me besas y luego decides ir a la boda con Candy...

—Soy idiota, no tengo otra excusa. ¿Quieres saber lo gracioso de toda esta historia? Me enteré de que le habías propuesto a Noah que te acompañara a la boda de Amy y Cole, me puse celoso y fui demasiado estrecho de miras como para darme cuenta de que sentía esos celos porque me importabas. Cuando los chicos me dijeron que seguramente irías con alguien a la boda de nuestros padres y que yo también tenía que ir acompañado, les hice caso.

—Tus amigos son pésimos dando consejos.

—No te lo niego. Pero creo que también estaba frustrado por no poder tenerte. Nos besamos y quería más, pero no podía.

—¿Por qué no?

—La investigación. Formabas parte del entorno de la víctima.

—¿Solo era eso lo que te retenía?

—No, era un pretexto entre muchos otros.

—¿Había otros?

—Bueno, para empezar, nuestros padres. Tu padre se ha casado con mi madre y no sé muy bien en qué nos convierte eso...

—¡En gente cuyos padres se han casado entre ellos! —propone—. No creo que haya un nombre para eso. Y, personalmente, no te considero una especie de hermanastro ni nada de ese tipo.

—Gracias a Dios, porque tampoco estoy preparado para considerarte mi hermanastra. Pero es cierto que esta historia me ha afectado bastante, sin hablar del hecho de que te tuve que mentir. Fue por eso por lo que te evité en las Bahamas, por miedo a que se me escapara algo. De hecho, pensaba que te lo tomarías peor de lo que lo hiciste cuando averiguaste que lo había sabido antes que tú.

—No me gustó, pero comprendí que te habían hecho prometer que no me lo dijeras y le doy mucha importancia a la lealtad.

—Eso es algo que me gusta de ti, entre otras muchas cosas.

Dejo que esas palabras nos envuelvan durante un instante. Acaricio su delicada mano con el pulgar. Tiene algunos cortes, seguramente debido a su taller de costura improvisado de anteayer. Me llevo sus nudillos a los labios y los beso con suavidad.

—Como ya te dije ayer en la habitación del hotel, antes de que me compararas con un asesino en serie, no solo eres bella por fuera, Zoey, sino también por dentro y me odio por haber tardado tanto tiempo en darme cuenta. Y cuando por fin abrí los ojos, estaban todos esos obstáculos que me había creado yo mismo, lo confieso. Ahora que ya hemos dejado atrás todo eso, me pregunto si querrías darme la oportunidad de descubrir todas esas facetas de ti que todavía no conozco. Como acabas de decir, el amor puede doler, pero añadiría que también es lo que nos hace sentir vivos. Y tengo muchas ganas de sentirme vivo.

Mientras me observa, me doy cuenta de que sus ojos están llenos de lágrimas a punto de caer.

—Deja de decirme esas cosas o vas a hacerme llorar.

—Sueño con verte llorar un día.

Me mira, confusa, así que decido explicar mi pensamiento.

—No digo que quiera hacerte llorar, nada más lejos de mi intención, pero sé que si un día te permites llorar delante de mí, aunque sea por algo absurdo como ver una película triste, será porque habré conseguido hacerte sentir lo suficientemente cómoda como para quitarte la armadura.

—No sé muy bien cómo hacerlo —murmura.

—Pues deja que te lo enseñe.

—Nunca he salido con nadie así...

Comprendo lo que me quiere decir. Siempre ha mantenido relaciones sin ataduras.

—Bueno, pues hagámoslo de acuerdo con las reglas, si quieres. Voy a acompañarte a casa, porque creo que te mereces dormir un poco después de las dos noches movidas que has tenido. Luego, iré a buscarte y tendremos una cita de verdad, tú y yo, al final de la cual me permitirás, quizá, besarte...

—Ya nos hemos besado y no tengo intención de esperar varios días para volver a hacerlo.

—Entonces, ¡pasemos de las reglas y sigamos las nuestras!

—Creo que esa idea me gusta más.

Su sonrisa me hace olvidar todos los problemas de los últimos días, así como mi falta de sueño. Si, en ese instante, me pidiera la luna, creo que sería capaz de, además, bajarle las estrellas.

Capítulo 23

ZOEY

La galería está hasta arriba. La exposición de Julia es un auténtico éxito. La gente se amontona para admirar las coloridas obras que contrastan maravillosamente con los muros blancos. Mi amiga tiene un talento enorme y estoy contenta de que, por fin, todo el mundo se dé cuenta. Se lo merece de verdad.

La veo venir hacia mí.

—¡Oh, Zoey! ¡No te lo vas a creer! ¡El galerista acaba de decirme que ya he vendido tres cuadros! ¿Te imaginas? ¿Y has visto toda esta gente? ¡No me creo que hayan venido por mí!

—Puede que algunos, como yo, hayan venido por el champán —bromeo—, pero si no, te aseguro que todos los demás están aquí por ti.

Finge enfadarse por mi comentario durante un segundo y luego continúa:

—¿Y tú? ¿Has venido acompañada del *teniente sexi*?

Arquea las cejas dos veces seguidas para darle un efecto sugerente.

—Sí, ha ido a por una copa de champán a la barra.

—¿Luego te va a llevar a cenar por ahí?

—No lo sé. No hemos pensado todavía qué vamos a hacer. Hemos decidido tomarnos las cosas como vengan. Sin hacer demasiados planes.

—Tienes razón. De todas formas, el karma decidirá por ti, pero tengo un buen presentimiento sobre lo que estáis empezando. Aunque tengo que reconocer que no me vi venir nada. Pero bueno, es lo bueno de la vida, las sorpresas.

—Espero que tengas razón.

—Mira, aquí llega tu caballero andante. Os dejo, que tengo que ir a buscar a Matt para ir a conocer a los compradores.

Se escapa y me giro en dirección a Tom. Viene hacia mí con paso seguro y dos copas de champán en las manos. Con su camisa azul cielo y sus pantalones de traje ajustados, está para morirse. Y soy consciente de que hay varias mujeres a mi alrededor que comparten esa opinión. Él, sin embargo, solo tiene ojos para mí.

Me entrega una copa y brindamos los dos.

—¿Me has echado de menos? —me pregunta.

—Hace menos de cinco minutos que te fuiste y soy una chica mayor que sabe arreglárselas sola.

—No lo dudo —replica con una gran sonrisa—. Solo esperaba que me engordaras un poco el ego diciéndome que cinco minutos ya eran demasiados.

—No te preocupes, habrá otras circunstancias en las que te reclamaré más de cinco minutos —le digo, acercándome más a él.

Huele muy bien y, si me escuchara más, me lo llevaría a una esquina oscura de la galería para besarlo.

—Ah, ¿sí? ¿Y ese momento llegará pronto?

—No sé, ¿cuántas citas llevamos?

—¿Por qué? ¿Es para anotarlo en tu diario personal?

—Algo así.

—Vale, pues diría que estamos en esa en la que tengo derecho a verte tumbada y desnuda al final de la noche —me susurra al oído.

Me acaricia y ese leve contacto, junto con lo que me acaba de proponer, me provoca escalofríos por todo el cuerpo. ¡De repente hace demasiado calor en esta galería! Tengo que encontrar otro tema de conversación o corro el riesgo de sufrir una combustión espontánea. Por suerte, Amy y Cole acaban de llegar y vienen hacia nosotros. Tom rodea mi cintura con su brazo, detalle que no escapa a Cole, que arquea una ceja burlona. Bueno, hasta donde puede poner cara burlona ese hombre.

—¡Zoey, Tom! —exclama la minipelirroja—. ¡Hay muchísima gente! ¡Me alegro mucho por Julia!

Me abraza. Cole tira de ella en una posición similar a la nuestra, rodeando con la mano su vientre redondeado antes de que pudiera acercarse a Tom. Amy no parece darse cuenta de su truquito o simplemente no dice nada. Sospecho que a ella le gusta que su marido marque su territorio y que, a veces, se comporte como un hombre de las cavernas.

—Entonces, vosotros dos... —empieza Amy.

—Sí, estamos juntos —confirma Tom, que parece igual de orgulloso que si hubiera ganado un premio Nobel.

Su entusiasmo, lejos de darme miedo, me genera un sentimiento agradable. Cada vez que un hombre se ha mostrado posesivo conmigo, yo he tenido cierta tendencia a asustarme. Esta vez me sorprende que me resulte placentero. ¿Quién lo habría creído hace un mes?

—¡Estáis aquí!

Libby aparece, acompañada de su marido Patrick, también están allí Maura y Maddie. Las dos solteras del grupo se han vestido para la ocasión. Maura ha abandonado su *look* de adolescente y se ha puesto un vestido y unas bailarinas. Todavía no hemos llegado a los *stilettos*, pero aprecio el esfuerzo y se lo comento. En cuanto a Maddie, que suele ser elegante pero con un estilo más clásico, por no decir austero, por una vez, lleva el pelo suelto —le queda bastante bien, tengo que admitirlo— y no uno de esos trajes de contable que suele llevar, sino un bonito vestido estival. Me pregunto a qué se debe ese cambio repentino de estilo.

Charlamos un rato con mis amigas y Matt y Julia acaban uniéndose a nosotros. Tom no se aparta de mí y no me quejo. Siento cómo sus dedos me acarician la parte baja de mi espalda y me maldigo tanto como me felicito por haber escogido un vestido con la espalda abierta. No creo poder aguantar un solo día más sin arrancarle la ropa.

—¿Os apetece ir a tomar algo a algún sitio? —lanza Libby a la atención de nuestro alegre grupo.

—Lo siento mucho, pero ya teníamos algo planeado —se excusa Matt.

Julia parece sorprendida por la noticia, pero no dice nada. Tom se inclina hacia mí.

—¿Quieres ir con tus amigas o prefieres pasar de la segunda parte de la velada?

—Creo que sería mejor poner una excusa y terminar la noche en mi casa.

—Voto por tu plan.

Nos disculpamos con mis amigas a las que, por supuesto, no engañamos en absoluto, pero que tienen la elegancia de no decir nada. Agarrada de la mano de mi nuevo novio (todavía me cuesta utilizar ese término), salgo de la galería.

Tom me propone coger un taxi pero yo prefiero andar un poco. Hace una noche agradable de mayo, los primeros signos del verano ya se dejan notar. Adoro andar de noche por la ciudad, hay algo mágico cuando todo está iluminado.

—¿Siempre has vivido en Boston?

—Sí, señora. ¿Y tú?

—También. No me veo yéndome de esta ciudad, la adoro.

—¿En serio? Imagino que habrás viajado bastante, ¿no? ¿Qué te gusta tanto de Boston?

—Es difícil de explicar. Creo que me gusta la mezcla de tradiciones y modernismo, el hecho de que sea una ciudad siempre en movimiento. Me gustan las calles con sus casitas de ladrillo rojo, las callejuelas escondidas, el tener la sensación de estar en un pueblo cuando, en realidad, se trata de una ciudad con varios cientos de miles de habitantes.

—¿Te gustan las casas de ladrillo rojo, pero vives en pleno centro?

—Sí, sé que es algo contradictorio. De hecho, hace ya un tiempo que estoy considerando la posibilidad de mudarme. Es solo que todavía no he dado el paso. ¿Y tú? Ni siquiera sé dónde vives...

—En una casa de ladrillos rojos de Back Bay. Eres bienvenida cuando quieras.

—¿No tienes miedo de que registre tus cosas o de que descubra tu colección de calzoncillos baratos tirados por el suelo?

—Primero, no tengo nada que ocultar. Segundo, ya conoces a mi madre y sabes que me ha educado mejor que todo eso. No vivo en una pocilga.

Sonrío ante sus argumentos, pero supongo que tiene razón. Seguro que Anita no dejaría pasar ese tipo de cosas.

Andamos cogidos de la mano hasta la puerta de mi edificio. El portero nos saluda y arrastro a Tom detrás de mí. Ya en el ascensor, me comenta:

—Matt ha dicho que tenían planes esta noche, pero Julia no parecía estar al corriente.

—Le va a pedir matrimonio. Por supuesto que no estaba al corriente.

—¿Y tú cómo lo sabes?

—Le he ayudado a escoger el anillo.

—¿Tú? Creía que no te gustaban las bodas.

—¡Porque a mí me parezca absurdo no voy a impedir que mis amigas se casen! ¿Y cómo sabes que no me gustan las bodas?

—¿Olvidas que he ido contigo a dos bodas en menos de un mes?

Las puertas del ascensor se abren.

—¿Y tú? ¿Te gustaría casarte algún día?

—Sí.

—¿Y si tu pareja no quiere?

—La haré cambiar de opinión —sugiere.

Me echo a reír.

—¿Y no podría ser que tú cambiaras de opinión?

—No, porque yo tengo razón.

Abro la puerta y entramos en mi apartamento. Las luces están apagadas, pero el resplandor de la ciudad nos permite ver lo suficiente como para desplazarnos.

—Eres horriblemente cabezota —constato.

—Puede, pero propongo que dejemos esta discusión para otro momento. Hablaremos de ello, te lo prometo, pero ahora tengo otra cosa en mente.

Me agarra por la cintura y me placa contra él. No necesito más para que todos mis sentidos se despierten. Inclina la cabeza y, cuando creía que me iba a besar, acerca su cara a mi cuello y empieza a cubrirlo de besos.

—¿Dónde está Scarlett? —pregunta.

Ya estoy confusa, así que tengo que hacer un esfuerzo para responderle:

—En su cesto del salón —supongo.

—Bien. ¿Dónde está tu dormitorio?

—Última puerta a la derecha.

Me levanta y me hace soltar un gritito. Por instinto, rodeo su cintura con mis piernas y entonces me felicito por no haber elegido una falda ajustada. Tiene posada una de sus manos en la parte baja de mi espalda desnuda, mientras la otra aprecia la curva de mi trasero. Ponemos rumbo a mi dormitorio y, a pesar de la oscuridad, veo los ojos de Tom brillar de deseo. Me tumba delicadamente sobre la cama para poder contemplarme mejor.

—Eres bella, Zoey.

Esas palabras, que he escuchado más de una vez antes, procedentes de él, adquieren un nuevo significado. Alargo los brazos para acercarlo a mí y nuestras bocas al fin se encuentran. Nuestro beso es apasionado y lleno de promesas. Si todos los que intercambiemos son siempre de esta intensidad, os garantizo que nunca me voy a cansar.

Sin embargo, Tom se vuelve a apartar, dejándome una terrible sensación de ausencia. Cuando le suplico con la mirada que solucione lo antes posible ese problema —quizá incluso con una mueca enfurruñada—, me lanza una sonrisa traviesa. *Todo lo bueno se hace esperar*, parece decir, pero es que no tengo la más mínima gana de ser paciente.

Empieza la más extraordinaria sesión de estriptis que he visto en mi vida. Sus dedos recorren los botones de su camisa, haciéndolos saltar uno a uno sin quitarme los ojos de encima. A continuación, se la abre en un movimiento rápido, revelando un torso que podría llevar la etiqueta: *mantenido por largas horas de deporte*. Tengo que felicitar al jefe de la policía de Boston, alias el padre de Amy: sus tropas se cuidan.

Mi regalo de Navidad tardío sigue «autodesenvolviéndose», dejando caer su pantalón y sus calcetines al suelo. Solo le queda el bóxer negro, cuyo tejido de algodón está tenso por la firmeza de su erección. Decido que tocar con la mirada está bien, pero que hacerlo con las manos está mucho mejor, así que agarro su mano y tiro de él hacia mí. No se resiste y acaba sobre mí, apoyado sobre sus codos para no aplastarme.

Su boca dibuja un camino de besos entre mi nuca y el contorno de mi hombro, empujando de paso el tirante del vestido que todavía llevo puesto. Quiero percibir la sensación de su piel desnuda contra la mía, así que me retuerzo para intentar atrapar la cremallera y liberarme de mi yugo de muselina. Tom, al comprender mi intención, me agarra de la muñeca y me ordena con la mirada que se lo deje a él. Sus pupilas me observan con tal intensidad que ni siquiera se me ocurre protestar. Sus dedos deslizan el cierre y retira los lados de mi vestido con una lentitud exquisita e insoportable a partes iguales. Sus labios besan cada centímetro de piel desnuda. Agonizo.

Cuando la única barrera que queda entre nosotros es nuestra ropa interior, me invade la angustia. ¿Y si le decepciona lo que viene después? ¿Y si me decepciona a mí? ¿Y si la deliciosa química que hemos compartido hasta ahora no funciona durante el acto? ¿Y si fuera raro? ¿Y si fuera pésimo?

Tom se da cuenta de que mi cerebro va a mil por hora porque me dice entre dos besos:

—Puedo oírte pensar, Zoey. Relájate, todo va a ir bien.

Asiento con la cabeza e intento esbozar una pequeña sonrisa. Él me responde con una de las suyas, resplandeciente, haciendo más profundos sus hoyuelos.

Se inclina hacia su pantalón para buscar un preservativo en su bolsillo trasero.

—Ya veo que el señor venía preparado —me burlo.

—Soy un caballero, así que jamás habría intentado nada si no me hubieras dado señales de quererlo, pero también soy un *boy-scout*: siempre preparado.

Me desabrocha el sujetador y todo pensamiento desaparece de mi mente cuando su boca se posa en mi pecho. Lo excita con la lengua antes de rodearlo con los labios y succionarlo con cuidado. A continuación, aplica el mismo tratamiento al segundo, arrancándome de camino suspiros de placer.

Sin poder soportarlo más, tiro de su bóxer para quitárselo, desvelando a su paso su sexo erecto. Me lamo los labios por la anticipación y atrapo el preservativo para abrir el embalaje. Tom me deja ponérselo mientras vigila mis gestos.

—¿Tienes miedo de que lo haga mal?

—No, es que me gusta ver tus manos sobre mí.

Su respuesta me hace sonrojar, algo irónico para mí teniendo en cuenta que no me he considerado nunca una persona tímida y mucho menos en la cama. Tom me quita las braguitas y ahí estamos los dos, el uno frente al otro, preparados para unirnos carnalmente, con el corazón desbocado por la impaciencia. Sin embargo, Tom se toma su tiempo, me devora con la mirada y parece tomar nota de cada pequeño detalle antes de que nos dejemos llevar por la pasión. Yo hago lo mismo, admirando de paso sus altos pómulos, su mandíbula cincelada, sus ojos casi negros por el deseo.

—Según dicen, cuando encuentras a la persona adecuada, lo sabes —dice con voz ronca.

—Eso dicen.

—Pues yo lo sé —me susurra.

Dejo que sus palabras resuenen en mí un segundo. Siento que se me acelera el corazón, cuando no creía que eso fuera posible, y respondo:

—Yo también lo sé.

Sellamos esa declaración con un beso y, unos instantes después, Tom inicia un delicioso vaivén.

Un poco después, tumbada sobre mi costado, con la espalda contra su torso que se eleva dulcemente al ritmo de su respiración, vuelvo a pensar en esas palabras. Con cualquier otro, habría querido salir corriendo, pero ahora solo quiero escuchar más, ver lo que nos tiene reservado el futuro, con la esperanza de que sea algo fantástico.

Epílogo

ZOEY

Mi madre siempre me decía: «Solo los idiotas no cambian de opinión». Supongo que tenía razón. De no ser así, ¿qué estaría haciendo yo en el pasillo del ayuntamiento, sentada en una silla, esperando pacientemente a que llegue nuestro turno?

—¿Estás segura de que es esto lo que quieres? —me pregunta el guapo chico moreno que hay a mi lado, que no me ha soltado la mano desde que cruzamos las puertas del edificio.

Le sonrío y eso parece calmar un poco la inquietud que marca sus rasgos. Me acerco sus falanges a la boca y las beso con delicadeza para confirmarle que no voy a cambiar de opinión en el último minuto.

La primera vez que Tom me pidió que me casara con él, de rodillas, con el anillo más bonito que he visto nunca en las manos (y soy hija de joyero, no lo olvidéis), le dije que no. Otros se habrían sentido decepcionados, enfadados, devastados, pero él sonrió. «Es justo lo que esperaba que me respondieras», me dijo. Tras mi rechazo en su primera petición, siguió haciéndome la misma pregunta durante treinta días. Derrochó inventiva para hacer de cada uno de ellos un momento único. Fue así como acabé con el espejo del baño cubierto de pósits que exclamaban «cásate conmigo», con una centena de rosas rojas —una por cada día pasado juntos y la última con el anillo— o con un tráiler en el cine antes de nuestra película en el que aparecía mi teniente favorito con la misma pregunta de siempre. Incluso él ha llegado a reconocer que los mariachis que mandó para que me dieran una serenata en la oficina fue algo excesivo. Sinceramente, ya estaba decidida a decir que sí tras quince días, pero me gustó el juego y quería saber qué más me tenía reservado. Al cabo de un mes, decidí poner fin a su agonía y le dije que sí.

Cuando pensamos en cómo sellar nuestra unión, le anuncié que prefería tener una boda sencilla, en el ayuntamiento, sin testigos, y Tom ni pestañeó. Aceptó y se limitó a solicitar la licencia. Estábamos de acuerdo en un punto: cuanto antes, mejor.

Pienso en mi padre, que ya nos había dicho que cuando encuentras a la persona adecuada, no se tenían dudas y que no servía de nada esperar. La vida es demasiado corta. Y tenía razón. Me siento un poco culpable por mantenerlo al margen de todo esto, la boda de su única hija, pero estoy segura de que Anita y él comprenderán nuestras razones.

Una empleada viene a informarnos de que es nuestro turno, me levanto y de paso cojo la correa de Scarlett, que aprovechaba el momento de espera para echarse una siestecita. Le he puesto un gran lazo de satén color crema, a juego con su traje, la única concesión a los rituales del matrimonio.

—¿Vamos? —pregunta Tom.

—Vamos —confirmo con un beso en la mejilla.

Unos minutos más tarde, salimos a la calle bajo un sol radiante a pesar del frío otoñal. La ceremonia ha sido corta, pero no por ello menos cargada de emoción. Hemos intercambiado nuestros votos y, cuando Tom ha pronunciado los suyos, no he podido contener las lágrimas. He recordado el día que me dijo que quería hacerme llorar. Ahora entiendo el sentido de sus palabras. Llorar no siempre es malo, es solo admitir que tenemos un corazón que late.

Esos efímeros instantes nos han hecho pasar por todas las emociones: risas, lágrimas, pasión, alegría, sin olvidar la plenitud ante la idea de ser un todo.

Mi flamante marido —jamás habría creído que acabaría pronunciando esas palabras un día— me aparta un mechón y clava sus ojos en los míos. Su alianza brilla bajo el sol y me invade un pequeño sentimiento de orgullo. Este hombre magnífico e íntegro, divertido y valiente, es mío.

—Sé que querías algo simple, sin florituras, solo nosotros... —empieza.

Frunzo el ceño, sin saber demasiado bien qué esperar.

—Tengo una sorpresa para ti. Tómatelo como una especie de regalo de boda. O de Navidad por adelantado, si lo prefieres. Solo espero que no te enfades conmigo.

Esta introducción no me tranquiliza nada, pero intento darle el beneficio de la duda porque todavía no sé de qué se trata.

Tras un corto trayecto en coche, Tom aparca frente al café de Amy, en Bay Village. Intrigada, lo interrogo con la mirada. No me responde y se limita a hacer gala de su adorable sonrisa con hoyuelos. Me da la mano y cruzamos la puerta.

Nos recibe un pequeño grupo al grito de «¡Vivan los novios!». Todos nuestros seres queridos están allí: Amy y Cole junto con Aaron, que nació hace tan solo unos meses; Julia y Matt; Libby y Patrick con sus hijos; Maura y Maddie; Grant, el hermano de

Julia, también se ha unido al grupo; Maurizio y Stuart que, desde la famosa noche de la boda de nuestros padres, pasan mucho tiempo juntos; Irène y James, Amber, la empleada de la cafetería; Carlos, el colega de Tom, sin olvidar a Lydia y Betsy que, fiel a ella misma, lleva un caftán horrible con estampado otoñal.

Anita y mi padre son los primeros en abrazarnos. Cuando mi progenitor me abraza, vuelvo a romper a llorar.

—Siento mucho, papá, haberte privado de la boda —sollozo contra su camisa.

—¡Eh! No te preocupes, cariño. Si has tenido la boda que querías, a mí me vale. Solo quiero que seas feliz. Lo importante no es la ceremonia, sino vuestro compromiso mutuo. ¿Lo entiendes?

Me sorbo los mocos y asiento.

—Bien y, entre nosotros, odio las bodas. Siempre son demasiado largas y hay demasiada gente a la que no te apetece ver.

—¿Incluso la tuya? —lo mortifico.

—No pongas palabras en mi boca. ¿Te he contado la boda de tu tía Loretta, cuando me dormí en la iglesia?

Mis amigas se apresuran una tras otra a felicitarme:

—¡No puedo creer que te hayas casado antes que yo! —exclama Julia.

La famosa noche de la inauguración de su exposición, Matt le propuso matrimonio. Antes de que se arrodillara e incluso antes de que le hiciera la pregunta, ella empezó a gritar «sí». El problema fue que luego tuvieron que pasar casi una hora buscando el anillo que Matt, debido a la sorpresa, soltó para abrazar a su prometida. Para Julia, tener que rebuscar juntos, a cuatro patas, por el césped de su jardín era una especie de señal positiva del destino. Su boda está prevista para la próxima primavera y ¡adivinad quién va a diseñar su vestido!

—¡Felicidades! —me dice Maddie.

—Gracias.

—No te preocupes, Massachusetts es el Estado con la quinta tasa más baja de divorcios de Estados Unidos.

Mi amiga acumula en su cabeza una cantidad impresionante de información y no se priva jamás de compartirla con nosotras. Sin embargo, a veces le cuesta escoger el momento adecuado para hacerlo y qué datos debe guardarse.

—El 47 por ciento de los matrimonios acaban en divorcio, pero eso solo representa el 2,7 por ciento de la población del Estado. Mantente alejada de las redes sociales. ¿Sabes que un tercio de los informes de demanda de divorcio mencionan la palabra Facebook en alguna parte?

—Eh, no... Pero te creo, te creo.

—Bien, tampoco quiero asustarte, por supuesto.

Esboza una pequeña sonrisa.

—¿Quién se habría creído hace un año que cinco de nosotras estaríamos o casadas o prometidas a estas alturas?

Hago un rápido cálculo y no veo más que tres casadas y una prometida. Maddie ha debido de equivocarse. Algo sorprendente, pero no me da tiempo a preguntar porque otra persona se apresura a felicitarme.

TOM

Cuando aparco frente a nuestra casa en Back Bay ya es de noche. Zoey se mudó a mi casa hace unos meses junto con Scarlett y la llegada de las dos chicas revolucionó el lugar, algo que no me desagradó, la verdad. Mientras yo me había limitado a lo estrictamente necesario en cuestión de mobiliario, Zoey ha aportado un toque acogedor a todas las habitaciones. Ahora hay cortinas en las ventanas, cojines en el sofá y velas perfumadas en la entrada. Le he preguntado si quería que nos mudáramos a otra casa, a un lugar que escogiéramos juntos y, quizá, más grande, pero me respondió que aquella casa le parecía perfecta por el momento. Tomé nota de esta última precisión con alegría. Eso quiere decir, en su idioma, que no está en contra de la idea de tener más espacio en el futuro. En caso de que la que familia se ampliara, por ejemplo.

Abro la puerta del coche y le quito con cuidado el cinturón. Mi bella durmiente se ha quedado dormida, como cada vez que tiene un día de fuertes emociones. La cojo en brazos, pero, a pesar de la delicadeza con la que intento hacerlo (aunque, la verdad sea dicha, tampoco me importaría que se despertara), abre un ojo.

—Déjame en el suelo, puedo andar —protesta, medio bostezando.

—No esta vez, señora McGarrett. Vamos a respetar la tradición y voy a cruzar nuestra puerta contigo en brazos.

Dibuja en sus labios una sonrisa somnolienta y apoya la cabeza en mi hombro.

Una vez en la intimidad de nuestro dormitorio, la dejo en la cama. En ese momento, mi teléfono empieza a sonar. Es la melodía que he asignado al trabajo y Zoey se da cuenta.

—¿No piensas responder?

—Llamarán a otro. No pienso irme en nuestra noche de bodas.

Da un gran bostezo.

—Puedes irte si quieres. Creo que estoy demasiado cansada como para hacer nada esta noche.

—¿Ya está intentando deshacerse de mí, señora McGarrett? ¿Esa va a ser nuestra vida de casados? —digo, fingiendo indignación.

Se ríe y comprendo que soy adicto a ese sonido.

Me desnudo y la ayudo a hacer lo mismo. A continuación, me tumbo de costado frente a ella, con el codo doblado y la cabeza apoyada en mi mano. No puedo evitar admirarla.

—Hoy me he casado con la chica más guapa de Boston.

Ella sabe que no hablo solo de su aspecto físico.

—Gracias por la sorpresa —dice—. No sé cómo has adivinado que era eso lo que quería. Ni siquiera yo lo sabía. Cuando los he visto a todos reunidos, he comprendido que si no hubiera compartido con ellos este día, me habría faltado algo.

—¿Te arrepientes de no haber tenido una gran boda? Siempre podemos organizar algo más grande...

—No. Me ha gustado mi boda tal cual, solos los dos y la pequeña fiesta sorpresa posterior. Estaban todos los que tenían que estar, nada de tías abuelas a las que no veo nunca invitadas por obligación y, sobre todo, nada de organización. Ni siquiera sé de qué eran los *cupcakes* que Amy había preparado, solo sé que estaban deliciosos y me parece perfecto así.

Le doy un beso en la punta de la nariz.

—Perfecto. Si eres feliz, yo soy feliz.

—¿Y tú? ¿Nunca has querido una gran boda?

—Soy tío. ¿De verdad crees que he idealizado mi boda durante años? Con tal de conseguir que la chica diga que sí, acepte llevar mi apellido y pueda darme golpes en el pecho declarando que es mía, a mí me vale.

—No he aceptado llevar tu apellido, podría quedarme con el mío...

Sé perfectamente que me responde eso para provocarme. Me gusta que no acepte jamás que le impongan nada, sin luchar un poco. Además, ya hemos tenido esta conversación y aceptó llevar mi apellido para las cosas del día a día y conservar el suyo para el trabajo. Desde hace poco, se le ha metido en la cabeza —y yo la he animado mucho a ello, lo confieso— crear su propia línea de ropa, para humanos esta vez. Seguirá trabajando con Maurizio, pero no a tiempo completo.

Me alegra constatar que Zoey tiene muchos proyectos en la cabeza, pero, sobre todo, tengo la suerte de formar parte de ellos. Para alguien que jamás había tenido una relación estable, me sorprende cada día por su entrega. Por mi parte, yo, que me había refugiado en el trabajo estos últimos años, me sorprendo a mí mismo levantando el pie del acelerador y me he acostumbrado a irme de la oficina antes para reunirme con mi mujercita en casa. No creáis que vivo en una burbuja tipo años cincuenta, en la que encontraría a Zoey frente a los fogones a mi llegada. Mi radiante esposa es una cocinera horrible, así que soy yo el que se pone el delantal mientras ella dibuja unos bocetos en la mesa del salón, en la mayoría de las ocasiones con Scarlett dormida a sus pies. Con cierta regularidad, la invito a un restaurante. No hay que olvidar que a Zoey siempre le ha gustado eso. Y a mí ya solo la idea de que se ponga guapa para salir conmigo me entusiasma.

Algunas veces, cuando se queda dormida en mis brazos como esta noche, recuerdo a la desafortunada Valentina. Por muy trágico que fuera su destino, no puedo olvidar que fue, quizá, gracias a ella que Zoey y yo estamos juntos. Espero, al menos, que esté donde esté, esa idea le agrade. Zoey me confesó una vez que agradecía que la rechazara un poco al principio y que hubiera habido tantos obstáculos entre nosotros. Que sin eso, quizá solo habría sido algo pasajero en su vida, que la frustración de no tenerme hizo que fuera consciente de que le importaba más de lo que ella creía. No sabremos jamás si de verdad todo eso habría sido necesario, pero una cosa es segura: si tuviera ese poder, no cambiaría ni una palabra de nuestra historia.

Agradecimientos

En primer lugar, me gustaría daros las gracias a vosotros, lectores, que habéis estado ahí con cada una de mis publicaciones, así como a los nuevos que me habéis descubierto con esta. No dudéis en escribirme: me encanta recibir vuestros mensajes.

Gracias a los blogueros que dedican su tiempo a leer y comentar mis libros, hacéis un trabajo formidable. Mención especial a mis dos *pom-pom girls*, ellas saben quiénes son.

Mi mayor agradecimiento a Emilyne, mi editora, por todo su trabajo. Tanto por haber aceptado responder a mis listas de preguntas desde los lunes por la mañana, como por haberme ayudado a encontrar un título en el último minuto la mitad de las veces.

Gracias a mis amigos y a mi familia: jamás habría imaginado que algunos de vosotros os pondríais a leer literatura romántica ¡o simplemente leer! Vuestro apoyo es el mejor de los regalos.

Gracias a Joëlle por su trabajo de corrección bajo presión.

E, L, T, Love U.

Por último, un enorme gracias al hombre que ha aceptado pasar varias noches solo y que ha soportado mis cambios de humor recurrentes mientras escribía este libro: mi marido, Thomas. Has demostrado una paciencia enorme y te quiero un poco más cada día.

Podéis encontrarme en:
www.tamaraballiana.com
tamara.balliana@gmail.com
https://www.facebook.com/tamaraballiana/
https://twitter.com/TamaraBalliana
https://www.instagram.com/tamaraballiana/

Índice